ज्ञान गरिमा के
68 वर्ष

भारतीय
ज्ञानपीठ

ईस्ट इंडिया कम्पनी

(कहानी-संग्रह)

ईस्ट इंडिया कम्पनी

पंकज सुबीर

भारतीय ज्ञानपीठ

लोकोदय ग्रन्थमाला : ग्रन्थांक 977

ग्रन्थमाला सम्पादक

रवीन्द्र कालिया

सह-सम्पादक

गुलाबचन्द्र जैन

ISBN 978-81-263-1691-5

प्रकाशक :

भारतीय ज्ञानपीठ

18, इन्स्टीट्यूशनल एरिया, लोदी रोड

नयी दिल्ली-110 003

मुद्रक : रुचिका प्रिंटर्स, दिल्ली-110 032

आवरण-चित्र : राधेश्याम अग्रवाल

आवरण-सज्जा : ज्ञानपीठ कला प्रभाग

दूसरा संस्करण : 2011

मूल्य : 130 रुपये

EAST INDIA COMPANY
(Short stories)
by Pankaj Subir

Published by
Bharatiya Jnanpith
18, Institutional Area, Lodi Road
New Delhi-110 003
e-mail : jnanpith@satyam.net.in, sales@jnanpith.net
website : www.jnanpith.net

Second Edition : 2011
Price : Rs. 130

माँ और पिता को

अनुक्रम

कुफ़्र

ज़फ़र आज भी घर नहीं लौटा है। ऐसा अक्सर ही होता है। दिन भर का थका-हारा ज़फ़र देर रात घर लौटता है। घर लौटकर एक ही बात कहता है आज खाना नहीं खाऊँगा, दोस्त नहीं माने तो उनके साथ खा लिया था। मुमताज भी कुछ नहीं बोलती। मालूम है कि उसका शौहर उसे शर्मिन्दगी से बचाने के लिए ऐसा कह रहा है। वरना क्या वो इतना भी नहीं जानती कि ग़रीबी और दोस्त ये दोनों चीज़ें एक साथ कभी नहीं रह सकतीं। भूख का पेड़ जब पेट में उगा हो तो चेहरा ख़ुद ही बता देता है। मुमताज उस एक झूठ को चुपचाप गरदन हिलाकर मान लेती है। मान लेने के अलावा चारा भी क्या है। जब ग़ुरबत घर में भाँय-भाँय करती डोल रही हो तो भूख भी उसकी सहेली बनकर सिर पर तीन तड़ांग खेलती है।

बच्चों को थोड़ा-बहुत खिला-पिलाकर सुला दिया है मुमताज ने। ज़फ़र जान बूझकर देर करता है, जानता है बच्चे सो गये होंगे। जब हाथ भरे होते हैं तब तो शाम ढलते ही घर लौट आता है। मगर हाथ भी रोज़ कहाँ भरे होते हैं, अक्सर तो देर रात अपने ही घर में बिना खटके चोरों की तरह आता है। अगर पेट में भूख हो तो आँखों में नींद भी कच्ची होती है। फिर बच्चों को भी कहाँ पता है कि उनका बाप किस हाल में है, वे तो बस ये जानते हैं कि अब्बा सुबह से काम पर निकल जाते हैं। काम के बदले में पैसा मिलता है जिससे खाना आता है, और ये खाना ही भूखमार दवा है। अब इन्हें ये कौन बताये कि काम तो आदमी तब करेगा ना जब काम हो। दिन भर फैक्ट्री के पिछवाड़े बैठकर घर लौटा हुआ आदमी खाली हाथ नहीं आएगा तो कैसे आएगा।

तीन भाइयों की पीठ पर पैदा हुई मुमताज का नाम माँ-बाप ने मुमताज क्यों रखा था, ये तो उसे पता नहीं। हाँ नाम जैसा कुछ नहीं मिल पाया उसे। जो मिला वो सब कुछ उन्हीं नामों के अनुरूप था जो अम्मी उसके झौंटे पकड़कर पीटती हुई उसे देतीं थीं 'करमजली, नासपीटी'। अम्मी की ही ज़बान फल गयी थी। अगर वो ऐसा जानतीं तो शायद उसे मुमताज ही कहकर बुलातीं।

"बच्चे सो गये क्या?" ज़फ़र ने धीरे से पूछा। "हाँ अभी सोये हैं, आज बड़ी

देर कर दी?'' मुमताज ने कहा।

''हाँ आज फिर काम नहीं मिला। ठेकेदार कहता था कि अगर और ऐसा चला तो वो वापस चला जाएगा। यहाँ उसको बैठे की मज़दूरी भी नहीं निकल रही।'' ज़फ़र ने कुरता उतारकर मुमताज को देते हुए कहा।

''ख़ुदा सब ठीक करेगा, उस पर भरोसा रखो,'' मुमताज ने शौहर को टूटा हुआ जानकर कहा।

''हाँ अब तो बस उसी का भरोसा है,'' ज़फ़र ने ठंडी साँस छोड़ते हुए कहा।

कुरता टाँगकर मुमताज रसोई घर में चली गयी। हाथ में खाने की थाली लिये लौटी तो ज़फ़र आँखें बन्द किए लेटा है। भूख भी कितना अभ्यस्त कर देती है आदमी को। जानता है कि अगर खाली हाथ घर लौटा है, तो केवल सुलाने के अलावा ये घर और कुछ भी नहीं देगा। ''खाना खा लो,'' मुमताज का स्वर सुनकर ज़फ़र चौंक पड़ा।

''अरे मैं तो...'' ज़फ़र की बात को काटती हुई बोली मुमताज, ''बाहर से खाकर आये हो, पर थोड़ा-बहुत खा लो आज तुम्हारी पसन्द का सालन बनाया है।''

''तुमने खा लिया...?'' ज़फ़र ने हाथ में थाली को पकड़ते हुए पूछा।

''खा लूँगी, आप खाओ तब तक मैं अन्दर का काम निबटा लेती हूँ,'' कहते हुए मुमताज जैसे ही अन्दर जाने के लिए मुड़ी वैसे ही ज़फ़र ने उसका हाथ थाम लिया। ''आओ बैठो साथ ही खा लेते हैं,'' ज़फ़र ने मुमताज को नीचे बैठाते हुए कहा। दोनों मियाँ-बीवी चुपचाप खाना खाने लगे। दोनों छोटे से छोटा कौर तोड़कर खाने का प्रयास कर रहे थे ताकि अगला ज़्यादा खा सके। ''ऐसे कब तक चलेगा?'' मुमताज ने शौहर की ओर देखते हुए पूछा। ''वही तो मैं भी सोच रहा हूँ कि कुछ तो करना ही पड़ेगा अब फैक्ट्री का तो आसरा है नहीं,'' ज़फ़र ने हाथ के कौर को थाली में ही छोड़ते हुए कहा। ज़फ़र को कौर छोड़ते देख मुमताज को अपनी ग़लती का एहसास हुआ कि उसने ग़लत वक़्त पर ग़लत बात छेड़ दी है ''खा तो लो, फ़िक्र करने को तो उम्र पड़ी है,'' मुमताज ने शौहर के हाथों पर हाथ रखते हुए कहा। ज़फ़र ने फिर से खाना शुरू कर दिया ''सोचता हूँ कि कल कैंट तरफ चला जाऊँ, सुना है वहाँ कुछ फैक्ट्रियों में भर्ती चल रही है लेबर की,'' ज़फ़र ने सिर झुकाये झुकाये ही कहा। ''कहीं पिछली बार जैसा न हो, देख कर जाना,'' मुमताज ने भी उसी प्रकार सिर झुकाए हुए कहा, ''अब होता है तो होता रहे उस पर तो किसी का बस नहीं है,'' ज़फ़र ने थोड़ा सख़्त लहजे में कहा। कनपटियों की नसें भी कुछ उभर आयीं।

दो महीने पहले भी ज़फ़र ने एक जगह काम के लिए प्रयास किया था। फैक्ट्री के जावर ने मजबूत कद-काठी देखकर उसे रखने पर अपनी रज़ामन्दी भी दे दी थी

मगर जब सुपरवाइज़र के सामने पेशी हुई तो ज़फ़र की क़िस्मत उसके धर्म के सामने हार गयी। बाहर निकलते समय ज़फ़र के कान में वो शब्द भी पड़े थे जो सुपरवाइज़र जावर से कह रहा था, "तुमको कुछ अकल भी है कि नहीं? ये लोग भरोसे के क़ाबिल भी होते हैं? सेठ वैसे ही इन लोगों से चिढ़ता है, ख़ुद तो जाओगे साथ में मेरी भी नौकरी लेकर डूबोगे।" सुपरवाइज़र की कही बात ज़फ़र के कानों में गर्म लावे की तरह उतर गयी थी।

आदमी ने अपनी बेईमानी और कमीनेपन को छुपाने के लिए धर्म नाम का शब्द गढ़ लिया है। ये शब्द वास्तव में आदमी ने पूरी आदमियत के कमीनेपन को उजागर होने से बचाने के लिए गढ़ा है। ये लोग कहते हैं कि वो लोग बेईमान हैं और वो लोग कहते हैं कि ये भरोसे के क़ाबिल नहीं हैं। ये लोग, वो लोग के चक्कर में पूरी आदमियत अपनी बेईमानी अपना कमीनापन छुपाकर मासूम बनी रहती है। मुमताज ने ज़फ़र की कनपटियों और माथे की नसों को उभरते देखा तो धीरे से कहा, "सब लोग एक समान नहीं होते।" खाना ख़त्म करके ज़फ़र पानी का लोटा लिये बाहर हाथ धोने चला गया मुमताज बर्तन समेटकर अन्दर चली गयी।

अगले दिन सुबह जब ज़फ़र काम पर पहुँचा तो वहाँ का माहौल पिछले दिनों की तरह से ही था। सारे मज़दूर हाथ पर हाथ धरे बैठे थे। ज़फ़र भी जाकर विनय के पास बैठ गया, विनय पढ़ा-लिखा लड़का है, ज़फ़र से काफी कम उम्र का है फिर भी दोनों की ख़ूब पटती है।

"आओ ज़फ़र भाई तुम भी देखो तमाशा," विनय ने व्यंग्य के स्वर में कहा।

"तमाशा...? आज क्या होने वाला है," ज़फ़र ने पूछा।

"सुना है आज सब फाइनल हो जाएगा। अपने-अपने घर जाओ, काँदा-रोटी खाओ।" विनय ने व्यंग्य के साथ हँसते हुए कहा।

"खाओ तो तब ना जब घर में हों," ज़फ़र ने व्यंग्य का जवाब व्यंग्य से देते हुए कहा।

"पूरी कविता सुनो तुम्हारे सवाल का जवाब मिल जाएगा। अपने अपने घर जाओ काँदा-रोटी खाओ, काँदा-रोटी ना मिले तो चूहे की पूँछ कुतर के खाओ," विनय ने कविता को गाकर सुनाते हुए कहा।

"ग़रीबों के घर ये चूहे क्या भूखे मरने आएँगे? आखिर को चूहों का भी तो पेट होता है, जिस घर में इनसानों को ही दो वक्त की नसीब नहीं हो रही है, वहाँ के चूहों को रोज़े नहीं रखने पड़ेंगे तो और क्या होगा," ज़फ़र ने कहा।

"ज़फ़र भाई कविता तो मैंने नहीं बनायी, जिसने बनायी उसने चूहे की पूँछ कुतरने का ही लिखा है," विनय ने हँसते हुए कहा।

"ज़रूर किसी भरे पेटवाले ने लिखी होगी ये कविता, जिनके घर में चूहे होते

होंगे। यहाँ तो बच्चे ही दानों के लिए तरस रहे हैं।'' ज़फ़र ने कुछ हिकारत के साथ उत्तर दिया।

''अब करोगे क्या? यहाँ तो सुना है कि आज ही सब कुछ फुल एंड फाइनल होने वाला है,'' विनय ने ज़फ़र के कन्धे पर हाथ रखते हुए कहा।

''देखूँगा कोई ऐसी जगह जहाँ मुझे मुसलमान होने के बाद भी काम मिल जाए,'' ज़फ़र ने कड़वे स्वर में उत्तर दिया।

''ज़फ़र भाई हिन्दू-मुसलमान तो कोई धर्म है ही नहीं, असल धर्म तो दुनिया में दो ही हैं। अमीरी और ग़रीबी। भरे पेट वालों का धर्म और खाली पेट वालों का धर्म। जब तक आदमी का पेट खाली है तब तक उसे ना तो ये याद रहता है कि मैं हिन्दू हूँ और ना ये कि सामने वाला मुसलमान है, मगर जहाँ पेट भराया कि तुरन्त अपना धर्म याद आ जाता है,'' विनय ने ज़फ़र के स्वर की कड़वाहट को भाँपते हुए समझाइश भरे स्वर में लम्बी बात कही। ज़फ़र ने कोई उत्तर नहीं दिया चुपचाप ज़मीन कुरेदता रहा। ''जब पेट में रोटियाँ छम-छम करके नाच रही हों, तब होता है आदमी हिन्दू या मुसलमान, वरना तो हम एक ही ज़ात के हैं भुखमरों की ज़ात के। हिन्दू या मुसलमान होने का रईसी शौक पालना हमारी औक़ात से बाहर की चीज़ हैं,'' विनय ने ज़फ़र के गुस्से को कम न होते हुए देखकर अपनी बात को बढ़ाया।

''तो फिर मैं कहा जाऊँ? ग़रीबों की फैक्ट्रीयाँ तो होती नहीं हैं, होती तो रईसों की ही हैं। और रईसों के लिए तो मैं या तो मुसलमान हूँ या हिन्दू हूँ। 'वो लोग' जिन पर भरोसा नहीं किया जा सकता,'' ज़फ़र ने कड़वाहट भरे स्वर में ही कहा। विनय निरुत्तर होकर उसे देखता रहा।

''जैसे ही अपना नाम बताता हूँ वैसे ही लोगों के माथे पर शिकन पड़ जाती है। जैसे मैं मुसलमान न होकर कोई जानवर हूँ। क्या मुझे ये सब दिखता नहीं है? और बेईमानी तो आदमी की ज़ात में ही है मगर ये बेईमानी हमेशा भरे पेटवाले ही करते हैं। हम जैसे भुखमरों के पास रोटी का सवाल हल करने से ही फ़ुरसत कब मिलती है जो बेईमानी जैसे अमीरों के शौक़ पालें।'' ज़फ़र ने विनय को मौन देखकर कहा।

''और, बच्चे क्या करते हैं दिन भर?'' विनय ने बात को गम्भीर होते देख विषय बदलते हुए कहा।

''करते क्या हैं जब तक यहाँ का काम चलता था तब तक वो स्कूल भी जाते थे, पर अब तो हालत ये है कि दिन भर मारे-मारे मुहल्ले में फिरते हैं,'' ज़फ़र ने उत्तर दिया।

''कहीं काम पर क्यों नहीं लगा देते, चार पैसे लाएँगे तो तुमको भी सहारा मिलेगा।'' विनय ने कहा।

"हाँ अब तो वही करना पड़ेगा, सोचता था कि फैक्ट्री में काम चालू हो जाएगा तो फिर से स्कूल भेजना शुरू कर दूँगा। बच्चों के हाथों में पेचकस और पाने पकड़ाना नहीं चाहता था, पर ऐसा लगता है कि वही क़िस्मत में लिखा कर आये हैं, वो तो भला हो मुमताज का कि जो उसे कुछ सीना-पिरोना आता है थोड़ा बहुत इधर उधर का कर के घर का चूल्हा सुलगा लेती है," ठंडी साँस छोड़ते हुए कहा ज़फ़र ने।

"कोई ज़रूरी है कि बच्चों को मैकेनिक ही बनाओ, और भी तो काम हैं," विनय ने कहा।

"जो लोग मुझे मुसलमान होने के कारण काम नहीं दे रहे हैं, वो मेरे बच्चों को देंगे क्या?" ज़फ़र ने कड़वाहट से कहा।

"एक काम है तो सही, और रोज़-रोज़ का भी नहीं है बस हफ्ते में एक दिन करना है। तीनों बेटे एक दिन में ही इतना कमा लाएँगें कि घर भी चल जाएगा और स्कूल भी जाने लगेंगे," विनय ने कुछ सोचते हुए कहा।

"कुछ ग़लत काम ही होगा," ज़फ़र ने कहा।

"ग़लत का मतलब चोरी वगैरह तो नहीं हाँ तुम्हारे मजहब के हिसाब से वो ज़रूर है जिसे तुम वो क्या कहते हो, हाँ कुफ़्र, कुफ़्र ज़रूर है," विनय ने मुस्कराते हुए कहा।

"कुफ़्र की तो तब सोचें जब पेट में रोटियाँ हों, खाली पेट वालों के लिए क्या तो कुफ़्र और क्या उसका डर," ज़फ़र ने कहा।

"तो चलो मेरे साथ," विनय ने उठते हुए कहा।

"कहाँ? पहले यहाँ का फैसला तो सुन लें," ज़फ़र ने हैरानगी के स्वर में कहा।

"फ़ैसला तो हो चुका है अब हमारे सुनने या ना सुनने से कोई फर्क नहीं पड़नेवाला तुम तो चलो मेरे साथ," विनय ने हाथ पकड़कर ज़फ़र को उठाते हुए कहा।

"पर चलना कहाँ है?" ज़फ़र ने उठते हुए पूछा।

"तुम चलो तो सही तुम्हें कुछ सामान दिलाता हूँ," विनय ने कहा।

"सामान...? यहाँ तो रोटियों के लाले हैं और तुम सामान ख़रीदने की बात कर रहे हो," ज़फ़र ने हैरानी से फिर कहा।

"अभी उधार दिलवा देता हूँ परसों आकर पैसे दे जाना।" विनय ने कहा।

"कहाँ से दे जाऊँगा? क्या कल आसमाँ से टपक पड़ेंगे पैसे?" ज़फ़र ने फिर सवाल किया।

"आसमाँ से नहीं इन्हीं रईसों के पास से आएँगे जो तुम्हें काम नहीं दे रहे,"

विनय ने कहा।

"कैसे आएँगे?" चलते हुए ज़फ़र ने पूछा।

"क्योंकि कोई ऐसा भी है जिसके मारे इन सारे के सारे रईसों की फटती है," विनय ने ठिठककर ज़फ़र की आखों में झाँकते हुए उत्तर दिया।

"कौन है वो...?" ज़फ़र ने पूछा।

"सब पता चल जाएगा तुम चलो तो सही," कहते हुए विनय ने ज़फ़र की बाँह पकड़कर उसे खींच लिया।

शाम को जब सामान का झोला लिये ज़फ़र घर पहुँचा तो मुमताज हैरत में पड़ गयी।

"ये क्या ले आये," हाथ का झोला पकड़ते हुए उसने पूछा।

"काम का सामान है, विनय ने दिलवाया है कल से बच्चों को काम पर भेजना है, और हाँ एक थैली में कुछ राशन भी है, विनय ने ही दिलवा दिया है कि परसों आकर पूरा हिसाब कर जाना।" ज़फ़र ने उत्तर दिया।

"काम पर जाना है? कहाँ?" मुमताज ने पूछा।

"वो कल बता दूँगा, सुबह जल्दी उठकर बच्चों को नहला-धुलाकर तैयार कर देना।" ज़फ़र ने संक्षिप्त सा उत्तर देकर बात को खत्म कर दिया। सुबह जब मुमताज बच्चों को नहला-धुला कर लायी तो देखा कि ज़फ़र सारा सामान जमाकर बैठा है। ज़फ़र ने बच्चों को देखा तो मुमताज से बोला "मेरे वास्ते भी नहाने का पानी भर लाओ तब तक मैं बच्चों को तैयार कर देता हूँ।" मुमताज जब पानी भरकर लौटी तब तक ज़फ़र बच्चों को तैयार कर चुका था। मुमताज ने देखा तो कानों पर हाथ रख कर बोली "या ख़ुदा ये क्या कुफ़्र कर रहे हो।"

"कुछ कुफ़्र नहीं है, ये बस एक दिन का ही है। बस हफ़्ते में एक दिन के लिए।" ज़फ़र ने लापरवाही से कहा।

"ज़रा तो ख़ुदा से डरो," मुमताज ने कहा।

"इसमें बुरा क्या है जो डरूँ? कोई चोरी-डकैती जैसे काम तो करवा नहीं रहा मैं अपने बच्चों से।" ज़फ़र ने उत्तर दिया।

"मगर आस-पड़ोस वाले क्या कहेंगे?" मुमताज ने फिर सवाल किया।

"कोई कुछ नहीं कहेगा। मुँह-अँधेरे बच्चे निकलेंगे तो शाम ढलने के बाद ही आएँगे। कोई देखेगा ही नहीं तो बोलना क्या," ज़फ़र ने फिर उतनी ही लापरवाही से कहा। "मगर..." मुमताज ने कुछ प्रतिवाद करने का प्रयास किया। लेकिन ज़फ़र ने हाथ का इशारा करके बात काटते हुए कहा, "बस... अब इस बारे में कोई बात नहीं होगी।"

मुमताज ने शौहर के तेवर देखे तो कुछ ना बोली। ज़फ़र ने सबसे छोटे बेटे के बाल ठीक किये और बोला "ठीक वैसा ही करना जो मैंने बताया है, उन तीन शब्दों के अलावा कुछ भी मत बोलना नहीं तो सब गड़बड़ हो जाएगी।"

बड़े बेटे ने उत्तर दिया, "जी अब्बू!"

"चलो अब एक बार अपनी अम्मी के सामने जाकर प्रेक्टिस कर लो," ज़फ़र ने कुछ मुस्कराकर मुमताज की ओर देखते हुए कहा। तीनों बच्चे मुमताज के पास पहुँचे और अपने हाथ में पकड़ी हुई स्टील की लटकन को ऊपर उठाते हुए एक स्वर में बोले, "जय शनि महाराज"।

अँधेरे का गणित

मुम्बई जैसे महानगर में जहाँ लोकल ट्रेनें सुबह, दोपहर, शाम अपनी पीठ पर ढोती हैं। वो भला क्या कर रहा है? आईना उससे झूठ बोलता है या सच, कुछ पता नहीं पर आईना प्यास को बुझा नहीं पाता है। गोरेगाँव पश्चिम में शास्त्री नगर के जिस फ़्लैट में वो अपनी प्यास की चिंगारियों के साथ रात गुज़ारता है, वहाँ कुछ भी ऐसा नहीं है जो ख़ालीपन के अँधेरे में समा जाए। मुम्बई में काम करने वालों के लिए सुबह से शाम तक तो कुछ भी अपना नहीं है, बस एक रात होती है जब कुछ गणित सुलझाए जाते हैं। पर अकेलेपन के भी भला कोई गणित होते हैं। न कुछ जोड़ सको न कुछ घटा सको। दफ़्तर से सी.एस.टी. और सी.एस.टी से अँधेरी, अँधेरी से ट्रेन बदलकर गोरेगाँव और गोरेगाँव में वही फ़्लैट, वही आग, वही सन्नाटा। जब बिस्तर पर पहुँचता तो सामने आईने में नज़र आती अपनी निर्वस्त्र देह के किनारे उसे सुलगते हुए नज़र आते। वो सोचता कि प्रतिबिम्बों को परिभाषा से परे नहीं किया जा सकता क्या? वो जो वहाँ आईने के उस तरफ दूसरा 'मैं', सो रहा है वो यहाँ आकर मेरे गणित को पूरा नहीं कर सकता क्या? आईने के उस तरफ़ की देह को देखता तो उस अँधेरे पर नज़र अटक जाती, जहाँ एक गणित रखा हुआ हल होने की प्रतीक्षा करता नज़र आता था। फिर दूसरा दिन और कपड़ों में उसी गणित को छुपाये लोकल ट्रेन पर सवार हो जाता।

बचपन और जवानी, हालाँकि फ़ासला ज़्यादा नहीं होता पर परिभाषाओं में ग़ज़ब का परिवर्तन आ जाता है, और फिर वो तो मुम्बई जैसा महानगर भी नहीं था, एक छोटा-सा क़स्बा था, जहाँ उसका सबसे पहले अँधेरे के इस गणित से परिचय हुआ था। किसी दोस्त के भाई की बारात में गया था वो। रात को शादी के कार्यक्रम से निपटकर जब सोनेवाली जगह पर पहुँचा तो देखा दूल्हे के चार-पाँच दोस्त बैठकर कुछ पी रहे हैं, उसे देखकर उनमें से एक बोला, "ऐ छोटू आज थोड़ी तू भी ले ले।" शराब समझकर वो थोड़ा झिझका मगर इतनी देर में ही दूसरा बोला था, "अरे ये शराब थोड़े ही है ये तो बीयर है।" उफ़्फ़ कितना तीखा स्वाद था उस मटमैले पानी का। कितनी पी थी ये तो याद नहीं पर हाँ इतना याद है वो बेसुध

होकर बिस्तर पर गिर गया था। रात को अचानक लगा कि उसकी देह अनावरित हो गयी है, फिर एकदम यूँ लगा कि पसलियाँ टूटने लगी हैं, साँसें उखड़ने लगी हैं। ऐसा लग रहा था मानो बर्फ़ीली चिंगारियाँ उसके बदन में समाती जा रही हैं। फिर अचानक सब कुछ शान्त हो गया, कुछ देर बाद फिर वही, फिर वही, रात भर ये सिलसिला चलता रहा। कुछ नशा था और कुछ अँधेरे के इस गणित से अनभिज्ञता, वो समझ नहीं पा रहा था कि उसके साथ हो क्या रहा है। हर एक दौर के बाद एक और दौर, वही पसलियों के चटखने की आवाज़, वही साँसों का उबलना और फिर वही ज्वालामुखी सा कुछ फट पड़ना। हर बार वह क्या पिघल रहा है, क्या ज़्यादा शराब के कारण ये हो रहा है?

सुबह उठा तो वही अनावृत अवस्था थी, रात के नशे और उस झंझावत ने सब कुछ तो तोड़कर रख दिया था। क्षितिज के उस पार दर्द इस तरह से चीत्कार कर रहा था मानो मृत्यु से साक्षात्कार कर लिया हो। सामने वही पाँच साये खड़े मुस्करा रहे थे, पर वो मुस्करा क्यों रहे थे? उसकी अनावृत अवस्था पर? आख़िर किस तरह का अनावरण था ये? लौटते समय बस में उसने दोस्त को रात की बातें बतायीं तो दोस्त भी मुस्करा दिया कहने लगा, ''ये कोई बड़ी बात नहीं है घर चल फिर कभी आराम से समझा दूँगा।''

बहुत दिनों तक फिर वह उसी उलझन में रहा, क्या था वो सब? अचानक एक दिन दोस्त आया कहने लगा, ''चल घर, तुझे उस रोज़ की बात समझाऊँ।'' माँ से उस रात दोस्त के यहाँ रात रुककर पढ़ाई करने की बात कहकर वो चला गया। उस रात दो अनावरण हुए, पर आज ना तो पसलियाँ चटख रहीं थीं, न ही साँसें उखड़ रहीं थीं, एक भारहीनता थी जो वस्त्रों के जंगल से बाहर आने पर महसूस हो रही थी, उसका दोस्त कोहरे की तरह छाया हुआ था। उसके अन्दर भी कुछ उगने लगा था, कुछ ऐसा जो उसे कोहरे में धुएँ की तरह बिखेरने लगा था। एक कोहरा और धुआँ इस तरह गुँथे हुए थे मानो भौतिक शास्त्र के उस सिद्धान्त को आज ही निरर्थक साबित करना है, जिसमें कहा जाता है कि विपरीत ध्रुवों में ही सदा आकर्षण होता है। अचानक कोहरे के इशारे पर धुएँ के मौसम बदले और एकाएक फिर वही हुआ। वही अछूत अँधेरा फिर चिंगारियों से सुलगने लगा, शादीवाली घटना में आग में प्रचंडता थी पर यहाँ की आग ठंडी थी बर्फ़ की तरह। जलते-जलते अचानक अँधेरों में एक सन्नाटा टूटकर गिरा और वही मौन वही निःस्तब्धता। कुछ देर तक शान्ति रही। उसे सब कुछ अच्छा तो लगा था पर फिर भी कहीं कुछ अधूरापन सा लग रहा था, थोड़ी देर को आँख लगी तो यूँ लगा कोहरा फिर छाने लगा है, धुएँ की बारिशों की परछाइयाँ फिर से जागने लगीं इस बार कोहरा कुछ बोझिल सा था। अचानक उसके दोस्त ने हाथ पकड़कर उसे अँधेरे की एक देहरी दिखलायी, उसे यूँ लगा कि

शायद इस देहरी के उस पार ही 'वो' है जिसकी तलाश उसे है। उसके शरीर के रोंए खड़े हो गये थे गला सूखने लगा था, क्या है भला इस देहरी में? और कोहरा आँखें मूँदकर निर्लिप्त भाव से किसकी प्रतीक्षा कर रहा है? उसे समझ नहीं आ रहा था कि इस अँधेरी देहरी का वो क्या करे? अचानक कोहरे ने फिर उसके बर्फ़ीले साए को छुआ और अपनी देहरी पर रख दिया, अँधेरे फिर सुलगने लगे पर इस बार अँधेरे उसके नहीं थे उसकी केवल चिंगारियाँ थीं। जाने कैसी आँधी थी, धुएँ को कोहरे में इस तरह उड़ाये लिये जा रही थी कि पता ही नहीं चल रहा था कहाँ धुआँ है और कहाँ कोहरा। एकाएक धुएँ ने उठकर आसमान को छुआ और रेत की तरह कोहरे की ज़मीन पर बिखर गया, उसका बर्फ़ीला साया जब अँधेरे की दहलीज़ से लौटा तो अँधेरे का नया गणित सीख चुका था।

उसके बाद उसने कई बार अपने दोस्त के साथ अँधेरे के इस गणित को हल किया, एक सरल और सीधी प्रक्रिया। न कोई रोक-टोक न कोई बन्दिशें। जब चाहो अपने क्षितिज बना डालो। अपने दोस्त के साथ मिलकर उसने अँधेरे की कितनी ही पहेलियों को हल किया, उफ़्फ़ कितनी भूल भूलैया हैं अँधेरे के इस गणित में। बर्फ़ीली चिंगारियों के इस ख़ामोश सफ़र को उन्होंने कितनी बार तय किया? कुछ याद नहीं, पर कितनी अलग-अलग राहें थीं जो अँधेरे की दहलीज़ से शुरू होती थीं और यहीं ख़त्म हो जाती थीं। अपनी प्यास के टूटे हुए टुकड़ों को इस देहरी का रास्ता दिखा देना कितना आसान हो गया था, उसके अँधेरे भी अब चिंगारियों की प्रतीक्षा में रहते थे, लाल सुनहरी, गुलमोहर के फूलों सी चिंगारियाँ जब उसके अँधेरों को छूतीं तो लगता कि उसकी दहलीज़ भी सुनहरी हो गयी है। उधर जीवन भी अपनी रफ़्तार से दौड़ रहा था, वही ढर्रा, स्कूल, कॉलेज, नौकरी वही सब। नौकरी के लिए क़स्बा छोड़कर मुम्बई जाने तक उसका साथी वही था जिसने उसे अँधेरों का गणित हल करना सिखाया था। पर मुम्बई जाकर उसके अँधेरों का क्या होगा, यह एक प्रश्न चिह्न ही था।

गोरेगाँव मुम्बई का एक ख़ूबसूरत उपनगर है, जहाँ प्रदूषण कुछ कम है, नारियल के बड़े बड़े पेड़ और रिहायशी कॉलोनियों के बीच खेल के मैदान बने हुए हैं। रविवार के दिन जब वो, अपने फ़्लैट की खिड़की से मैदान में खेल रहे लड़कों को देखता तो सोचता इनमें से किसी से भी अपने गणित को हल करवा लिया जाए। पर वो जानता था कि ये गणित सभी को हल करना नहीं आता है, और यदि कोई आकर इस गणित के चक्कर में उलझ गया तो उसके लिए और मुश्क़िल खड़ी हो जाएगी। कितने अकेले रह गये थे उसके अँधेरे, इन दो सालों में उसके अँधेरे तभी आँखें खोलते थे जब वो अपने क़स्बे जाता, जाते ही सबसे पहले अपने अँधेरे को उस साये के हवाले कर देता और आँखें बन्द करके रूह में समाती हुई शबनम की

आँच को महसूस करता।

पर आख़िर को वापस मुम्बई आना पड़ता। वही मुम्बई, वही गोरेगाँव, जहाँ ना कोई अँधेरा था ना ही कोई साया; बस एक छटपटाहट थी, वो चाहता था कोई आवाज़ हो जो उसकी निस्तब्धता में गूँज जाए, पर यहाँ ऐसा कुछ नहीं था जो अपनी छुअन से चाँदनी को अँधेरे की पलकों पर लाकर रख दे। एक साया जो बिना आहट चुपचाप आकर उसके अँधेरों में समा जाए और रेत की तरह बिखर जाए...। पर यहाँ ऐसा कुछ भी तो दिखाई नहीं देता। आईने के उस तरफ वही एक 'मैं' था, निर्वस्त्र, दिशाहीन सा लेटा हुआ और जिस्म के किनारे-किनारे थककर ऊँघते हुए वही अँधेरे थे, जिस्म की पगडंडियाँ देखने में कितनी सहज होती हैं पर चलने में कितनी मुश्क़िल। शायद ये रात भी इसी तरह गुज़र जाएगी।

जिस्म के उस पार मेज़ पर नीला काग़ज़ फड़-फड़ा रहा था, हमेशा की तरह वही माँ का पत्र था शादी के लिए, ...शादी? क्यों हाँ कर दे उस काम के लिए जो उसके लिए असम्भव है, अभी तक जीवन में केवल अँधेरे का गणित ही हल किया है फिर कैसे सुलझा सकेगा उजाले की पहेली को, उसे तो कुछ भी नहीं आता, और यदि फिर उजाले आ गये तो फिर उसके अँधेरों का क्या होगा? नहीं, कभी नहीं, वो उजालों के इस खेल में शामिल नहीं हो सकता। मगर अँधेरे का ये गणित तो अब अनसुलझा ही रहता है, कौन है इसे सुलझाने वाला? शादी कर ली और अँधेरों में रहने की आदत नहीं गयी तो फिर क्या होगा? फिर न तो अँधेरे उसके रहेंगे और उजाले तो उसके हो ही नहीं सकते, ऐसे में कहाँ जाएगा वो? नहीं शादी तो वो कर ही नहीं सकता क्योंकि तब उसके अँधेरे अपने सन्नाटों के साथ कहीं भटक जाएँगे, और आने वाले उजाले अपनी प्यास की उदासियाँ लेकर ख़ामोशियों की चादर के सिरहाने बैठे सिसकते नज़र आएँगे। घबराकर वह बिस्तर पर बैठ गया। आईने के उस तरफ का 'मैं' ग़ौर से उसके जिस्म से उतरते रास्तों पर नज़र डाल रहा था।

कुछ दिनों से वो महसूस कर रहा था कि जब वो सी.एस.टी. से अँधेरी उतर कर ट्रेन बदलता तो इस रोज़ के घटनाक्रम में ऐसा कुछ और भी जुड़ गया था, जो इसी तरह रोज़ होता था यह एक संयोग था या जान बूझकर किया जा रहा था। जब भी किशोरावस्था में भीगे उस चेहरे को वो देखता तो उसमें ना चाहते हुए भी उसे अपने अँधेरे नज़र आने लगे। अँधेरी से गोरेगाँव स्टेशन तक वो तथाकथित अँधेरा उसके साथ चलता। गोरगाँव पर वो उतर जाता और दूसरा साया ट्रेन पर ही सवार जाने कहाँ चला जाता? कभी-कभी वो उस साए के आवरण के पीछे अपने अँधेरों का हल खोजता, कहीं कुछ तो निशान मिले कि रास्ता कहाँ से है? जब बहुत खोज हो जाती तो किसी भी टॉकीज़ में लगी शाहरुख़ ख़ान की फिल्म देखने बैठ जाता, ख़ान की रोमरहित देह देखकर जाने क्यों उसके अँधेरे सन्तुष्ट हो जाते थे, वो ख़ुद ही

ख़ान के साथ ख़ुद को जोड़ लेता और अपने अँधेरे के ग।णत को हल कर लेता। हालाँकि ख़ान भी उसके आइने के 'मैं' की तरह हमेशा उस तरफ़ ही खड़ा रहता था, पर जाने क्यों अँधेरे ख़ुद ही भर जाते थे। फिल्म में जब ख़ान की रोमरहित देह अनावृत होती तो उसे लगता कि ख़ान उसके अँधेरों से उलझ गया है, खान का साया उसके अँधेरों में समाता जा रहा है, अँधेरे बर्फ़ की चिंगारियों से दहकने लगे हैं, वही तूफ़ान, वही बवंडर, फिर अचानक ख़ान का साया उसके अँधेरों में पिघल जाता। उस रोज़ जब घर लौटता तो आईने के उस तरफ का 'मैं' अपने अँधेरों की कोई शिक़ायत नहीं करता। उसके दोस्त के अलावा केवल ख़ान ही था जिससे उसके अँधेरे सन्तुष्ट होते थे।

गोरगाँव स्टेशन से निकलते ही जो टॉकीज़ है अक़्सर वहीं वो ख़ान की फिल्में देखता था, फ़िल्म देखने के बाद जब स्टेशन से शास्त्री नगर तक पैदल आता तो सड़क वही होती जो फ़िल्मसिटी को शहर से जोड़ती है। शाम को फ़िल्मसिटी से शूटिंग करके घर लौट रहे फ़िल्म स्टार्स की गाड़ियाँ घर की तरफ़ दौड़ती हैं। उसे ऐसा लगता अभी कोई गाड़ी उसे पहचान कर रुकेगी, उसमें से ख़ान उतरेगा और पूछेगा, 'तुम वही हो न अँधेरे के गणित वाले, जिसके साथ मैंने वो गणित हल किया था।' और फिर ख़ान उसके साथ शास्त्री नगर के फ़्लैट में आएगा और फिर, आईने के उस तरफ़ दो अनावरण होंगे, ख़ान की रोमरहित देह उसके अँधेरों में समा जाएगी। आईने के उस पार अपने अँधेरे को वो अपनी आँखों से सुलगता हुआ देखेगा। शायद पहली बार वो आईने के उस पार के 'मैं' को मुस्कराता हुआ देखेगा। पूर्णतः अनावरित ख़ान की चकाचौंध शायद उसके अँधेरों को हमेशा के लिए बुझा दे। घर लौटता तो आईने के उस तरफ का 'मैं' उस पर हँसता।

ख़ान कब उसके अँधेरों से जुड़ गया था उसे भी नहीं पता। टॉकीज़ में ख़ान से मिलकर आने के बाद अक़्सर वो आईने के उस तरफ अनावृत भी नहीं होता था, जैसा आता वैसा ही चादर की सलवटों में समा जाता। सुबह उठकर हैरानी होती आज देह आवृत कैसे है? दरअसल उसके अँधेरों का गणित केवल तीन लोग ही जानते थे, टॉकीज़ वाला ख़ान, उसका दोस्त और आईने के उस तरफ का 'मैं'। वो भी जब वो अनावृत हो। हाँ किशोरवस्था से भीगा वो चेहरा जो अँधेरी से गोरेगाँव तक उसके साथ जाता था, वो भी तो उसे अपने गणित में शामिल लगता था।

शाम को सी.एस.टी.से लौटती ट्रेनों में इतनी भीड़ होती है कि अपने आप को सँभालना ही मुश्किल होता है, दो तीन दिनों में उसे अपने क़स्बे जाना था, इसलिए कुछ ख़रीददारी करने चर्च गेट की फ़ैशन स्ट्रीट गया था, शाम गहरा गयी थी। स्टेशन पहुँचा तो अँधेरी की ट्रेन जाने में पन्द्रह मिनट थे, अचानक वही नज़र आया, शायद ट्रेन की प्रतीक्षा में था। ट्रेन में सवार हुआ तो डिब्बा पूरा खाली था, संडे को

शाम की डाउन ट्रेन में वैसे भी ज़्यादा भीड़ नहीं होती, वो चेहरा भी उसी डब्बे में बैठा हुआ था। जाकर वो उसी के पास बैठ गया, सी.एस.टी.से अँधेरी लगभग आधे घंटे का सफ़र है, उसे लगा कि इतनी देर में वो अपने अँधेरे का हल ढूँढ़ ही लेगा। मस्जिद से ट्रेन बढ़ी तो भी पूरे डिब्बे में वो दोनों ही थे। वो चेहरा कुछ परेशानी से खिड़की के बाहर देख रहा था। एक सन्नाटा डिब्बे में पसरा हुआ था, जब भी वो इधर-उधर देखता तो लगता वो चेहरा कनखियों से उसे ही देख रहा है, उसे यूँ लगा कि उस तरफ भी अँधेरे का कोई गणित अवश्य है जो उस चेहरे को यूँ परेशान किए हुए है। खिड़कियों के बाहर रात भाँय-भाँय करके जल रही थी, उसे लगा कि यदि आज भी यूँ ही घर पहुँच गया तो आईने के उस तरफ वाला 'मैं' उसे रात भर सोने नहीं देगा। परिचय की छोटी-सी कील ठोकते ही उधर का बाँध इस तरह भरभरा के गिर पड़ा मानो इसी की प्रतीक्षा में हो। पता चला उसका नाम तन्मय है, बिहार के किसी शहर से यहाँ काम की तलाश में आया है, गोरेगाँव से आगे किसी चाल में अपनी मौसी के साथ रहता था। काम तो कुछ खास मिला नहीं हाँ मौसाजी ने कहीं और व्यवस्था करने का अल्टीमेटम दे दिया था, इसीलिए सी.एस.टी. गया था वापस घर जाने की व्यवस्था करने के लिए, अभी अँधेरी में जहाँ काम करता है वहाँ से उतना नहीं मिलता कि अपने रहने का बन्दोबस्त कर सके। तन्मय उसे रोज़ रात को अँधेरी स्टेशन पर देखता था, बात करने की इच्छा भी होती थी पर स्टेशन की भीड़-भाड़ में मौका नहीं मिल पाता था।

आज पहली बार उसने तन्मय को ग़ौर से देखा, हल्के साँवले चेहरे पर मूछें अभी रोंए की तरह उगना ही शुरू हुईं थीं। किशोरावस्था की छरहरी देह जिस पर साधारण से कपड़े चढ़े हुए थे, पैरों में स्लीपर थे। उसे लगा कि मुम्बई के चिपचिपे और भारी वातावरण ने शायद इस चेहरे को थोड़ा छुपा दिया है, इसके पीछे बहुत कुछ है जिसे जिया जा सकता है। तन्मय ने बताया कि वहाँ बिहार में उसका जमा हुआ परिवार है, परन्तु वहाँ उसे अच्छा नहीं लगता था इसीलिए यहाँ चला आया था। उसकी मौसी जब भी बिहार पहुँचती थी, तो मुम्बई के बारे में जिस तरह से बताती थीं, बस उसी से प्रभावित होकर वो यहाँ चला आया था। उसे लगता था मुम्बई में हरेक के लिए कुछ न कुछ अवश्य है। उसने तन्मय से पूछा, "वहाँ बिहार में तुम्हारा कोई ख़ास दोस्त है?" एक क्षण के लिए उसे लगा कि तन्मय की आँखों में भी एक अँधेरा उग आया है, परन्तु शीघ्र ही बुझ गया वो बोला, "हाँ वहाँ तो मेरे बहुत से दोस्त हैं, पर यहाँ तो...?" उसके अँधेरे अचानक सिर पटकने लगे, यूँ लगा कि अब ये अँधेरे क़ाबू से बाहर हो रहे हैं। गाड़ी पूरी रफ़्तार से अँधेरी की ओर भागे जा रही थी, खिड़की से बाहर देखता तो उसे लगता भीड़ में कितने ही तन्मय हैं।

आज गाड़ी कुछ ज़्यादा ही तेज़ भाग रही थी, नहीं तो रोज़ सी.एस.टी.से अँधेरी

पहुँचने में कितना समय लगा देती थी? अँधेरी पर जब वो उतरे तो तन्मय की आँखों में कई प्रश्नचिह्न तैर रहे थे। प्लेटफॉर्म पर गोरेगाँव की गाड़ी लगी हुई मिली, पाँच-दस मिनट का और साथ बाक़ी था, अँधेरे उस पर जल्द से कोई निर्णय लेने के लिए दबाव डाल रहे थे। थोड़ी देर का सफ़र और था अत: दोनों दरवाज़े पर स्टैंड पकड़कर खड़े हो गये, एक स्टेशन बीच में आएगा और फिर गोरे गाँव आ जाएगा, जब हम समय से उम्मीद करते हैं कि वो धीरे चले, तभी वो सबसे तेज़ चलता है। वो तन्मय का जायज़ा ले रहा था, क्या वो उसके अँधेरे का गणित हल कर पाएगा? मान भी लिया जाए कि ये हल कर देगा, मगर कौन कहेगा उससे कि ये गणित हल करो? क्या ये अँधेरे के गणित के बारे में जानता भी है? इसकी ही उम्र का तो था वो, जब वो शादी वाली घटना हुई थी, वो तो कुछ भी नहीं जानता था। समय ट्रेन के साथ फिसलता जा रहा था, बस कुछ मिनट और, अगर फ़ैसला नहीं किया तो यहाँ मुम्बई में उसके अँधेरे शायद हमेशा के लिए अनसुलझे रह जाएँगे।

गोरेगाँव स्टेशन की लाइटें नज़र आने लगी थीं। उसने तन्मय से कहा, "अभी वापस बिहार मत जाओ, मैं यहाँ गोरेगाँव वाले फ़्लैट में अकेला रहता हूँ, तुमको केवल रहने की ही तो समस्या है, तुम मेरे साथ रह लेना; तीन दिन बाद पन्द्रह अगस्त की छुट्टी है, तुम अपना सामान लेकर मेरे घर आ जाना।" इसी बीच वह मन-ही-मन क़स्बे की अपनी प्रस्तावित यात्रा रद्द कर चुका था। स्टेशन पर उतरते-उतरते उसने तन्मय को अपना कार्ड दे दिया।

स्टेशन के बाहर पोस्टर पर ख़ान अर्ध अनावृत खड़ा था,पर आज वो वहाँ नहीं रुका। उस रात आईने के उस तरफ़ का 'मैं' जब धागों के ताने-बाने से बाहर आया तो देह की देहरी पर किनारे-किनारे कुछ जगमगाता-सा नज़र आ रहा था। मौसम जिस्म की पगडंडियों पर बंजारों की तरह फिर रहा था। पैर गीली रेत पर निशान बनाने लगे थे, आज जब आईने के उस तरफ अँधेरों को छुआ तो लगा बहुत जुल्म हो चुका है इन पर, कितने दिनों से ये सन्नाटे की चादर ओढ़े ख़ामोश खड़े हैं, जो उसने आज किया वो कभी भी कर सकता था, ये अँधेरे अगर सदा के लिए ख़ामोश हो जाते तो क्या होता? एक चिंगारी प्यास के काँटों के लिए बहुत है। शायद छ: महीने पहले वो क़स्बे गया था, जब अँधेरों ने बरसाती पानी के सोंधेपन को महसूस किया था, तब से फिर वही बिखराव था। आईने के उस तरफ का 'मैं' आज शायद बहुत उत्कंठित था बार-बार होठों पर ज़बान फेरता था शायद उसका गला सूख रहा था। उतरते हुए रास्तों के मोड़ पर जाने क्या था जो चादर की सलवटों की छुअन से पानी पानी हो रहा था। आज वो चाह रहा था कि या उसका दोस्त या ख़ान कोई भी आईने के उस पार आ जाए, बहुत कोशिश की पर कोई नहीं आ रहा था, आज अँधेरे भी ज़्यादा चीख़ नहीं रहे थे, ये ख़ामोशी कैसी है? कुछ समझ नहीं आ रहा। घबराकर

उसने आईने के तरफ वाले 'मैं' की तरफ पीठ कर ली, उसकी चुप्पी उससे बर्दाश्त नहीं हो रही थी। सामने दीवार पर एक मकड़ी अपने ही जाल में फँसी हुई थी, पर वो जानता था कि मकड़ी की मानसिकता ही फँसे रहने की है, इसीलिए वो फँसी हुई है, नहीं तो अपने ही बनाये जाल को तोड़ना उसके लिए कोई मुश्किल काम नहीं है, उफ़्फ़ ये क्या सोच डाला उसने।

सुबह उठा तो कुछ अच्छा लग रहा था, हालाँकि अँधेरे सुलगे तो नहीं थे, मगर राख भी नहीं हुए थे। मुम्बई की सुबह इतनी तेज़ गति की होती है कि अगर आप जरा भी सुस्त हुए तो अपने को दोपहर की बाँहों में पड़ा पाओगे। आज तो कुछ देर भी हो गयी थी, बस से स्टेशन जाना और देर कर सकता था, चौराहे से आटो पकड़ कर स्टेशन पहुँचा और समा गया उस रेले में जो जाने कब से, किस कारण जाने किस दिशा में बहा चला जा रहा है। वही बुझे बुझे चेहरे, मछली की टोकरियाँ, सड़ी हुई गर्मी... उफ़्फ़ ये लोग इतने बुझे-से क्यों हैं? क्या उसकी तरह इनके भी कोई गणित हैं? जो अनसुलझे हैं। लोकल ट्रेन में सुबह की यात्रा का सबसे बड़ा कष्ट ये होता है कि भीड़ के कारण आप अन्दर तो देख नहीं सकते, और सुबह-सुबह ट्रेन के बाहर पटरियों के किनारे जो होता है वो देखने लायक नहीं होता। रोज़ वो भीड़ में से किसी को भी छाँटकर मन ही मन अपने अँधेरे का हिस्सेदार बना लेता था, और फिर सी.एस.टी.तक उसी से उलझा रहता, स्टेशन पर उतरकर उस हिस्सेदार को भुलाकर चल देता, पर आज उसने ऐसा कुछ नहीं किया, क्या ऐसा तन्मय के कारण हुआ था? तन्मय को लेकर वो भ्रम ही पाल रहा था क्योंकि जब उसने तन्मय के सामने वह प्रस्ताव रखा था, तब तन्मय ने कोई जवाब नहीं दिया था, और फिर तन्मय तो घर वापसी की व्यवस्था करने सी.एस.टी गया था, मात्र रहने का ठिकाना मिल जाने से क्या वो अपना इरादा बदल लेगा? हो सकता है वो वापस बिहार चला भी गया हो।

दफ़्तर से लौटते में जब अँधेरी स्टेशन पर उतरा तो तन्मय कहीं नज़र नहीं आया, वो बुक स्टॉल के पास जाकर खड़ा हो गया, सामने गोरेगाँव की लोकल ट्रेन धीरे-धीरे सरक रही थी, तन्मय उसमें भी नज़र नहीं आ रहा था। जब आप किसी के आने की उम्मीद करते हैं, तो आपका अन्दर खुद ही दो हिस्सों में बँट जाता है, एक इधर-उधर उम्मीद से देखता है दूसरा कहता है व्यर्थ है वो नहीं आएगा। तीन लोकल ट्रेनें निकल चुकी थीं, अब और खड़ा रहना असम्भव था। गोरेगाँव पर उतरा तो बाहर ख़ान उसी अवस्था में खड़ा था, आज वो ख़ान की रोमरहित देह में उलझता, पर आज तो वैसे ही देर हो चुकी थी। शास्त्री नगर की सड़क पर से सारे स्टार्स गुज़र चुके थे, आज तो ख़ान के भी यहाँ मिलने की उम्मीद नहीं थी।

घर पहुँचा तो पैरों से कुछ टकराया, उठाया तो वही माँ का पत्र था, खोलने की

तो आवश्यकता ही नहीं थी, क्योंकि अन्दर तो वही सब कुछ होगा, माँ और उसके उजालों का गणित, क्या अँधेरों में रहनेवाला उजालों के गणित को हल नहीं कर सकता? और वैसे भी, अब उसके अँधेरे तो यूँ ही अनसुलझे पड़े रहते हैं। एक गिलास पानी पिया, खाना खाने या और कुछ करने की तो अब इच्छा भी नहीं थी। कमरे में आकर सबसे पहले लाइट बन्द की। आज आईने के उस पार के 'मैं' से नज़र मिलाने की उसकी हिम्मत नहीं हो रही थी। थोड़ी आँख लगी तो लगा माँ आकर सिरहाने बैठ गयी है, उसके हाथों में एक उजाला है। निःशब्द उसे ही देख रही है, फिर चुपचाप उस उजाले को उसकी चादर में रखकर बोली 'कब तक भागता रहेगा इस अँधेरे में, देख कैसा उजाला लायी हूँ मैं तेरे लिए' वो उजाला उठा और उसके साए से लिपट गया और उसे लेकर आसमान पर उठता चला गया, ऊपर बहुत ऊपर और फिर एकदम से उसका साया टूटा और उल्का की तरह गिरा, नीचे धरती पर टकराया और बिखर गया।

वो सोच रहा था, उसने क़स्बे जाने का कार्यक्रम नाहक ही रद्द कर दिया, कम से कम वहाँ तो इन अँधेरों को मुक़ाम मिल ही जाता। एक उम्मीद पर तन्मय के कारण बेकार ही ये सब किया, कभी-कभी वो सोचता है वहाँ क़स्बे में क्या वो उसका दोस्त भी अपने साये के साथ, उसकी तरह ही प्यास के सूखे-सूखे सावन लिये फिरता है? उसके दोस्त ने कभी नहीं बतलाया कि उसके मुम्बई जाने के बाद वो चिंगारियों के बादल किस पर्वत पर रखता है? या फिर उसके बादल भी यूं ही आवारा फिरते हैं उसके मुम्बई से लौटने तक? कभी-कभी उसे डर लगने लगता है, कहीं उसके दोस्त ने नये मरुस्थल ढूँढ़ लिये तो उसके अँधेरों का क्या होगा? यहाँ मुम्बई में तो किसी को फ़ुरसत ही नही है, नहीं तो उसने भी अभी तक तो अपने अँधेरों के सवाल का कोई मुँहतोड़ जवाब तो ढूँढ़ ही लिया होता। फिर वहाँ क़स्बे में एक तो समय मेड़ पर उगी घास की तरह होता है, जब चाहे जितनी चाहे काट लो, और यदि समय हो तो ही दिमाग में योजनाएँ जन्म लेती हैं। दूसरा वहाँ क़स्बे में अधिकतर अँधेरे के इस गणित को जानते हैं। और इसे हल करना भी जानते हैं फिर क्या वजह है इसकी कि उसका दोस्त उसके मुम्बई से लौटने तक अपने अँधेरों को चाँदनी से बचाता फिरे, आख़िर को यदि ख़ान उसे मिल जाए तो क्या वो अपने दोस्त को याद रख सकेगा? और फिर हर एक के अपने अपने ख़ान होते हैं,क्या उसके दोस्त ने अभी तक अपने लिए कोई ख़ान नहीं ढूँढ़ा होगा? उसका दोस्त उजालों के गणित में भी तो फँस सकता है, नहीं ऐसा नहीं हो सकता, अगर उसका दोस्त उजालों का गणित हल करने में लग गया तो फिर ये अँधेरे? उफ़्फ़... वो मुम्बई आया ही क्यों?

आज फिर वो सी.एस.टी. की आरक्षण कतार में था, अभी दो रोज़ पहले ही तो उसने यहाँ आकर क़स्बे का रिज़र्वेशन रद्द करवाया था, पर तन्मय तो जा चुका था,

यहाँ रुककर वो अपने अँधेरों का आख़री ठिकाना खत्म नहीं करना चाहता था, वो जल्दी से जल्दी भाग जाना चाहता था यहाँ से। दो दिन से रोज़ अँधेरी स्टेशन पर रातें बुझती देखीं थी उसने, पर तन्मय का कुछ पता नहीं चला था, शायद वो वापस जा चुका था। ग़लती भी तो उसी की थी, क्यों उसने सी.एस.टी से गोरेगाँव तक अपना प्रस्ताव नहीं रखा था, रखा भी, तो गोरगाँव स्टेशन पर कूदते कूदते, जिसका जवाब कुछ भी नहीं आया था। इस प्रस्ताव पर बहस हो जाती तो शायद कुछ परिणाम निकल आता, ये भी तो हो सकता है, तन्मय सोच रहा होगा कि फ़्लैट के साथ उसे किराया भी शेयर करना पड़े, शायद यही सोचा होगा उसने, नहीं तो मुम्बई में रहने की व्यवस्था अगर हो जाए तो जीने की पचहत्तर प्रतिशत व्यवस्था तो हो ही जाती है। जाने क्यों ऐसा लगता था मानो तन्मय अँधेरे के इस गणित से भली-भाँति परिचित है, कहीं ऐसा तो नहीं कि तन्मय उसकी आँखों में अँधेरों का धुँआ देखकर डर गया हो और नहीं आया हो, उफ़्फ़ कहाँ छुपाए इन्हें हल भी ढूँढ़ते हैं और फुँफकारते भी हैं।

पन्द्रह अगस्त का ही रिजर्वेशन मिला था उसे, चलो ठीक है, एक ही दिन की तो बात है कल बैठेंगे तो परसों अपने ठिकाने पहुँच जाएँगे। अँधेरी की लोकल में बैठा वो सोच रहा था अगर आज तन्मय मिल गया तो? पर आज तो उसे रिज़र्वेशन के चक्कर में बहुत रात हो गयी है ये तो फ़िज़ूल की सम्भावना है। अँधेरी पर उतरा तो न चाहते हुए भी नज़र इधर-उधर घूमने लगी, घर जाकर कौन खाना बनाएगा, यहीं कुछ खा ले, पर उसके अन्दर कोई कह रहा था, खाने के बहाने इन्तज़ार की फ़सल फिर काट रहे हो।

दूध ब्रेड वाले ने आवाज़ लगायी तो सुबह का सन्नाटा टूटा, रात का अनावरण जल्दी से ख़त्म किया। कभी-कभी उसे लगता है ये दूधवाला दरवाज़े की दरार से उसका अनावरण देखता तो नहीं है, रोज़ दूध देते समय अजीब तरह से मुस्कराता है। बाहर देखा तो छोटे-छोटे बच्चे हाथों में तिरंगा लिये जा रहे हैं, उसे याद आया आज तो स्वतन्त्रता की स्वर्ण जयन्ती है। अन्दर आकर लेट गया, आज तो दफ़्तर जाना नहीं है और फिर ट्रेन भी शाम की है, आराम से तैयारी कर लेगा। इस बार क़स्बे में माँ के उजालों के प्रस्ताव से निर्णायक सामना करना है, यह तो तय ही है, जाने क्यों उसे लगने लगा था कि अब सब कुछ ख़त्म होने वाला है, जिस परेशानी का सामना वो कर रहा है शायद वही उसके दोस्त के सामने भी आ रही होगी। उसे भी उजालों के प्रस्तावों से उलझना पड़ रहा होगा। इधर ख़ान भी पोस्टरों की दुनिया से बाहर आने को तैयार नहीं हो रहा था, तन्मय एक उम्मीद की तरह नज़र आया था तो वो भी जा चुका था। अब रह गये थे वो दोनों एक तो वह ख़ुद और दूसरा आईने के उस तरफ का 'मैं', दोनों असन्तृप्त क्षुधा के दो किनारों पर हैं जिनके एकाकार होने की कोई सम्भावना नहीं है। और अगर एक ख़ामोशी में दूसरी ख़ामोशी समा भी

जाए तो परिणाम तो ख़ामोशी ही होगी।

अगर क़स्बे में उसका दोस्त भी इस बार अँधेरों से भागता नज़र आया तो शायद फिर वो कभी वहाँ नहीं जाएगा, यहीं रह जाएगा मुम्बई में, तोड़ देगा इस आईने को जिसके उस पार से ये अँधेरे उसे परेशान करते हैं। फिर न कोई अँधेरा होगा, और ना कोई उजाला, छोड़ देगा ज़िन्दगी को महानगर में बहते इस इनसानी रेले में जो रोज़ उसे घर से दफ़्तर और दफ़्तर से घर तक बहाता रहेगा।

बाहर बारिश शुरू हो चुकी थी, शोर से अनुमान हो रहा था कि काफी तेज़ बारिश हो रही है, छुट्टी और बारिश केवल आलस को बढ़ाने के लिए ही मिलते हैं। बारिश की रफ़्तार बढ़ती जा रही थी, अचानक घंटी बजी, दरवाज़ा खोला तो लगा बरसात में चमकने वाली सौदामिनी कड़कड़ाते हुए उसके दरवाज़े पर आकर गिर गयी है। बाहर तन्मय खड़ा था, सिर से पाँव तक तरबतर, हाथ में एक अटैची कन्धे पर बैग और शरीर के कोने-कोने से बूँदें रिस रहीं थीं, स्तब्धता की अवस्था बारिश के शोर को नगण्य करते हुए दोनों के बीच बह रही थी। उसने तन्मय का हाथ पकड़कर अन्दर खींच लिया। सामान रखने के बाद तन्मय ने बताया कि उस दिन घर पहुँचा तो मौसाजी ने उसका सामान बाँध दिया था, आपने पन्द्रह अगस्त को आने को कहा था इसीलिए तीन दिन तक प्लेटफार्म पर ही ठिकाना बना लिया था। मुम्बई में फ़्लैट एक कमरा, किचन व टॉयलेट को ही कहा जाता है, एक ही कमरा था, भीगा हुआ तन्मय असहज महसूस कर रहा था अतः उसने तन्मय को टॉवेल देते हुए कहा, "पूरे भीग गये हो, जाओ बाथरूम में जाकर नहा धोकर कपड़े बदल लो, मैं चाय बनाकर लाता हूँ।" चाय बनाते हुए वो सोच रहा था कि अब रिज़र्वेशन का क्या करूँ? चलो जाने दो फिर कैंसिल करते हैं क़स्बे जाने का प्रोग्राम। चाय लेकर कमरे में आया तो तन्मय नहा-धोकर आ चुका था, तीन दिनों में प्लेटफॉर्म पर जो गर्द जम गयी थी वो धुलने के बाद तन्मय का जो रूप सामने आया था वो शायद वो पहली बार देख रहा था।

उस दिन रात का इन्तज़ार बहुत भारी हो गया था, दिन भर बारिश होती रही। तन्मय ने अपने बारे में काफ़ी कुछ बता दिया था। रात गहराने लगी थी। खाने से निपटकर वो दोनों सारा काम निपटाते रहे, पता ही नहीं चला कब ग्यारह बज गये। बिस्तर पर पहुँचे तो लगा तन्मय कुछ तनाव में है, कुछ है जो वो कह नहीं पा रहा है। अर्ध अनावृत से लेटे-लेटे दोनों बहुत-सी बातें करते रहे, वो समझ नहीं पा रहा था कहाँ से शुरू करे? आईने के उस तरफ का 'मैं' कुछ क्रोधित नज़र आ रहा था शायद उसे डर था कि कुछ शुरुआत नहीं हो पाएगी। अँधेरे छटपटाने लग गये थे, तन्मय बातें करते-करते चुप हो गया था, और आँखें बन्दकर जाने क्या सोच रहा था। आईने के उस तरफ अब उसके लिए व्यंग्य और तिरस्कार का भाव छाया हुआ था,

अचानक तन्मय उठा और कमरे में जल रहे बल्ब को बन्द करके वापस अपनी जगह पर आकर सो गया, कमरे में अन्धकार का साम्राज्य पसर गया इतना कि आईने के उस तरफ का 'मैं' भी ख़ामोश हो गया। अन्धकार और सन्नाटे में कौन ज़्यादा गहरा था कुछ पता नहीं चल रहा था; वो जो शुरू होना था उसकी हिम्मत वो नहीं कर पा रहा था, पलकें धीरे-धीरे बोझिल हो रहीं थीं, शायद नींद अपना प्रभाव दिखाने लगी थी। आईने के उस तरफ का 'मैं' अगर अन्धकार में नहीं खोता तो भी वो थोड़ी हिम्मत कर लेता, पर यहाँ तो उसकी हौसला अफ़ज़ाई के लिए कोई नहीं था।

नींद की गलियों में वो कुछ दूर ही पहुँचा था कि लगा उसका अनावरण पूर्ण हो चुका है। सरगोशियाँ मरुस्थल में आँधी की तरह उड़ने लगीं, उसे आईने के उस तरफ के 'मैं' की फ़िक्र थी, उसने हाथ बढ़ाकर लाइट चालू की तो उसका सपना चादर पर रेत की तरह बिखरा पड़ा था, आज आईने के उस तरफ़ सचमुच दो अनावरण हो चुके थे। आईने के उस तरफ का 'मैं' विजयी भाव से मुस्करा रहा था। उसने आईने के 'मैं' को अलविदा कहा और लाइट को बन्द कर दिया। एक छुअन आँधी की तरह आकर उसके साए से टकरायी और उसे लगा उसका फ़्लैट छतविहीन हो गया है, बाहर की घनघोर बारिश यहाँ कमरे में भी बरसने लगी है, उसकी देह का कोना-कोना एक बादल में समाता जा रहा था, एक अनजान पल वक्त के हाथों से फिसलकर भागने के लिए बैचेन हो रहा था। एकाएक सन्नाटा छा गया, वो बादल पर्वत के साए में पसरा मानो किसी आँधी की प्रतीक्षा करने लगा उसने बादल को हाथों में थामा और अपने साये को बादल की परछाइयों के हवाले कर दिया, उसका साया बादल के अँधेरों में दौड़ने लगा। शायद पृथ्वी रुक गयी थी, बाहर बारिश भी बिल्कुल थमी-सी लग रही थी, सारी मुम्बई निःशब्द लग रही थी, उसका साया बादल के अँधेरों में दौड़ता जा रहा था। मरुस्थल में रेत के टीले लेकर उड़ रहीं आँधियाँ। अपनी रफ़्तार के कारण दीवानों-सी सनसना रहीं थीं। वस्त्रहीनता दौड़त दौड़ते अचानक भारहीनता में बदल गयी। और बादल के अँधेरों में समाती चली गयी, फिर वही सन्नाटा छा गया, दोनों अनावरण ख़ामोश पड़े हुए थे।

तन्मय शायद सो चुका था, सिगरेट सुलगाकर वह सोचने लगा कि कुछ देर पहले जो भूकम्प आया था, उसका परिणाम क्या हुआ, हाथ बढ़ाकर उसने लाइट को चालू कर दिया, आईने के उस तरफ दो अनावरण स्पष्ट नज़र आ रहे थे, उस तरफ का 'मैं' कुछ उलझन में था अचानक उसे लगा तन्मय में ख़ान उग आया था, पूर्ण अनावरित ख़ान उसकी तरफ़ हसरत से देख रहा था, उसने तन्मय में उगे हुए ख़ान को छुआ तो तन्मय ने आँखें खोली, उसने आँखें बन्दकर ली। कुछ ही देर में उसे लगा कि वो मरीन ड्राइव के समुद्र किनारे की चट्टान बन गया है और समुद्र

की लहरें पूरी गति से दौड़ती हुई उससे टकरा रही हैं। उसने आँखें खोली तो देखा ख़ान कोहरे की तरह छाया हुआ है, उसे बहुत पुराने गीत की पंक्तियाँ याद आ रही थीं 'तुम प्रलय के देवता हो मैं समर्पित प्राण हूँ'। तन्मय में उगा ख़ान साकार और निराकार के प्रश्न में उलझा हुआ था, उसने लाइट को फिर ऑफ़ कर दिया, अब ना वो था, ना ख़ान था, ना तन्मय, बस एक अँधेरा था, एक साहिल था और एक बंजारा जो साहिल की गीली रेत पर अपनी उँगलियों से कुछ लिख रहा था। उसके अँधेरों में एकाएक आहट सी हुई, कोई उस अँधेरी देहरी में झाँक रहा था, अँधेरों की सीलन सुलगने लगी थी, तन्मय में उगा ख़ान अपनी जलती देह लेकर उसके अँधेरों में समा गया, अँधेरे सुलगते जा रहे थे, अनावरित तन्मय समुद्र की लहरों में बदल गया था, एक लहर आँधी का सहारा लेकर उठी और उठती गयी और मरीन ड्राइव की चट्टानों से टकराकर बिखर गयी, उसे लगा कमरे में रखा आईना फूट गया है और उसकी किरचें उसके अँधेरों में बिखरती जा रही हैं। निःशब्दता में केवल तन्मय की साँसें गूँज रही थी, तन्मय में उगा ख़ान उसके अँधेरों में बिखर गया था।

रात भर एक धुआँ कोहरे के साए में लिपटा सोता रहा। मोबाइल की घंटी ने सुबह उसे उठाया, देखा तन्मय सो रहा है उसी अनावृत अवस्था में। मोबाइल उठाया तो क़स्बे से उसके दोस्त का फोन था, कह रहा था उसकी शादी तय हो गयी है वो समय से आ जाए, और भी जाने क्या-क्या बोलता रहा था वो, मगर उसे कुछ सुनाई नहीं दे रहा था। कुछ देर बात करने के बाद उसने मोबाइल बन्द कर दिया और स्विच ऑफ़ भी। लौटा तो देखा तन्मय उसी प्रकार सो रहा है, चुपचाप, वो फिर बिस्तर पर बैठ गया, आईने के उस तरफ का 'मैं' नज़र नहीं आ रहा था, शायद अब वो भी अब उसके दोस्त की तरह नज़र नहीं आएगा। शरीर से लिपटे टॉवेल को उसने अलग किया और तन्मय के पास जाकर लेट गया, तन्मय ने आँखें खोलीं और उसके अनावृत अँधेरों की ओर देखा, तन्मय में फिर ख़ान उगने लगा, कोहरा फिर छाने लगा था वो फिर से एक नये सफ़र पर निकल पड़ा था, अपने दोस्त के साथ जो मंज़िलें उसने तय की थीं उससे भी आगे उसे जाना है, तन्मय के साथ। उसके दोस्त ने उसका साथ दस वर्षों तक दिया था, तन्मय से भी इतनी ही उम्मीद करें तो अगले दस वर्षों तक वो बेफ़िक्र हो सकता था। ख़ान इतने गहरे कोहरे में बदल गया था कि कुछ सूझ ही नहीं रहा था, उसके अँधेरे फिर सुलग रहे थे, आईने के उस तरफ मरीन ड्राइव की चट्टानों से टकराता समुद्र साफ़ दिख रहा था। अब शायद वो क़स्बे कभी नहीं जाएगा। उसे अँधेरों के गणित का एक और अस्थायी हल मिल गया था, अँधेरे बर्फ़ की आँच से सुलगते जा रहे थे, दूधवाला दरवाज़े की दरार पर आँखें लगाये समझने का प्रयास कर रहा था अँधेरे के गणित को।

घेराव

घटना को देखा जाए तो ऐसी कोई बहुत बड़ी घटना भी नहीं है कि उस पर इतना हंगामा हो। लेकिन अगर शहर का इतिहास देखें तो यही छोटी-सी घटना बारूद के घर में जलती हुई अगरबत्ती की तरह साबित हो सकती है। शहर के कुछ आवारा शोहदे स्कूल से लौटती हुई दो बहनों को रोज़ छेड़ते थे। बहनों के साथ मुश्क़िल यह थी कि उनके घर में मर्द नाम की कोई चीज़ नहीं थी। उनके पिता बैंक में नौकरी करते थे जिनके अचानक गुज़र जाने के बाद माँ को अनुकम्पा नौकरी बैंक में मिल गयी थी। इस तरह घर में कुल मिलाकर ये ही तीन थीं, माँ और दो बेटियाँ। दोनों बहनें चुपचाप सिर नीचा किये इन आवारा लड़कों की छेड़छाड़ को सहन करते हुए घर लौटती थीं।

एक बार स्कूल के प्रिंसिपल को भी दोनों ने शिकायत की, जिस पर प्रिंसिपल ने पुलिस में सूचना दर्ज भी करवायी, लेकिन अगर कहावत की भाषा में बात की जाए तो ढाक के पत्ते तीन ही रहे। पुलिस ने आकर उल्टा उन दोनों बहनों से ऐसे-ऐसे सवाल पूछे कि उसके बाद फिर उनकी हिम्मत ही नहीं हुई कि फिर से कहीं शिकायत दर्ज करताएँ। पुलिस की ओर से भी जब हरी झंडी मिल गयी तो शोहदों की हिम्मत और भी बढ़ गयी। लड़कियों के पास से तेज़ रफ़्तार में मोटर साइकिल ले जाना, दुपट्टा खींच लेना जैसी हरकतें करने लगे।

ये जो घटना हुई वह भी इसी तारतम्य में घट गयी। घटना में इन लड़कियों की क़िस्मत और मरने वाले लड़कों का दुर्भाग्य दोनों एक ही बात से जुड़े थे। और वो बात केवल इतनी सी थी कि मरनेवाले मुसलमान थे। हाँ तो हुआ इस तरह कि रास्ते में दुपट्टा खींचना, छेड़ना जैसी घटनाएँ वैसे कोई एक लड़का नहीं करता था, ये सभी का मिला-जुला प्रयास था, मगर वो लड़का कुछ ज्यादा जोश में आ गया था। रविवार के दिन अल सुबह जब वो लड़की के घर के सामने से मोटर साइकिल पर जा रहा था तो उसने देखा कि बड़ी बहन घर के बाहर रस्सी पर कपड़े डाल रही है। उसने आव देखा ना ताव मोटर साइकिल खड़ी की और दौड़ पड़ा। जब तक वो

लड़की कुछ समझती तब तक इसने उसे बाँहों में भरा और जगह-जगह चूम लिया। चूमने के बाद मोटर साइकिल उठायी और ये जा वो जा। रोती हुई लड़की अन्दर पहुँची और माँ को सारी बात बतायी। माँ भी शायद इसी दिन की ताक में थी, क्योंकि छेड़नेवाले लड़कों में आधे हिन्दू थे और आधे मुसलमान थे इसलिए उसका कोई भी दाँव नहीं लग रहा था, मगर आज जो आया था वो तो केवल और केवल मुसलमान ही था। और लड़की हिन्दू थी।

माँ ने बाहर निकल कर छाती पीट-पीट कर रोना शुरू कर दिया, बात की बात में लोग इकट्‌ठे हो गये। माँ ने जो तस्वीर लोगों के सामने रखी उसमें ये कहीं नहीं था कि एक आवारा लड़का आकर मेरी लड़की के साथ ग़लत हरकत करके चला गया। तस्वीर तो कुछ इस तरह से सामने आयी कि एक मुसलमान लड़का हिन्दुओं के मोहल्ले में आकर एक हिन्दू लड़की के साथ अभद्रता करके चला भी गया। माँ जानती थी कि जब तक लड़के के आवारापन को गौण करके उसके मुसलमान होने का ढिंढोरा ना पीटा जाएगा तब तक कुछ भी नहीं होनेवाला है।

लड़कियों की माँ का तीर बिल्कुल निशाने पर जाकर लगा। भीड़ में शामिल जवान लड़कों की मछलियाँ माँ की बात सुनते ही फड़क उठीं। कब बनी, किसने बनायी ये योजना, ये तो कोई नहीं जानता लेकिन हुआ ये कि वो घटना घट गयी। रात को वो लड़का अपने एक दोस्त को लेकर फिर आया मगर उसका दुर्भाग्य कि सुबह से रात होने तक वो आवारा लड़का नहीं रहा था, वह अब मुसलमान हो चुका था। और इधर एक भरा पूरा हिन्दू धर्म उसके कारण अपने को, अपनी अस्मिता को ख़तरे में महसूस कर रहा था। हालाँकि ये प्रश्न अभी भी अनुत्तरित हैं कि अगर रविवार की उस सुबह वह लड़का जोश में ना आता और उसके साथ वाला हिन्दू लड़का जोश में आकर वह हरकत कर जाता तो क्या होता।

खैर, तो हुआ ये कि सुबह की ख़ुमारी में डूबा वो लड़का शाम को फिर लौटा मगर इस बार उसका आना ऐसा रहा कि फिर उसका लौटना नहीं हुआ। इधर उसने मोटर साइकिल को लड़की के घर के सामने रोका और उधर किसी ने ट्रांसफार्मर के कट आउट निकाल कर पूरे मोहल्ले की बिजली गुल कर दी। इसके बाद जो कुछ हुआ, वह क्या हुआ कोई नहीं जानता। हर कोई यही कहता है कि वह तो उस समय अँधेरे में था। शोर-शराबा, मार-पीट, चिल्लाने के, कराहने के स्वर, हड्डियों के चटखने की आवाज़ें, बस यही सब कुछ दस पन्द्रह-मिनट तक होता रहा, फिर कुछ भगदड़ का स्वर हुआ और ख़ामोशी छा गयी। ये अँधेरे का विशेष गुण है कि उसमें घटने वाली घटनाओं का अन्त ख़ामोशी के साथ ही होता है। ख़ामोशी काफ़ी देर तक बनी रही, टूटी तो पुलिस के सायरन के साथ। घटना का मुख्य पात्र तो घटना स्थल पर ही समाप्त हो चुका था, मगर उसका सहयोगी केवल इसलिए जीवित था

क्योंकि उसकी साँसें चल रहीं थीं। मरना उसको भी था सो वो भी अस्पताल में रात भर ज़िन्दा रहने के बाद सुबह सिधार गया।

देखा जाए तो घटना यहीं पूरी हो जानी थी क्योंकि जो होना था वो हो चुका था। मगर वास्तव में घटना यहीं से शुरू हुई थी। दोनों लड़कों के मरने के बाद और ज्यादा ज़ोर से मुसलमान हो गये। ज़ोर से मतलब उनके मरने से पहले तो हिन्दुओं को लगा था कि ये मुसलमान हैं, मगर मरने के बाद मुसलमानों को भी लगा कि अरे...! वो तो मुसलमान थे। कुछ लोग कहते हैं कि उस तेरह साल के लड़के सनी ने ही अपने पिता के मोटर साइकिल के शोरूम से पुराना साइलेंसर उठाकर उससे दोनों लड़कों के सिर पर वार किये थे, जिससे वो मर गये। कुछ कहते हैं सनी का घटना की दो प्रधान चरित्र उन बहनों में से छोटी बहन के साथ कुछ चक्कर था और अपनी प्रेमिका के सामने वीरता दिखाने का ये सबसे अच्छा अवसर उसे जब मिला तो उसने इसे हाथ से जाने नहीं दिया। इस बात को कुछ लोग यह कहकर काट देते हैं कि भला तेरह साल के बच्चे का भी ऐसा कुछ चक्कर वगैरह हो सकता है। तो इस पर जवाब मिलता है, टीवी सीरियल देखने वाले बच्चे हैं भई, इधर माँ का दूध छोड़ते हैं उधर जवान हो जाते हैं।

इस पूरे मामले पर कुछ (यक़ीनन हिन्दू) कहते हैं कि दरअसल तो मरनेवाला दूसरा लड़का सनी के पिता के शोरूम पर काम करता था जहाँ से उसे निकाल दिया गया था, बस इसी अदावत में उसने मारनेवालों में सनी का नाम भी लिखवा दिया और मर गया। कुछ लोग (यक़ीनन मुसलमान) कहते हैं कि मरनेवाले लड़के के साथ सनी की बहन का कुछ चक्कर हो गया था। इसी कारण सनी के पिताजी ने उसे अपने यहाँ से हटा दिया था। और उसी का बदला सनी ने उससे उस रोज़ लिया, उसे इतना मारा कि वो मर ही गया। जितने मुँह उतनी बातें। इसलिए भी क्योंकि घटना में भीड़ भी थी और अँधेरा भी था। ये दोनों ही अन्धी वस्तुएँ हैं, ना तो भीड़ की आँखें होती हैं और न ही अँधेरे की। ये दोनों चीज़ें अकेले अकेले ही बहुत ख़तरनाक होती हैं, अगर दोनों मिल जाएँ तो फिर तो क्या कहा जाए।

ख़ैर तो दोनों लड़के मरने के बाद मुसलमान हो गये। दोनों के घर पास पास ही थे। जब दोनों की लाशें घर लायी गयीं तब तक मोहल्ले के सारे लड़के उसी तरह से मुसलमान हो चुके थे जिस तरह से बीती रात दूसरे मोहल्ले के सारे लड़के हिन्दू हो गये थे। बात की बात में, ख़ून का बदला ख़ून, जैसे नारे उछलने लगे। शहर में पूर्व में तीन साम्प्रदायिक दंगे हो चुके थे, इसलिए पुलिस भी फौरन हरकत में आ गयी। और साथ ही साथ हरकत में आ गये पत्रकार भी जिनमें समीर भी था। एक टीवी समाचार चैनल का स्ट्रिंगर। शहर में तनाव कब हो गया किसी को पता ही नहीं चला, रात में ठीक ठाक सोये लोगों ने जब सुबह आँखें खोलीं तो शहर तनाव

में था।

जैसे जैसे दिन चढ़ने लगा लोग धीरे-धीरे लोगों से हिन्दू और मुसलमानों में बदलने लगे। पुलिस इन्हें वापस लोगों में बदलने के प्रयास में जुट गयी, तो पत्रकार लोगों में आ रहे बदलाव को सुर्ख़ियों में ढालने में जुट गये। समीर का अपने चैनल पर तीन बार फोनो हो चुका था, तीनों बार समाचार वाचक ने उससे एक ही बात पूछी थी, ''हाँ समीर जी बताइए, कैसी स्थिति है वहाँ!'' और तीनों बार उसने एक-सा ही उत्तर दिया था, ''जी यहाँ काफ़ी तनाव है, हालाँकि अभी कोई भी अप्रिय घटना नहीं घटी है, और पुलिस भी नियन्त्रण के प्रयास में लगी है, फिर भी चारों तरफ़ दहशत का माहौल है।''

दिल्ली में बैठे समाचार सम्पादक व्याकुलता से प्रतीक्षा कर रहे थे कि कुछ हो जाए, मगर यहाँ का तनाव घटना में बदल नहीं पा रहा था। समाचारों की दुनिया ही ऐसी है, यहाँ रोज़ कुछ चाहिए होता है; कल जो कुछ भी घट गया वो भले ही कितना महत्त्वपूर्ण रहा हो लेकिन वो आज की सुर्ख़ी नहीं हो सकता। आज तो कुछ-न-कुछ नया ही चाहिए, कुछ ऐसा जो आज का ही हो।

पुलिस सक्रिय थी तो केवल इस बात को लेकर कि दोनों मरे हुए लड़कों को जल्दी से जल्दी दफ़ना दिया जाए। पुलिस को पता था कि लाशें राजनीति करने का सबसे अच्छा साधन होती हैं। जब तक लाशें घर में रखी हैं तब तक ये तनाव भी रहेगा, और घटना की आशंका भी रहेगी। डीएसपी स्वयं दो बार लड़कों के घरवालों से मिन्नत कर चुका था कि जल्दी से जनाज़ा उठाया जाए, लेकिन लड़कों के घरवाले हर बार टका सा जवाब देकर लौटा रहे थे। ख़ून का बदला ख़ून, के नारों के बीच अब सुगबुगाहट शुरू हो गयी थी कि जब तक सनी के ख़िलाफ़ तीन सौ दौ का मामला दर्ज नहीं किया जाएगा तब तक जनाज़े नहीं उठेंगे। डीएसपी माथे का पसीना पोंछते हुए कभी वायरलेस पर फटकारते एसपी को जवाब देता, तो कभी समाचार चैनल वालों को सेल फोन पर घटना की जानकारी दे रहा था।

दोपहर होने तक भी जब जनाज़े नहीं उठे तो अन्ततः एसपी को आना पड़ा। एसपी अरविन्द कुमार भी घुटा हुआ डिप्लोमेट था उसने लड़कों के परिवारवालों को इस बात का आश्वासन दिया कि सनी के ख़िलाफ़ मामला दर्ज कर लिया जाएगा इस बात का भरोसा मैं देता हूँ आप जनाज़े तो उठाइये। और अन्ततः जनाज़े उठे, आगे बड़ी संख्या में पुलिस जवान डीएसपी के साथ थे तो पीछे भी उतनी ही पुलिस सिटी कोतवाली के थाना प्रभारी के साथ। और उनके साथ थे पत्रकार पल पल की जानकारी सेलफोन द्वारा प्रसारित करते, ''हाँ अख़लाक़ यहाँ से जनाज़े उठ गये हैं, भारी पुलिस बल भी साथ में है।''

होने को तो पुलिस को यही लग रहा था कि सब कुछ उसके सोचे अनुसार ही

हो रहा है लेकिन कहते हैं न कि भीड़ और भेड़ का जिसने भरोसा किया उससे बड़ा बेवकूफ़ कोई नहीं। युवा डीएसपी भी यहीं पर मात खा गया। जनाज़े की नमाज़ के बाद जनाज़ा मस्जिद से आगे बढ़ा तो भीड़ के सुर बिल्कुल बदल चुके थे। जिस समय डीएसपी एसपी को वायरलेस पर सूचित कर रहा था कि सर यहाँ सब ठीक है। ठीक उसी समय जनाज़ा शहर के मुख्य चौराहे पर रखा भी जा चुका था, और बाक़ायदा भीड़ ने चक्काजाम भी शुरू कर दिया था।

चौराहा ठीक उस स्थान पर था जहाँ से दोनों मोहल्ले अलग होते हैं, अर्थात मरनेवालों का मोहल्ला और मारनेवालों का मोहल्ला। नारेबाज़ी, शोरशराबे के बीच आनन-फानन में दुकानों के शटर गिरे और अफ़रा-तफ़री का माहौल मच गया। घरों में दुबके लोग साँस थामे अब कुछ हुआ, तब कुछ हुआ की प्रतीक्षा करने लगे। चैनलों के संवाददाता सेल फोनों पर चीख़ने लगे, "हाँ प्रियदर्शन, यहाँ पर जैसी कि आशंका की जा रही थी वैसा ही हुआ है। जनाज़े को चौराहे पर रखकर चक्काजाम कर दिया गया है, सारी दुकानें बन्द हो गयीं हैं।" "जी अख़लाक़ भारी तनाव है, पूरे बाज़ार की दुकानें बन्द हो चुकीं हैं।" और इन्हीं सब के बीच समीर भी था, पन्द्रह दिन पहले ही दिल्ली से स्ट्रिंगर नियुक्त हुआ था, उसके लिए ये बड़ी घटना थी।

एसपी ने स्वयं पहुँचकर चक्का जाम कर रहे लोगों को समझाने का प्रयास किया मगर भीड़ डीएम से बात करना माँग रही थी। उन्हें सनी की गिरफ़्तारी के साथ साथ पाँच-पाँच लाख का मुआवज़ा भी चाहिए था। एसपी ने डीएम वन्दना सक्सेना से बात की, थोड़े नानुकुर के बाद वे घटनास्थल पर आ गयीं। डीएम को देख भीड़ पूरे जोश मे आ गयी। माँगों के नारे लगने लगे। डीएम ने मुआवज़े को लेकर मजबूरी बतायी कि डीएम के पावर में जितना होता है मैं उससे ज्यादा नहीं दे सकती। भीड़ पुनः सनी पर प्रकरण दर्ज करने की माँग पर अड़ गयी कि जब तक सनी पर तीन सौ दो का प्रकरण दर्ज नहीं होगा, तब तक जनाज़ों को नहीं उठाया जाएगा।

"नहीं सर ऐसी कोई विशेष गम्भीर बात नहीं है," एसपी अरविन्द कुमार ने सेलफोन पर आइजी को उत्तर दिया।

"क्या गम्भीर नहीं है, अभी आपके यहाँ के पत्रकार का फोन चैनल पर हो रहा था, वो बता रहा था कि जबरदस्त तनाव है कुछ भी हो सकता है।" उधर से आईजी की फटकार आयी।

"जल्दी स्थिति ठीक करिए और मुझे बताइए।" कहते हुए आइजी ने फोन काट दिया।

एसपी ने पास से गुज़रते समीर को रोक कर माथे का पसीना पोंछते हुए कहा,

"समीर जी प्लीज़! थोड़ा लो प्रोफाइल रखिए मामले को, आख़िर को आप भी तो शहर का ही भला चाहते हैं।"

"भला तो आप कर सकते हैं, इस चक्काजाम को जल्दी टाल कर, नहीं तो अभी कुछ का कुछ हो जाएगा।" समीर ने उत्तर दिया।

"वो तो हम कर ही रहे हैं, पर आप देख तो रहे हैं कि वो लोग डीएम की भी नहीं सुन रहे हैं।" एसपी ने समझाइश के स्वर में कहा।

"अरविन्द जी, आप पत्रकारों को मैनेज करने के बजाय जाकर भीड़ को मैनेज कीजिए, वह ज़्यादा अच्छा होगा," समीर ने उत्तर दिया। अरविन्द कुमार ने गहरी नज़रों से समीर की ओर देखा, समीर आगे बढ़ गया।

"एसपी साहब आप इन लोगों के सामने सनी पर प्रकरण दर्ज करने की कार्यवाही कर दें, ये लोग जनाज़ा उठा लेंगे।" डीएम वन्दना सक्सेना ने अरविन्द कुमार से कहा, जो कुछ बुज़ुर्ग नज़र आने वाले व्यक्तियों के साथ घटना स्थल से आयी थीं।

"जी मैडम।" अरविन्द कुमार ने उत्तर दिया।

"चलिए आप लोग भी सिटी कोतवाली तक चलें, आप लोगों के सामने ही सारी कार्यवाही हो जाएगी।" वन्दना सक्सेना ने साथ आये लोगों की तरफ़ देखते हुए कुछ नरम स्वर में कहा।

"बहुत अच्छा मैडम।" उनमें से एक ने उत्तर दिया। सिटी कोतवाली में अरविन्द कुमार ने स्वयं अपने हाथ से सनी पर प्रकरण दर्ज किया। वन्दना सक्सेना ने उन लोगों को रोज़नामचा दिखाया, मुतमइन होकर वे लोग वापस हो गये। कुछ ही देर में चक्काजाम समाप्त हो गया। और जनाज़े बढ़ गये।

"जी यहाँ स्थिति अब ठीक है, एसपी अरविन्द कुमार ने स्वयं उस तेरह वर्षीय बालक सनी के ख़िलाफ़ हत्या का प्रकरण दर्ज कर लिया है," समीर अपने सेलफोन पर फोन कर रहा था। फोन समाप्त करके पलटा तो अरविन्द कुमार ने व्यंग्यात्मक मुस्कराहट के साथ कहा, "पत्रकार महोदय, अगर आप तेरह वर्षीय बालक नहीं कहते तो शायद घटना सनसनीख़ेज़ नहीं हो पाती है ना?"

"इसमें सनसनीख़ेज़ की क्या बात है, ये तो सच है।" समीर ने भी मुस्कराकर उत्तर दिया।

"वही तो मैं कह रहा हूँ कि सच भी आपको वही अच्छा लगता है जो सनसनीख़ेज़ हो।" अरविन्द कुमार ने व्यंग्य के साथ कहा।

"क्या करें साहब ये तो आपकी और हमारी मजबूरी ही है कि हम दोनों चाह कर भी अच्छाइयों की दुनिया में नहीं रह सकते, हमारा सामना उसी सच से होता है जो बुरा है।" समीर ने उत्तर दिया।

"चलिए, अब फ़िज़ूल बहस करने से कुछ फ़ायदा नहीं है मामला ख़त्म हो गया, कोई अप्रिय घटना नहीं घटी यही बड़ी बात है।" वन्दना सक्सेना ने दोनों के बीच में दख़ल देते हुए कहा।

"क्या आप ऐसा सोचती हैं कि मामला खत्म हो गया है?" समीर ने कुछ गम्भीर स्वर में वन्दना श्रीवास्तव की ओर देखते हुए कहा।

"क्या आप ऐसा नहीं समझते?" वन्दना सक्सेना ने भृकुटियों को कुछ तिरछा करते हुए कहा।

"कोई भी समझदार व्यक्ति ऐसा नहीं सोच सकता, और विशेषकर वो जो इस शहर की फ़ितरत से वाक़िफ़ हो।' समीर ने सन्तुलित स्वर में उत्तर दिया।

"क्यों?" इस बार प्रश्न अरविन्द कुमार ने किया।

"वो इसलिए क्योंकि अभी आपने एक धर्म को सन्तुष्ट करके घटना को टाल दिया है, अभी दूसरा धर्म तो बाक़ी है, जिसका वो तेरह साल का लड़का है जिसके ख़िलाफ़ आप ने मुक़दमा दर्ज कर लिया है।" समीर ने उत्तर दिया।

"उससे क्या होता है।" वन्दना सक्सेना ने प्रश्न किया।

"उससे धर्म ख़तरे में पड़ जाता है।" समीर ने व्यंग्य के लहज़े में उत्तर दिया।

"मतलब!" वन्दना सक्सेना ने पुनः प्रश्न किया।

"मतलब ये कि लड़के के पिता को केवल यही तो कहना है कि ये प्रकरण मेरे बेटे के ख़िलाफ़ नहीं बल्कि हिन्दू धर्म के ख़िलाफ़ दर्ज किया गया है। धर्म ख़तरे में है। और हमारे देश में भीड़ को इकट्ठा करने के लिए सबसे अच्छा तरीका यही है कि धर्म को ख़तरे में डाल दो।" समीर ने कुछ लापरवाही के स्वर में कहा।

"नहीं-नहीं ऐसा कुछ नहीं होगा, एसपी साहब आप स्थिति पर पूरी निगरानी रखिएगा। कहीं कोई अफ़वाहें फ़ैलाने की कोशिश ना कर पाए। और समीर जी आप भी थोड़ा देखते रहिएगा, आप लोगों के हाथों में तो शहर की नब्ज़ होती है।" कहते हुए वन्दना सक्सेना ने ड्राइवर को इशारा कर दिया। ड्रायवर ने कार लाकर लगायी और वन्दना सक्सेना उसमें बैठकर रवाना हो गयीं।

"अच्छा सर मैं भी चलता हूँ।" समीर ने अरविन्द कुमार की ओर हाथ बढ़ाते हुए कहा, अरविन्द कुमार ने गर्मजोशी से हाथ मिलाते हुए अपना दूसरा हाथ भी हाथ के ऊपर रखते हुए कहा, "अच्छा समीर जी, बस थोड़ा हम लोगों का ध्यान रख लीजिएगा।"

अगले दिन जब सुबह लोग सोकर उठे तो शहर भर में धर्म के ख़तरे में होने सन्बन्धी परचे वितरित हो चुके थे। कम्प्यूटर पर कम्पोज़ करके उसकी फोटोकापी करवा के बाँटे गये इन परचों मे कुल मिलाकर एक ही बात थी कि धर्म ख़तरे में है, और एकजुटता की आवश्यकता है। अब इन परचों के बारे में भी कई मत हैं कुछ

लोग कहते हैं कि ये परचे लड़के के पिता ने ही अपने शोरूम के कम्प्यूटर पर निकलवा कर वितरित करवाये थे। कुछ लोग ऐसा मानते हैं कि शहर से निकलने वाले हिन्दूवादी दैनिक समाचारपत्र के मालिक के साथ लड़के के पिता की रात को एक गुप्त बैठक हुई थी और अल सुबह समाचार पत्र बाँटने वाले हाकरों ने ही इन पर्चों का वितरण किया था।

वजह चाहे जो भी रही हो लेकिन आसमान से सुबह का भगवा सिन्दूरी रंग हटा और उधर शहर भगवा हो गया। सारे शहर में गले में केसरिया चिन्दी डाले हुए लोग नज़र आने लगे। जैसे-जैसे दिन चढ़ने लगा केसरिया चिन्दियों की संख्या भी बढ़ने और चढ़ने लगी। रात को वितरित किए गये परचों में अपनी एकजुटता दिखाने की बात कही गयी थी। और एकजुटता के लिए भगवा दल के वीर पुरुष हरकत में आ चुके थे।

"नहीं समीर साम्प्रदायिक संगठनों का कोई समाचार हमारे चैनल से प्रसारित नहीं होता।" समाचार सम्पादक ने फोन पर उत्तर दिया।

"लेकिन अवधेश जी यहाँ पर भारी तनाव है, और ये हिन्दुवादी संगठन उस लड़के के पिता के इशारे पर सारे शहर को आग मे झोंकने को तत्पर हैं।" समीर ने आपत्ति दर्ज करते हुए कहा।

"चाहे जो हो, हमारा नियम है कि हम साम्प्रदायिक संगठनों का कोई समाचार प्रसारित नहीं करते, ना अच्छा ना बुरा," समाचार सम्पादक अवधेश चतुर्वेदी ने दो टूक उत्तर दिया।

"तो फिर मैं क्या करूँ?"

"आप स्थिति पर नज़र रखिए, कुछ भी होता है तो हमें तुरन्त बताइएगा।"

"ठीक है अवधेश जी मैं कुछ होने की प्रतीक्षा करता हूँ।" समीर ने व्यंग्यात्मक लहज़े में कहा और फोन काट दिया।

घर की खिड़की से समीर बाहर की ओर देखने लगा जहाँ भगवा रंग गाढ़ा होता जा रहा था। कहीं-कहीं से नारों के स्वर भी सुनाई दे रहे थे। "चाचा आप जा नहीं रहे वहाँ।" बारह साल के भतीजे ने आकर पूछा। "नहीं बेटा अभी नहीं, जब दंगा होगा तब जाऊँगा।" समीर ने उसी प्रकार खिड़की से बाहर देखते हुए कहा। भतीजा चुपचाप वापस लौट गया।

खिड़की के पास से निकलते एक परिचित बजरंगी को देखकर समीर ने पूछा "क्यों भाई क्या चल रहा है?"

"बस अभी तो बड़ा बाज़ार में दोपहर बारह बजे सबको एकत्र किया है फिर वहीं निर्णय होगा कि क्या करना है।" उस व्यक्ति ने उत्तर दिया।

"फिर भी क्या योजना है?" समीर ने टटोला।

"अभी कुछ तय तो नहीं है फिर भी बड़े बाज़ार से कलेक्टोरेट तक रैली तो निकलेगी। प्रदर्शन घेराव का तय होना अभी बाक़ी है।" उस व्यक्ति ने उत्तर दिया

"कितने लोग हो जाएँगे रैली में," समीर ने पुनः उसे टटोला।

"तीन-चार हज़ार तो होने ही चाहिए। हमने इसको राजनैतिक रूप नहीं दिया है, हर सच्चे हिन्दू को बुलाया है जिसे भी लगता है कि मुसलमानों के इशारे पर एक तेरह साल के मासूम हिन्दू बच्चे के ख़िलाफ़ प्रकरण दर्ज करना हमारी अस्मिता पर प्रहार है वह हमारे साथ साथ आये हमने ऐसा निवेदन किया है।" उस व्यक्ति का चेहरा कुछ तन गया।

"लड़के की गिरफ़्तारी हो गयी?" समीर ने प्रश्न किया।

"ऐसे कैसे हो जएगी, आग नहीं लगा देंगे थाने को।" उस व्यक्ति का चेहरा पूर्णतः भगवा हो चुका था।

"आप नहीं आ रहे कवरेज करने?" उस व्यक्ति ने समीर से पूछा।

"बस आता हूँ आप चलिए?" समीर ने मुस्कराकर उत्तर दिया।

उस व्यक्ति के जाते ही समीर भी उठकर जूते के तस्मे बाँधने लगा, "जाना तो होगा ही, पता नहीं कब क्या हो जाए।" बड़ा बाज़ार का माहौल बड़ा उत्तेजनापूर्ण था हज़ारों लोग थे जिनमें से अधिकांश के गले में केसरिया चिन्दियाँ वीरता के प्रतीक के रूप मे डली हुई थीं। सबके चेहरे तने हुए थे। कुछ नौजवान चिन्दियाँ नारेबाज़ी भी कर रहीं थीं।

"समीर भय्या सुना है वो लोग भी जमा हो रहे हैं उधर सराय में।" एक नौजवान चिन्दी ने उसके पास आकर पूछा।

"कौन लोग?" समीर ने जानते हुए भी कुछ अनजान बनते हुए कहा।

"वही साले क... अभी भी छाती ठंडी नहीं हुई उनकी, तेरह साल के लड़के को फँसवाने के बाद भी।" लड़के की साँसों के साथ समीर को एक जानी पहचानी सी गन्ध आयी, उसने मुस्कराकर लड़के का कन्धा थपथपाया और बढ़ गया।

"देखिए निर्णय ले लिया गया है, हम लोग अपनी पूरी ताकत के साथ प्रदर्शन करेंगे, तब तक कलेक्टोरेट के दरवाज़े से नही हटेंगे जब तक जिला प्रशासन स्वयं हमें ये लिखित आश्वासन नहीं देता है कि सनी के ख़िलाफ़ दर्ज प्रकरण वापस ले लिया जाएगा। आप लोग याद रखें हमें कल की घटना का उसी शैली में उत्तर देना है। यदि वो लोग दबाव डालकर सनी के ख़िलाफ़ प्रकरण दर्ज करवा सकते हैं तो हमें भी दबाव डालना आता है। ये किसी एक बच्चे की बात नहीं है ये धर्म की बात है, आज उन लोगों ने दबाव डालकर एक बात मनवायी है, कल कुछ और भी कर सकते हैं। अच्छा होगा अभी इसी समय उन्हें उन्हीं की शैली में जवाब दे दिया जाए।" दैनिक समाचारपत्र के सम्पादक एक मकान के बाहर बने ऊँचे चबूतरे पर

खड़े होकर भगवा भीड़ को सम्बोधित कर रहे थे। समीर वहीं पास खड़े स्कूटर पर बैठकर अपनी नोटबुक में नोट करने लगा।

"नमस्ते भाई साहब।" स्वर सुनकर समीर ने सिर उठाया तो देखा सनी का चाचा सुनील खड़ा है। सुनील भी पत्रकार है। राजधानी से प्रकाशित एक नामालूम से समाचारपत्र की पच्चीस प्रतियाँ शहर में मुफ़्त बँटवाता है, और जेब से उन प्रतियों का पैसा भर देता है। एवज में उसको पत्रकार होने का कार्ड मिला हुआ है।

"और सुनील क्या हाल है।" समीर ने पूछा।

"बस भाई साहब, मैं तो यहाँ आना ही नहीं चाहता था पर पत्रकार होने के कारण आ गया।" सुनील ने उत्तर दिया।

"यानि तुम यहाँ सनी के चाचा की हैसियत से नहीं आये हो।" समीर ने मुस्कराते हुए कहा।

सुनील कुछ उत्तर देता इससे पहले ही एक भगवा लड़के ने आकर कहा, "सुनील भैया बैनर वाला बिना पैसे के बैनर नहीं दे रहा है।" सुनील ने जेब से उसे सौ रुपये का नोट निकाल कर दिया और वो चला गया।

"क्या पूछ रहे थे आप भाई साहब।" सुनील ने कहा।

"नहीं कुछ नहीं।" समीर ने हँसते हुए कहा।

"थोड़ा देख लीजिएगा भाईसाहब, ठीकठाक कवरेज मिल जाए, चैनल वगैरह पर आता है तो प्रशासन पर दबाव पड़ता है।" सुनील ने चापलूसी भरे स्वर में कहा।

"तुम चिन्ता मत करो।" समीर ने उत्तर दिया।

जुलूस रवाना हो चुका था। समीर ने सुनील को चलने का इशारा किया और खुद भी साथ चल दिया। समीर ने देखा रास्ते भर यही होता रहा कि कोई न कोई केसरिया चिन्दी सुनील के पास आकर कुछ कहती और सुनील उसको जेब से निकाल कर कुछ रुपये दे देता। बड़े वीरतापूर्ण नारे लगाती हुई भगवी भीड़ कलेक्टोरेट की ओर बढ़ रही थी। सेलफोन वायब्रेट हुआ तो समीर ने जेब से निकाला देखा, दिल्ली से चैनल के कार्यालय से फोन था। उसने अपनी रफ़्तार थोड़ी धीमी कर दी। "हाँ समीर, क्या स्थिति है वहाँ?" लाइन पर अवधेश चतुर्वेदी थे।

"अभी तक तो कुछ हुआ नहीं है अवधेश जी, लेकिन जिस तरह के नारे लग रहे हैं, उससे मैं आशान्वित हूं कि कुछ-न-कुछ तो होगा ही।" समीर ने अपने स्वर के व्यंग्य को दबाते हुए कहा।

"आशान्वित मतलब?" उधर से अवधेश चतुर्वेदी का स्वर आया।

"मतलब आशान्वित इस बात को लेकर हूँ कि आपको कुछ-न-कुछ समाचार तो आज मिल ही जाएगा," समीर ने कहा।

"ठीक है, मैं अभी चार बजे तक तो हूँ अगर कार्यालय का फोन बिज़ी मिले तो

तुरन्त मेरे सेलफोन पर काल करना, ऐसा न हो कि कुछ हो जाए और पहले दूसरे चैनल पर फ्लैश हो जाए।'' अवधेश चतुर्वेदी ने कहा।

''ठीक है अवधेश जी'' समीर ने अपने अन्दर उठ रहे भावों को दबाते हुए संक्षिप्त-सा उत्तर दिया और फोन काट दिया।

जुलूस कलेक्टोरेट पहुँच चुका था बड़ी उत्तेजक नारेबाज़ी चल रही थी। समीर ने देखा वन्दना सक्सेना और अरविन्द कुमार भारी पुलिस बल के साथ मेन गेट के अन्दर हैं। गेट बाहर से बन्द है और बाहर भी बड़ी संख्या में पुलिस है।

''आपमें से चार-पाँच लोग चलकर मैडम से बात कर लीजिए।'' डीएसपी ने भीड़ को हाथ से शान्त रहने का इशारा करते हुए कहा।

''क्यों? उन लोगों से बात करने तो मैडम जनाज़े तक चली गयीं थीं, हममें क्या काँटे लगे हैं।'' एक भगवे नेता ने तल्ख़ स्वर में उत्तर दिया।

''देखिए मैडम आप लोगों के लिए ही यहाँ आयी हैं; प्लीज़, चलकर अपनी बात रख दीजिए।'' डीएसपी ने समझाइश के स्वर में लगभग गिड़गिड़ाते हुए कहा।

''ठीक है, चलिए कर लेते हैं बात।'' कहते हुए कुछ लोग मेन गेट की ओर बढ़ गये। भीड़ ने गेट के चारों तरफ़ घेराबन्दी कर रखी थी। समीर ने भी गेट की ओर बढ़ने का प्रयास किया मगर फँस के रह गया। कुछ ही देर में बात के लिए गये लोग बड़बड़ाते हुए और हाथों को हिलाते हुए वापस आ गये।

''भाइयो! जिला प्रशासन ने सनी पर दर्ज प्रकरण वापस लेने से इनकार कर दिया है इसलिए मजबूरी में हमें अब घेराव और प्रदर्शन का रास्ता अपनाना पड़ेगा।'' समीर को इतना तो सुनाई दिया। उसके बाद का स्वर नारेबाज़ी में गुम हो गया। कुछ लोग दौड़कर कलेक्टोरेट के मेन गेट से झूम पड़े और उसे हिलाने लगे। जब पुलिस का लाठीचार्ज हुआ तब समीर हटकर कुछ दूर खड़ा हो गया। सेलफोन से अवधेश चतुर्वेदी को घटना की जानकारी देने लगा। जानकारी देने के बाद उसने देखा कि भीड़ तितर-बितर हो चुकी थी। सेलफोन वायब्रेट हुआ तो समीर ने उसे ऑन किया फोन समाचार प्रभाग से था। ''समीर जी हम कॉल को न्यूज़ रूम में ट्रांसफर कर रहे हैं, न्यूज रीडर अख़लाक़ हैं जो आपसे प्रश्न पूछेंगे'' और इसके बाद लाइन न्यूज़ रूम में ट्रांसफर हो गयी। ''हाँ समीर बताइए क्या स्थिति है वहाँ?'' अख़लाक़ का स्वर सुनाई दिया। ''जी अख़लाक़, करीब दो हज़ार लोगों ने आज जुलूस निकालकर प्रदर्शन किया था, यहाँ कलेक्टोरेट पर आकर उन्होंने नारेबाज़ी की। बाद में जब कलेक्टर से उनकी बातचीत में कलेक्टर ने सनी के ख़िलाफ़ प्रकरण वापस लेने से इनकार कर दिया, तो भीड़ ने कलेक्टोरेट का घेराव कर दिया, जिस पर पुलिस ने

लाठीचार्ज कर भीड़ को तितर-बितर कर दिया।'' समीर ने उत्तर दिया।

''अभी क्या स्थिति है वहाँ?'' अख़लाक़ का स्वर आया।

''जी अख़लाक़ अभी स्थिति शहर में तो तनावपूर्ण है, पर यहाँ कलेक्टोरेट पर लाठीचार्ज के बाद स्थिति नियन्त्रण में है।'' समीर ने उत्तर दिया।

''समीर ये घेराव की स्थिति अचानक ही बन गयी या पूर्व नियोजित थी।'' अख़लाक़ का स्वर आया।

''अख़लाक़ यह सब पूर्व निर्धारित था कि यदि माँगें नहीं मानी जाती हैं तो फिर घेराव किया जाएगा।'' समीर ने उत्तर दिया।

''ठीक है समीर जी आप घटनाक्रम पर नज़र रखिए हम आपसे जानकारी लेते रहेंगे,'' अख़लाक़ का स्वर आया और फोन विच्छेद हो गया।

फोन विच्छेद होने के कुछ ही देर में पुनः वायब्रेट हुआ अबकी बार डीएम वन्दना सक्सेना लाइन पर थीं। ''समीर जी, आप ये झूठा समाचार क्यों दे रहे हैं।'' कुछ तल्खी भरे स्वर में वन्दना सक्सेना ने कहा।

''कौन-सा मैडम!'' समीर ने उत्तर में प्रश्न किया।

''यही कि कलेक्टोरेट का घेराव हुआ।'' वन्दना सक्सेना ने कहा।

''इसमें झूठ क्या है?'' समीर ने पूछा।

''तो क्या आप सच बोलेंगे!'' वन्दना सक्सेना ने व्यंग्य के स्वर में कहा।

''जी मैं समझता हूँ कि मैं ऐसे ही पेशे में हूँ।'' समीर ने उत्तर दिया।

''और ये दो हज़ार लोग कहाँ थे?'' वन्दना सक्सेना ने झुँझलाते हुए कहा।

''भीड़ में थे मैडम और कहाँ थे।'' समीर ने उत्तर दिया। समीर के उत्तर के साथ ही फोन डिस्कनेक्ट हो गया।

घर पहुँचकर समीर ने टीवी चालू ही किया ही था कि सेलफोन फिर थरथरा उठा, ''हलो समीर ये क्या कर रहे हो भई?'' उधर से अवधेश चतुर्वेदी का झुँझलाया हुआ स्वर आया।

''क्या हो गया अवधेश जी।'' समीर ने पूछा।

''भई ये तुमने क्या बोल दिया फोनो पर कि कलेक्टोरेट का घेराव हुआ है, तुम्हारी डीएम बोल रही हैं कि कुछ नहीं हुआ है ऐसा।'' अवधेश चतुर्वेदी ने लगभग चिल्लाते हुए कहा।

''वो तो ऐसा बोलेंगी ही।'' समीर ने कुछ लापरवाही भरे स्वर में कहा।

''घेराव का मतलब समझते हैं आप।'' अवधेश चतुर्वेदी ने व्यंग्य के स्वर में कहा।

''अवधेश जी घेराव तो हुआ था...'' समीर ने बोलने का प्रयास किया मगर

अवधेश चतुर्वेदी ने बीच में ही बात काटते हुए कहा, "अब रहने दीजिए आप, हम आपके यहाँ की डीएम का फोन कर रहे हैं ताकि स्थिति स्पष्ट हो जाए।" समीर ने मोबाइल ऑफ़ कर दिया।

सामने टीवी पर वन्दना सक्सेना का फोनो चल रहा था जो कह रही थीं कि शहर में स्थिति बिल्कुल शान्त है, कहीं कोई तनाव नहीं है। कलेक्टोरेट के घेराव जैसी कोई बात ही नहीं हुई है कुछ संगठनों ने आकर ज्ञापन दिया है, जिस पर हमें निर्णय लेना है। टीवी का स्विच ऑफ़ करके समीर खिड़की के पास आकर खड़ा हो गया। सारी दुकानें बन्द हैं, चारों तरफ सन्नाटा छाया है मानो डीएम वन्दना सक्सेना द्वारा कुछ देर पूर्व फोनो पर कही गयी बात की पुष्टि कर रहा हो कि शहर पूरी तरह से शान्त है। सच का सबसे विचित्र पहलू यही है कि जब वह बिल्कुल नग्न हो जाता है तो बहुत कुरूप लगता है। जब तक उस पर झूठ की छोटी मोटी चिन्दियाँ यहाँ वहाँ लगीं हों तब तक सब उसे पसन्द करते हैं, मगर यदि वे चिन्दियाँ हट जाएँ तो फिर पसन्द करने वाले लोग ही बवाल मचा देते हैं। काफी देर तक समीर वहीं खड़ा रहा और शान्ति की दहशत को महसूस करता रहा। चारों तरफ़ दिनदहाड़े ही शान्ति फैल जाए तो वह शान्ति भी अजीब-सी दहशत भर देती है मन में। वापस लौट कर टीवी चालू किया तो देखा कि इस बार एसपी अरविन्द कुमार का फोनो चल रहा है जोकि बार-बार एक ही बात दोहरा रहे हैं कि शहर शान्त है कहीं तनाव नही है। कलेक्टोरेट पर कोई प्रदर्शन या घेराव नहीं हुआ, ना ही कोई बल प्रयोग हुआ है।

समीर को लगा कि उसे चारों तरफ से एक भीड़ घेरती जा रही है भीड़ का कुछ हिस्सा भगवा है तो कुछ हरा है। एक तरफ से आ रही पूरी भीड़ खाकी रंग की है। ये भीड़ उसका घेराव करती जा रही है। सब लोग अपने-अपने रंग के हिसाब से नारे लगा रहे हैं। सबकी मुट्ठियाँ तनी हुई हैं और चेहरे भिंचे हुए हैं। समीर ने बन्द पड़े सेलफोन को चालू कर के टेबल पर रख दिया और प्रतीक्षा करने लगा चैनल के हेड ऑफ़िस से आने वाले फोन की 'मिस्टर समीर, यू आर फ़ायर्ड'। घेराव हो चुका था। और शहर अभी भी शान्त था।

आँसरिंग मशीन

"घिन आती है मुझे इन सबसे," सुदीप का स्वर काफी हिकारत से भरा हुआ था।

"क्यों...? इसमें घिन की क्या बात है, आजकल कुल मिलाकर केवल एक ही दौड़ है, आइडेंटिटी की दौड़, और अगर इसके लिए कोई कुछ हथकंडे अपनाता है तो गलत क्या है?" सिगरेट की राख को चाय के खाली ग्लास में झाड़ते हुए प्रोफेसर भारद्वाज ने कहा।

"तो फिर उन वेश्याओं को बुरा क्यों कहा जाता है, जो अपना शरीर बेचती हैं, हम भी तो वही कर रहे हैं।" रोष भरे स्वर में कहा सुदीप ने।

"कौन बुरा कहता है उन्हें? मैंने तो कभी नहीं कहा।" मुस्कुराते हुए कहा प्रोफेसर भारद्वाज ने।

"आप पूरी दुनिया नहीं हैं, कोई ज़रूरी नहीं कि जो आपने नहीं कहा, वो किसी ने भी नहीं कहा हो।" सुदीप का स्वर अभी भी वैसा ही है।

"तो तुमसे कहा किसने है कि पूरी दुनिया क्या कह रही है यह देखते फिरो। तुम लेखक बनने निकले हो या समाज सुधारक बनने।" प्रो. भारद्वाज का स्वर भी इस बार कुछ तल्ख़ हो गया, और उन्होंने सिगरेट को चाय के गिलास में छोड़ दिया। सिगरेट के सिरे पर सुलग रही आग ग्लास में बची हुई चाय से टकरायी, और एक हल्की सी छन्न की आवाज़ के साथ उसी में समा गयी। सुदीप गौर से उस सिगरेट को देखने लगा जो कुछ देर पहले तक सुलग रही थी, मगर अब झूठी चाय में औंधे मुँह बुझी हुई पड़ी थी, चाय की नमी धीरे-धीरे उस सिगरेट की शिराओं में ऊपर की तरफ चढ़ रही थी। उसे ऐसा लगा मानो वह भी इस सिगरेट की तरह ही है, उसके सिरे पर भी जो आग है वह कभी भी किसी झूठी चाय में फेंककर बुझा दी जाएगी, और फिर वह झूठी चाय भी समा जाएगी उसकी शिराओं में, उन शिराओं में जिनमें पहले आग हुआ करती थी।

"क्या सोच रहे हो...?" सुदीप को चुप देखकर प्रो. भारद्वाज ने पूछा।

"कुछ नहीं सर, मुझे ऐसा लगता है कि विचारों के धरातल पर कहीं आपमें और मुझमें बहुत ज्यादा भिन्नता है।" सुदीप ने कहा।

''होना भी चाहिए, क्योंकि में एक हो चुका जीवन हूँ, और तुम होने वाला जीवन हो, मेरे पास जो विचार हैं, वे सब भोगे हुए सच से जन्मे हैं, और तुम्हारे पास अभी आदर्शवाद नामक झूठ से जन्मे विचार हैं क्योंकि तुमने अभी सच को भोगा नहीं है, भोग लोगे तो अपने आप ही मेरे धरातल पर आ जाओगे,'' प्रो. भारद्वाज ने लापरवाहीपूर्वक कहा।

''नहीं सर ये यथार्थवाद और आदर्शवाद के डमरू तो आप जैसे बुद्धिजीवी मदारियों ने गढ़ दिये हैं, ताकि जब जैसा बन्दर फँस जाए तो उसको उस तरह का डमरू बजा कर नचाया जा सके।'' सुदीप ने तल्ख़ स्वर में उत्तर दिया।

प्रो. भारद्वाज ने चश्मे के लेंस के पीछे से सुदीप की आँखों में झाँका, सुदीप को लगा एक बर्फीली ठंडक उसकी आँखों से होकर रीढ़ की हड्डी को कँपकँपाती हुई गुज़र गयी है।

''और क्या लिख रहे हो आजकल?'' सुदीप को असहज देखकर प्रो. भारद्वाज ने पूछा।

''कुछ नहीं, मैंने बताया ना कि मुझे घिन आती है अपने आप से, कलम उठा कर बैठता हूँ तो सारे चेहरे सामने घूमने लगते हैं। ऐसा लगता है कि चारों तरफ से आवाज़ें आ रहीं हैं कि ये भी वही हैं, ये भी वही है, और बस फिर मैं कुछ नहीं लिख पाता हूँ।'' सुदीप ने उत्तर दिया।

''होता है, तुम जहाँ खड़े हो वहाँ अनुत्तरित प्रश्नों की दहलीज है, वहाँ ऐसा ही होता है, उसे पार तो करो, ये घिन ये कुंठा अपने आप ही ख़त्म हो जाएगी।'' प्रो. भारद्वाज ने उठकर सुदीप का कन्धा थपथपाते हुए कहा और अन्दर चले गये। सुदीप भी इशारा समझ कर उठ गया और बाहर निकल गया।

होटल से खाना खाते हुए जब अपने कमरे पर पहुँचा तो रात के दस बज चुके थे। ताला खोलकर अन्दर पहुँचा लाइट जलायी तो देखा, टेबल पर अधलिखे कागज और पेन उसी हालत में पड़े हैं जैसे रात को छोड़े थे। उन चीजों को लगभग अनदेखा करते हुए वह पलंग पर लेट गया।

कमरे में सन्नाटा बूँद-बूँद रिस रहा है छत से लटक कर घूम रहा पंखा ही एकमात्र इस सन्नाटे का प्रतिकार कर रहा है। लेकिन लग ऐसा रहा है मानो सन्नाटे ने उसकी आवाज़ को भी अपने स्वर में मिला लिया है, या निगल ही लिया है, क्योंकि पंखे के घूमने के बावजूद भी कमरे में सन्नाटा है। होता है ऐसा कभी-कभी, कुछ चीज़ों की आवाज़ें होती ही ऐसी हैं, कि हम उन आवाज़ों के होने के बाद भी यही मानते हैं कि सन्नाटा ही है। दरअसल तो ये सन्नाटे की एक चाल ही है। अपने अस्तित्व को बनाए रखने की चाल। कई बार तो ऐसा भी होता है, कि एक अच्छी ख़ासी चीख इस सन्नाटे को भेदती हुई गुज़र जाती है, मगर फिर भी लोग कहते हैं बड़ी ख़ामोशी है,

बहुत सन्नाटा है, शायद सब कुछ ठीक चल रहा है। सन्नाटे के भूमंडलीकरण का दौर है ये, इसीलिए सन्नाटे की भी परिभाषाएँ बदलती जा रही है, और भूमंडलीकरण के इस दौर में सन्नाटे की परिभाषा भी यही है, कि यदि कहीं चीख है तो उसे भी सन्नाटा ही माना जाए। या शायद अब सभी के अपने अपने सन्नाटे हो गये हैं, और जब तक हमारी स्वयं की चीख ना निकले तब तक हमारा वाला सन्नाटा नहीं टूटता।

टेबल पर रखे काग़ज़ पंखे की हवा से फड़फड़ाए तो सुदीप ने चौंक कर उधर देखा। एक मोटी किताब के कोने से दबकर रखे काग़ज़ दूसरे सिरे से एक ही सुर में उड़ते हैं एक ऊँचाई पर जाकर फिर उसी सुर में लौट आते हैं। ये छटपटाहट उसी की तो है, जिसके कोने पर मोटी किताब के रूप में रखे हुए हैं प्रो. अजय भारद्वाज, उसकी छटपटाहट को परिधियों में बाँधने के लिए। एक ही लय में उड़ते काग़ज़ सन्नाटे को तोड़ते हैं और लौट आते हैं, ऐसा बार बार हो रहा है, लेकिन वो जानता है कि सन्नाटा इसको ज्यादा देर तक बरदाश्त नहीं करेगा। इसका आदी ही नहीं है वह। सन्नाटे के पास तो प्रो. भारद्वाज जैसी बहुत सारी किताबें हैं, जिन्हें वो धीरे से इन काग़ज़ों के कोने से उठाकर बीचों बीच रख देगा, पूरे काग़ज़ किताब के नीचे दब जाएँगे, वही दब कर धीरे धीरे जम जाएँगे, और फिर वो काग़ज़ भी किताब बन जाएँगे। सन्नाटे को एक नयी किताब मिल जाएगी कुछ और काग़ज़ों को दबाने के लिए।

सुदीप को लगा कि धीरे-धीरे वो भी किताब में बदलता जा रहा है किताब मोटी, मोटी और मोटी होती जा रही है, अचानक किसी ने उस किताब को उठाकर एक कुर्सी पर रख दिया, जिसके सामने रखी टेबल पर तख्ती रखी है 'अध्यक्ष साहित्य परिषद'। टेबल की दराजों से निकलकर छिपकलियाँ, झींगुर, मकड़ियाँ उस किताब पर रेंगने लगी हैं, और शोर कर रहीं हैं, ये भी वही है, ये भी वही है। सुदीप को जोर की मतली आ गयी वो उठकर बाथरूम की ओर दौड़ पड़ा, जोर की उल्टी में होटल का खाया-पिया सब निकल गया।

उड़ती साँसों के साथ कमरे में लौटा तो देखा कि टेबल पर रखे काग़ज़ उसी तरह फड़फड़ा रहे हैं। उसने किताब को हटाकर एक तरफ रखा और काग़ज़ों को समेटकर फ़ाइल में रख दिया। खुले हुए पेन को बन्द करके स्टेंड में लगा दिया। मटके से लेकर एक गिलास पानी पिया तो पानी अपने स्वभाव अनुसार कुछ बुझाता हुआ और कुछ जलाता हुआ अन्दर दौड़ गया। पलंग पर आकर लेटा तो कुछ ठीक लग रहा था।

तीन साल पहले जिस सपने को लेकर यहाँ शहर आया था, वो सपना लगभग उसकी मुट्ठी में है। प्रो. भारद्वाज का इसमें कितना योगदान रहा है, इसका उसने कभी आकलन नहीं किया। तीन साल पहले जब घर से चला था तो पिता जी ने प्रो. भारद्वाज के नाम पत्र लिख दिया था, कभी साथ पढ़े थे दोनों। यहाँ आया तो था पत्रकारिता करने, मगर पत्रकारिता की हालत देखी तो जी उचाट हो गया। समाचार

यहाँ पर यह देखकर लिखे जाते हैं कि कौन प्रभावित हो सकता है, कौन नहीं। और इसके ही चलते कभी फ्रंट स्टोरी केवल एक कालम में कोने में जगह पाती है तो कभी मामूली सा समाचार फ्रंट स्टोरी बन जाता है। प्रो. भारद्वाज ने उसकी मनोदशा समझकर उसे राष्ट्रभाषा परिषद में रखवा दिया था और उसके बाद से उसने भी अपने पत्रकार मन को लेखन की तरफ मोड़ दिया, मगर आज यहाँ पर भी उसी स्थिति में फँस गया है। इसी को लेकर आज प्रो. भारद्वाज से बहस कर रहा था और कुछ तल्ख़ भी बोल गया था इस दौरान।

दो माह पूर्व राष्ट्रभाषा परिषद में कार्यक्रम था बड़े बड़े लेखक आये थे, उजले सफ़ेद कपड़े पहने ये बड़े बड़े नाम जब माइक पर आते तो आदर्शवाद, सामाजिक परिवर्तन जैसे विषय, शब्दों के लच्छेदार घुँघरू पहनकर परिषद के सभागृह में थिरकने लगते। कार्यक्रम ख़त्म होने के बाद प्रो. भारद्वाज ने उससे कहा था, "सुदीप इधर का सब ठीक करके पुलिस ऑफ़िसर्स मेस में आ जाना, आईजी साहब ने इन लोगों के सम्मान में डिनर दिया है।" उसने अटकते हुए पूछा था, "आईजी साहब ने... ?"

"हाँ, वो भी लिखने-पढ़ने के शौकीन हैं, तुम जल्दी आ जाना मैं इन लोगों को लेकर निकल रहा हूँ।" थोड़ी देर बाद काम वगैरह निपटाकर वो भी पुलिस ऑफ़िसर्स मेस पहुँच गया था। वहाँ का नज़ारा ही कुछ और था। कुछ देर पहले परिषद के सभागृह में थिरक रहा आदर्शवाद यहाँ आईजी द्वारा सर्व किए जा रहे शराब के गिलासों में शीर्षासन लगाये नज़र आ रहा था, और इस सब में उस आदर्शवाद की वह उजली सफ़ेद धोती जो कुछ देर पूर्व ही परिषद के सभागृह में डिटर्जेंट पावडर का विज्ञापन सा कर रही थी, वह उलट कर शराब में तैर रही थी, और उसके पीछे का असली आदर्शवाद साफ़ नज़र आ रहा था।

"सुदीपऽऽ।" प्रो. भारद्वाज ने उसे आवाज़ देकर पास बुला लिया था, और एक युवती से परिचय कराते हुए कहा था "ये मिनाली है, आईजी साहब की बेटी, अच्छी कविताएँ लिखती हैं। ये अपनी कविताएँ लेकर आएँगी, तुम उनमें से एक-दो अच्छी कविताएँ छाँट लेना, और उनको ठीकठाक करके परिषद की मासिक पत्रिका के महिला नव लेखन विशेषांक के लिए रख लेना।"

"ठीक-ठाक करके," पर विशेष ज़ोर दिया था प्रो. भारद्वाज ने। प्रत्यक्षतः कोई जवाब ना देकर मौन स्वीकृति प्रदान करके वहाँ से आकर एक तरफ खड़ा हो गया था वो।

थोड़ी देर में एक शराब में भीगी हुई बड़ी धोती उसके पास आकर खड़ी हो गयी थी। थोड़े बहुत परिचय के बाद बातचीत शुरू हुई और चर्चा घूमते घूमते 'अभ्यंकर' पर पहुँच गयी थी, युवा लेखक जिसकी मौत काफी ख़राब परिस्थितियों में हुई थी, और अभी उसकी मौत के दो साल बाद उसकी स्मृति में एक बड़े कार्यक्रम

का आयोजन किया गया था। साथ खड़े महाशय उस आयोजन समिति के अध्यक्ष थे और सम्भवत: अपने आयोजन की प्रशंसा सुनना चाहते थे, मगर उसने अपना प्रश्न दाग दिया था, "आप ने ये सब कुछ अभ्यंकर के जीते जी क्यों नहीं किया?"

उन्होंने जवाब दिया था, "यहाँ जीते जी कुछ नहीं होता। ये साहित्य की दुनिया है, यहाँ आपको महान घोषित करने के लिए आपके मरने की प्रतीक्षा की जाती है।"

उसने कुछ तल्ख़ स्वर में कहा था, "वो इसलिए कि मरने वाले से तो कोई डर बचता नहीं, कि कहीं वो महान हो गया तो आपकी महानता थोड़ी कम न हो जाए।"

"ऐसा ही समझ लो, यहाँ तो हम सब एक दूसरे की लाइनें छोटी करने में लगे हुए हैं, हाँ एक बार कोई मर जाए तो अपने ही हाथ से उसकी लाइन इतनी लम्बी कर देते हैं, कि चीन की दीवार भी छोटी पड़ जाए।" फूहड़-सी हँसी हँसते हुए कहा था उन्होंने।

"दरअसल तो आप लोगों की लाइनें हैं ही नहीं आप लोग तो भ्रम बनाये हुए हैं अपनी लाइनों का, ताकि दूसरे आपकी लाइनों से डरते रहें, और अपनी लाइनें बड़ी नहीं कर पाएँ," और ज़्यादा तीखे स्वर में कहा था उसने।

"भारद्वाज के चेले हो... तभी उसके सुर में बात कर रहे हो," फिर कुछ फुसफुसाकर बोले थे "एक बात बताऊँ, तुम्हारा ये भारद्वाज जब लुढ़केगा ना तो ऐसा आयोजन करूँगा इसकी स्मृति में, कि बस...। मैंने तो आयोजन समिति से लेकर कार्यक्रम की पूरी रूपरेखा सब तैयार कर रखी है, पर बड़ी कड़क जान है तुम्हारा गुरु, लुढ़क ही नहीं रहा।" कहकर भद्दा-सा ठहाका लगाया था उन्होंने, वो वहाँ से हट गया था मगर पीठ पर चिपकी हुई वो हँसी आज भी परेशान करती है उसे।

घंटे-ड़ेढ घंटे में तो पार्टी का पूरा का पूरा माहौल ही बदल गया था, फ्री की शराब ने साहित्य को पी लिया था, सारी धोतियाँ खुल गयी थीं, और देखा-अनदेखा सब सामने आ गया था। किसी कोने में शराब के फूटे गिलास पड़े थे तो किसी कोने में साहित्य के पहले से खाली और अब फूट भी चुके गिलास। कोई सोफे पर लुढ़का उल्टियाँ कर रहा था तो कोई कालीन पर चित पड़ा था। आईजी साहब के कहने पर उसने एक-एक करके उन बड़े बड़े नामों को सिपाहियों की मदद से उठाकर पुलिस की गाड़ी में डाला था और ले जाकर परिषद के रेस्ट हाउस में डाल आया था। इन सब में उल्टी, लार में भिड़ गया था वो। वो बदबू आज भी नहीं गयी ऐसा लगता है कि कहीं अन्दर उतर गयी है वो उल्टी की बदबू, जब भी कलम उठाकर लिखने बैठता है तो तुरन्त वो बदबू सिर उठा लेती है, और फिर जब तक उसे उल्टी न हो जाए तब तक चैन नहीं आता।

अल सुबह हुई दरवाज़े की खटखटाहट ने उसे चौंका दिया । रात को नींद आते-आते शायद दो बज गये थे। इतनी सुबह कौन आ गया सोचते हुए सुदीप ने दरवाज़ा

खोला तो देखा भारद्वाज जी का बेटा प्रणव खड़ा है। सुबह-सुबह जागने की खीझ को उसने पी लिया । प्रणव ने धीमे से मुस्कुराते हुए कहा, "ये पत्र पापा ने दिया है, आपको आवश्यक रूप से तुरन्त बुलाया है।" उसने पत्र लेकर पढ़ा एक लाइन का पत्र था, "कहीं चलना है, प्रणव के साथ ही आ जाना—भारद्वाज।" प्रणव को बैठने का कहकर वो बाथरूम की ओर चला गया ।

"ऐसा क्या काम आ गया? रात को तो मैं साथ ही था, तब तो ऐसी कोई बात नहीं हुई थी।" सुबह असमय जाग जाने की झुँझलाहट को उत्सुकता ने दबा दिया था। नहा-धोकर जब प्रणव के साथ रवाना हुआ तो आठ बज गये थे।

भारद्वाज जी बरामदे में ही बैठे मिले। "कितनी देर लगा दी प्रणव, सुदीप के लिए जल्दी से चाय-नाश्ता ले आओ फिर हमें निकलना हैं।" भारद्वाज जी ने हाथ की फ़ाइल टेबल पर रखते हुए कहा। सुदीप ने जल्दी को देखते हुए चाय-नाश्ते का मना करना चाहा पर भूख ने उसके शब्दों को गले की दहलीज़ पर ही घोंट दिया। चाय-नाश्ता करने के बीच ही भारद्वाज जी ने उसे बता दिया कि डीएम से मिलने जाना है। डीएम ने शहर से होकर बहनेवाली नदी की सफ़ाई के लिए एक विशेष अभियान जन सहयोग से चलाया हुआ है, उस पर ही एक पुस्तक प्रकाशित करना चाहते हैं, जिसे लेकर उन्होंने भारद्वाज जी को बुलाया है।

"लेकिन सर ये काम तो जनसम्पर्क विभाग का होता है, हम उसमें क्या करेंगे।" डीएम बँगले की ओर जाते हुए उसने कार की पिछली सीट पर बैठे भारद्वाज जी से पूछा था।

"होता तो उन्हीं का है, मगर वहाँ करेगा कौन? केवल जनसम्पर्क अधिकारी बनने से ही तो सब कुछ नहीं हो जाता, और फिर डीएम साहब चाहते हैं कि ये किताब थोड़ा साहित्यिक पुट लिये हो, घिसी पिटी सरकारी भाषा में नहीं हो।" भारद्वाज जी ने सन्तुलित सा जवाब दिया ।

सुदीप कुछ और भी पूछना चाहता था लेकिन फिर यह सोचकर चुप रह गया कि भारद्वाज के सारे उत्तर मूल प्रश्न के उत्तर के बजाय केवल व्यवस्था के समर्थन का दर्शन लिये होते हैं, ऐसे में प्रश्न कुछ भी पूछा जाए, उत्तर का स्वरूप लगभग वही रहना है, तो फिर फिजूल में क्यों प्रश्न किया जाए। कभी कभी उसे लगता है कि व्यवस्था ने जगह-जगह भारद्वाज जी जैसी कम्प्यूटराइज़्ड आँसरिंग मशीनें लगा दी हैं। कहीं भी कोई भी प्रश्न उठता है तो व्यवस्था कि जगह ये मशीनें जवाब देती हैं, चूँकि मशीनें व्यवस्था ने लगायी हैं इसलिए उत्तर वही आता है जो व्यवस्था ने इसमें फीड किया है। भारद्वाज जी जैसी सम्मानित मशीनें जब व्यवस्था की पैरवी में जवाब देती हैं, तो प्रश्नकर्ता के सन्तुष्ट होने या कम-से-कम अगला प्रश्न न करने की गुंजाइश अधिक रहती है।

डीएम राकेश तिवारी भी उनकी प्रतीक्षा ही कर रहे थे। भारद्वाज जी ने उसका परिचय कराया तो बोले, ''जानता हूँ, इनके लेख वगैरह पढ़ता रहता हूँ।'' वह मुस्कुराकर रह गया। अब इस तरह की बातों से अनुग्रहित नहीं हो पाता वो, जानता है झूठी बात है, कौन पढ़ता है आजकल लेख वगैरह, और उस पर भी डीएम जैसा व्यस्त आदमी।

बातें ज्यादातर डीएम और भारद्वाज जी के बीच ही होती रहीं। जब पूरी बातें होने के बाद वे लोग वहाँ से उठे तो सुदीप उस पत्रिका का लेखन से सम्बन्धित सारा कार्य सँभालने का दायित्व प्राप्त कर चुका था और भारद्वाज जी सम्पादक बन चुके थे।

चलते समय डीएम ने गर्मजोशी से उससे हाथ मिलाया और कहा, ''सुदीप जी आप देखेंगे तो मैं बिल्कुल निश्चिन्त रहूँगा कि सब कुछ ठीक-ठाक ही होगा।'' उत्तर में केवल मुस्कुरा दिया था, इसके अलावा कुछ और कर पाने का विकल्प उसके पास था भी नहीं।

उसे लिखना था और भारद्वाज जी को सम्पादन करना था, परिषद में दो ढाई साल काम करने के बाद इतना तो वो जान ही चुका था, कि इसका मतलब कुल मिलाकर ये है कि वास्तव में सब कुछ उसी को ही करना है, लिखना भी और सम्पादन भी। भारद्वाज जी का नाम तो चूँकि ब्रांड नेम है इसलिए वहाँ रहेगा।

अगले दिन से उसकी व्यस्तता बढ़ गयी थी। सुबह से ही एक सरकारी गाड़ी आकर बाहर लग जाती थी। नदी की सफ़ाईवाली जगह पर पहुँचकर वो वहाँ चल रही गतिविधियों और वहाँ आ रहे लोगों के विचारों को नोट करने का काम शुरू कर देता था। इस दौरान उसे पता चल गया था कि ये वास्तव में मुख्यमन्त्री के जन भागीदारी से जल रोको अभियान के तहत किया रहा है। चूँकि जन भागीदारी शब्द लगा हुआ है, इसलिए रोज़ ही किसी न किसी संस्था के लोग वहाँ सफ़ाई कार्य में लगे शासकीय अमले की मदद करने पहुँच जाते थे। इस जनता की विभिन्न कोणों से तस्वीर खिंचवाई जाती थीं। वो जानता है कि ये जन भागीदारी वास्तव में मन भागीदारी नही है, गल्ला व्यापारी संघ, दवा विक्रेता संघ, होटल संघ इन सब को डीएम के कहने पर नदी तो क्या नाले की भी सफ़ाई करनी है। नहीं तो इनकी सफ़ाई हो जाएगी।

इन संघों से जुड़े पदाधिकारी उसके पास आकर अपने रटे रटाये बयान दर्ज करवाते थे मसलन, ''बहुत अच्छा लग रहा है ये सब करके, नदी की सफ़ाई तो एक मन को सुख देने वाला काम है, उसके लिए तो आगे आना ही पड़ेगा।'' ऐसे ही एक पदाधिकारी को उसने मोबाइल पर किसी को झुँझला कर निर्देश देते हुए भी सुना था, ''गाड़ी भरवा के रवाना कर दो, मैं नहीं आ पाऊँगा अभी एक बेवकूफ़ी में फँसा हूँ।'' कुछ देर पूर्व ही नदी सफाई को मन को सुख देने वाला काम बता रहे सज्जन ने जब

बेवक़ूफ़ी शब्द उपयोग किया तब उसे खट से लगा था वो शब्द। यही तो वो भी कर रहा है।

दिन भर के कच्चे चिट्ठे को शाम को ले जाकर डीएम को दिखाता था वो। और फिर उस सब को रात को बैठकर काग़ज़ पर उतार देता था। एक बात जो उसने इन दिनों देखी थी, वो ये थी कि रीडिंग टेबिल पर लिखते समय उसे उल्टी भी नहीं आती थी, और ना ही कोई घिन वगैरह होती थी । होती भी कैसे? वो लेखन कर भी कहाँ रहा था, वो तो बेवकूफ़ी कर रहा था। इन दिनों परिषद के कार्यालय भी नहीं जा रहा था वो, कभी कभी लौटते समय भारद्वाज जी के घर ज़रूर चला जाता था। एक बार उसने अपने लिखे हुए मैटर को उन्हें दिखाने का प्रयास भी किया था लेकिन भारद्वाज जी ने मुस्करा कर उत्तर दिया था, "सुदीप मुझे देखना ना पड़े इसलिए ही तो तुमको ज़िम्मेदारी दी है। तुम्हारा लिखा हुआ देखने की जरूरत नहीं है, ये मैं जानता हूँ।" पहले वो भारद्वाज जी की इस तरह की बातों से उपकृत हो जाता था लेकिन आजकल ऐसा नहीं हो पाता । दरअसल पहले उसे पता नहीं था कि वो वास्तव में तो आँसरिंग मशीन से बात कर रहा है।

डीएम राकेश तिवारी ने पहले तो अपने आपको किसी पालिश्ड डिप्लोमेट की तरह ही प्रस्तुत किया । बात-बात पर यही कहते हैं, "ये तो जनता का अभियान है आप जनता को ही ज़्यादा हाईलाइट करें हम प्रशासन वालों को तो लो प्रोफाइल ही रखें।" मगर जब पत्रिका अन्तिम चरण में थी तब एक दिन चाय की चुस्कियों के बीच मुस्कुराते हुए बोले थे "सुदीप जी मेरी बहुत सारी उम्मीदें इस किताब के साथ जुड़ी हैं। आजकल पुरस्कारों और सम्मानों का भी बड़ा महत्त्व हो गया है, एक भी मिल जाए तो फिर प्रमोशन में या अच्छी जगह मिलने में आसानी हो जाती है।" सुनहरे फ्रेम के चश्मे के पीछे से झाँकती राकेश तिवारी की आँखों में उसे वही घिन के तिलचट्टे रेंगते हुए नज़र आये थे उस दिन।

"ये जनसम्पर्क वाले ऐसी सरकारी भाषा का प्रयोग करते हैं कि सीधे लग जाता है कि कलेक्टर को हाईलाइट करने के लिए किताब लिखी है। उससे एक तो सारी सम्भावनाएँ ख़त्म हो जाती हैं, दूसरे मुख्यमन्त्री अलग नाराज़ हो जाते हैं कि आपको कलेक्टरी करने भेजा है कि सरकारी पैसे पर नेतागिरी करने?" राकेश तिवारी ने बात ख़त्म कर उसकी तरफ़ स्वीकृति हेतु देखा, वो केवल मुस्करा दिया था।

"आप तो साहित्यिक लोग हैं आपकी भाषा ऐसी होती है, कि प्रयोजन भी पूरा हो जाता है और हंगामा भी नहीं होता" राकेश तिवारी ने उसके मौन को स्वीकृति मानते हुए अपनी बात पूरी की थी। प्रयोजन वो जान चुका था, उसे अपनी पूरी साहित्यिक क्षमता का प्रयोग करते हुए राकेश तिवारी को एक नया जन आन्दोलन पैदा करने वाला अवतार बताना था, और वो भी इस तरह से कि किसी को लगे भी नहीं कि ये सब डीएम का ही प्रायोजित किया हुआ है। डीएम भी ऊँची उड़ान के मूड में

हैं, जानते हैं शायद कि पुरस्कारों और सम्मानों के लिए कुछ करना आवश्यक नहीं होता। जरूरी होती हैं दो चीज़ें एक तो अपने आप को तरीके से प्रस्तुत कर देना, जो जवाबदारी शायद सुदीप को दी गयी है, और दूसरा प्रस्तुतिकरण के बाद सेटिंग कर लेना। आखिर को संस्थाओं को भी तो सम्मान या पुरस्कार किसी को तो देना है।

उसने राकेश तिवारी की आँखों में झाँका, वहाँ उसे छिपकलियाँ रेंगती हुई नज़र आयीं, उसे लगा उसे फिर उल्टी हो जाएगी। वह इजाज़त लेकर वहाँ से आ गया था। रात भर काफी उहापोह में रहा था वो। उसे लगता रहा कि ये उसके भी आँसरिंग मशीन बन जाने के पहले के कुछ दिन हैं। व्यवस्था ने उसे भी मशीन बनाने की पूरी तैयारी कर ली है। व्यवस्था को पता है कि समाज में दो ही तरह के लोग हैं, एक वो जिनके पास केवल प्रश्न हैं और दूसरे वो जिनके पास इन प्रश्नों के उत्तर भी हैं, ये दूसरे वाले व्यवस्था को अपने लिए बड़े ख़तरनाक लगते हैं, कहीं ये प्रश्नों के उत्तर देने लगे तो बड़ी गड़बड़ हो सकती है, इसलिए व्यवस्था इन उत्तर वाले लोगों को अपनी कुर्सियों पर रखकर अपनी आँसरिंग मशीनों में बदल देती है। कुर्सी पर रखते ही इन लोगों की मेमोरी में फ़ीड सभी उत्तर साफ हो जाते हैं,और रह जाते हैं बस वे उत्तर जो व्यवस्था इनमें फ़ीड कर देती है।

पूरी पत्रिका का लेखन कार्य पूरा हो जाने के बाद वो एक बार फिर भारद्वाज जी को वह दिखाने पहुँचा था। भारद्वाज जी ने काग़ज़ों का मोटा पुलिन्दा देखकर मुस्कुराते हुए पूछा था, ''डीएम साहब ने देख लिया?'' ''जी उनको तो रोज़ ही चेक करवा लेता हूँ।'' सुदीप ने कहा। ''तो ठीक है कम्पोज़िंग के लिए दे दो।'' लापरवाही पूर्वक कहा भारद्वाज जी ने। ''आप अपना सम्पादकीय तो देख लेते।'' सुदीप ने कहा। ''तुमने लिखा है न? मेरे लिए वही बहुत है, दे दो कम्पोज़िंग में। और हाँ, प्रूफ वग़ैरह ज़रा ठीक से करवा लेना, सरकारी मामला है, और हमारा नाम भी जुड़ा है।'' भारद्वाज जी ने कहा।

काग़ज़ों का पुलिन्दा उठाये वो वापस चला आया। उसके बाद व्यस्तता और बढ़ गयी। पूरी पत्रिका को कम्प्यूटर पर सेट करवाना, कहाँ कौन-सा फोटो लगना है, किस पेज पर क्या लगना है इन सब में अच्छी खासी माथापच्ची हो जाती थी । कलेक्टोरेट के कम्प्यूटर सेक्शन में ही सारा काम हो रहा था, दिन भर में दो तीन बार राकेश तिवारी भी आकर देख जाते थे। फ़ाइनल प्रूफ रीडिंग और सेटिंग के बाद बने पत्रिका के खाके को राकेश तिवारी ने स्वीकृति प्रदान कर जब प्रिंटिंग के लिए भेजा, तब उसे मुक्ति मिल पायी। पत्रिका के छपकर आने के बाद भव्य स्तर पर उसका विमोचन समारोह आयोजित किया गया। चूँकि 'जन भागीदारी से जल रोको' नारा मुख्यमन्त्री ने दिया था इसलिये वे स्वयं पत्रिका का विमोचन करने आये थे। अपने भाषण में मुख्यमन्त्री ने भारद्वाज जी का उल्लेख करते हुए कहा कि इस अभियान का स्वरूप चाहे जो रहा हो लेकिन भारद्वाज जी ने अपने कुशल सम्पादन से इस पत्रिका में उस

अभियान का जो चित्र खींचा है उससे और दूसरी जगहों पर भी इस तरह के अभियान चलाने की लोगों को प्रेरणा मिलेगी। और हाल तालियों से गूँज उठा था। सुदीप ने मंच पर बैठे भारद्वाज जी की आँखों में झाँकने का प्रयास किया था लेकिन सफलता नहीं मिल पाई। वैसे भी सदन कभी मंच की आँखों में आँखें नहीं डाल पाता, क्योंकि मंच ने ये अधिकार केवल अपने पास ही रखा है। विमोचन के पश्चात मुख्यमन्त्री ने शाल उढ़ाकर भारद्वाज जी को सम्मानित किया था, और हॉल एक बार फिर अपने शहर की साहित्यिक विभूति के सम्मान में तालियों से गूँज उठा था। सुदीप हॉल से उठकर बाहर आ गया और सिगरेट फूँकने लगा।

मुख्यमन्त्री के रवाना हो जाने के बाद आकर्षण का बिन्दु भारद्वाज जी ही बने हुए थे। हर कोई बधाई दे रहा था। बाहर खड़े एक कर्मचारी ने जो अभियान से जुड़ा हुआ था, उससे पूछा, ''साहब काम तो आपने किया है पूरा, फिर इनको बधाई क्यों मिल रही है?''

मुस्कराते हुए जवाब दिया था सुदीप ने, ''उन्होंने सम्पादन किया है।''

''वो क्या होता है?'' कर्मचारी ने अनभिज्ञ होते हुए पूछा, सुदीप कुछ जवाब देता उसके पहले ही भारद्वाज जी बधाइयों से फ़ारिग होकर उसके पास आ गये।

''सुदीप तुमने कुछ अन्यथा तो नहीं लिया।'' भारद्वाज जी ने सीधा प्रश्न किया।

''नहीं सर आपका सम्मान मेरा सम्मान है, उसमें अन्यथा की क्या बात है?'' सुदीप ने भरसक सहज बनने का प्रयास करते हुए कहा।

''मैंने डीएम साहब को बोला भी था कि सुदीप को भी मंच पर बुला लो, पर व्यस्तता के चलते शायद भूल गये वो।'' भारद्वाज जी ने कहा।

''कोई बात नहीं सर, आप तो थे वहाँ, आपका होना ही मेरे लिए बहुत है।'' सुदीप ने कहा।

राकेश तिवारी भी वहाँ पहुँच गये सुदीप के कन्धे पर हाथ रखकर बोले, ''वेलडन सुदीप जी, आपने हमारी लाज रख ली।''

''लाज तो परस्पर रखी जाने वाली चीज़ है इस बात का ध्यान रखिएगा डीएम महोदय।'' भारद्वाज जी ने सुदीप की ओर से जवाब देते हुए कहा।

''बिल्कुल जैसा आप आदेश देंगे।'' राकेश तिवारी ने कहा।

उसके बाद फिर वही रूटीन लाइफ़ शुरू हो गयी सुदीप की; वही परिषद, वही भारद्वाज जी, वही कमरा, वही रीडिंग टेबल, वही घिन और फिर वही उल्टियाँ। बीच में ये सब कुछ थम-सा गया था मगर फिर शुरू हो गया। इन दिनों उसको अपने आप पर से उल्टी की बदबू कुछ ज़्यादा ही आने लगी थी। रात को लौटता तो शरीर को रगड़-रगड़ कर नहाता, मगर जैसे ही रीडिंग टेबल पर पहुँचता वैसे ही सद्यःस्नात शरीर में से भी उल्टी की बदबू आने लगती। टेबल पर उन साहित्यिक पत्रिकाओं के सम्पादकों के पत्रों का भी ढेर लगने लगा था, जिनमें उसकी रचनाएँ नियमित रूप से

छपतीं थीं, या यूँ कहा जाए कि जिन सम्पादकों की रचनाएँ वो परिषद की मासिक पत्रिका में छाप देता था, और बदले में उसकी छप जाया करती थीं। कई बार लगता कि भाग जाए यहाँ से, वापस चला जाए गाँव; फिर सोचता कि भागेगा भी तो आख़िर किससे? ये उल्टी की बदबू तो उसके ही शरीर से आ रही है। ये घिन तो उसे अपने आप से ही हो रही है,जहाँ भी जाएगा ये तो साथ जाएगी ही। अब इससे तो छुटकारा मिलेगा नहीं तो फिर यहीं क्यों नहीं रहा जाए।

रात को देर तक जागकर लिखने का प्रयास करता रहा, कई बार दौड़कर बाथरूम में गया और वापस आकर फिर लिखने का प्रयास किया। देर रात जब सोया तब बमुश्किल दो पेज लिख पाया था। सुबह देर से नींद खुली। फ्रेश होकर अख़बार उठाया तो देखा मुखपृष्ठ पर ही डीएम राकेश तिवारी की मुस्कराती हुई फ़ोटो छपी है और लिखा है ''राकेश तिवारी को जल संवर्धन हेतु राष्ट्रीय पर्यावरण चेतना पुरस्कार''। और अख़बार के एक कोने में छोटा-सा एक और समाचार लगा है '' युवा साहित्यकार सुदीप राय राष्ट्रभाषा परिषद के सचिव नियुक्त। ''

अखबार लेकर वो रीडिंग टेबल पर आकर बैठ गया। कल के अधलिखे दो पेज फड़फड़ा रहे हैं। उसने पेन उठाया एक दो लाइनें लिखीं, आश्चर्य...! उल्टी की बदबू, घिन कुछ भी शुरू नहीं हुआ। कुछ और लिखा फिर अपने आप को सूँघा, सचमुच कहीं कोई बदबू नहीं है। ऐसा कैसे हो सकता है? रात को तो ऐसा हो रहा था अब क्या हो गया? अचानक उसे याद आया कि अब तो वो आँसरिंग मशीन हो गया है, और आँसरिंग मशीनें किसी से घिन नहीं करतीं, उन्हें बदबू भी नहीं आती और उल्टी का तो प्रश्न ही नहीं उठता। उसने अपने शरीर को छुआ वो बर्फ के समान ठंडा था, कहीं कोई गर्मी नहीं थी। मशीनें तो वैसे भी ठंडी ही होती हैं। उसे विश्वास हो गया कि कि वो मशीन हो चुका है, उसने कलम उठायी और लिखना प्रारम्भ कर दिया।

ईस्ट इंडिया कम्पनी

वे कुल जमा नौ थे, इसमें अगर दो बच्चों को भी जोड़ दिया जाए तो कुल संख्या ग्यारह हो जाती है। हालाँकि वैसे तो रेल का सामान्य श्रेणी का पूरा डिब्बा यात्रियों से ठसाठस भरा था, लेकिन उसके हिस्से में वे कुल ग्यारह थे, एक तरफ़ बैठे हुए पाँच और दूसरी तरफ चार एवं साथ में दो बच्चे। इन ग्यारह में उसे अपनी मनपसन्द खिड़की के पास की जगह मिल गयी थी, एक बार उसे रेल में खिड़की के पास स्थान मिल जाए तो फिर उसे डिब्बे के अन्दर की दुनिया से कोई सरोकार नहीं रहता, उसका मन बाहर तेजी से दौड़ रहे खेतों-खलिहानों, नदी, तालाबों, बिजली टेलिफोन के खम्भों, और पर्वत मालाओं के साथ दौड़ने लगता है, और साथ में ताल मिलाने लगती हैं रेल की पटरियों पर थाप दे रही पहियों की आवाज "सटक-सटक-पटक-पटक-पटक-पटक", "सटक-सटक पटक-पटक पटक-पटक...।"

आज उसे पहले पहल तो खिड़की के पास स्थान नहीं मिला था, लेकिन अचानक ही खिड़की के पास बैठे भद्र महाशय से टीसी की कुछ चर्चा हुई, और वे अपना सामान उठाकर टीसी के साथ चले गये, वैसे भी वे तथा उनका लकदक कर रहा सामान दोनों ही सामान्य श्रेणी के डब्बे में कुछ असहज लग रहे थे। कदाचित उच्च श्रेणी में आरक्षण न मिल पाने के कारण वे यहाँ बैठ गये थे, ग़रीब लोगों के भारत से अवसर मिलते ही वे अपने वाले अमीर लोगों के भारत में चले गये,अपने हिस्से की खिड़की एक ग़रीब को देकर। उनके वहाँ से हटते ही उसने बिजली की फुर्ती से खिड़की के पास कब्ज़ा कर लिया, खिड़की के पास बैठते ही उसे लगा कि अब यात्रा कितनी ही लम्बी हो जाए कुछ फ़र्क़ नहीं पड़ने वाला, क्योंकि खिड़कियों के उस पार के एक पूरे संसार के साथ अब वो जुड़ गया है, यात्रा की यायावरता अब पूरी प्रकृति के साथ जुड़कर गतिमान होगी।

तो वे कुल जमा ग्यारह थे कुछ घंटों के लिए मजबूरीवश बना एक सर्वथा अपरिचित लोगों का समाज, इस समाज में न कोई किसी के भूत के बारे में जानता है, न भविष्य के, केवल वर्तमान के कुछ घंटों को काटने के लिए ये समाज बना है। खिड़की के पास आसन जमाने के काफी देर बाद वो डिब्बे के अन्दर आया, यहाँ

आने से मतलब मानसिक रूप से अन्दर आना है। बाहर की प्रकृति को छोड़ वो अन्दर आया, तब उसे ये दस लोग दिखाई दिये, जो उसके समेत कुल ग्यारह थे और ऊपर वर्णित समाज की रचना कर रहे थे।

सामने की सीट पर कोने में छोटा परिवार सुखी परिवार विराजमान था, अत्यन्त युवा ग्रामीण पति पत्नी और उनकी दो छोटी-छोटी बेटियाँ, ये बेटियाँ इस बात का प्रमाण थीं कि यह परिवार अधिक दिनों तक छोटा परिवार सुखी परिवार नहीं रहेगा। अगर दो बेटे होते तब शायद यह रह लेता, परन्तु पति-पत्नी की अत्यधिक युवावस्था और दो बेटियाँ, छोटा परिवार सुखी परिवार के भविष्य पर प्रश्नचिह्न लगा रही थीं। इन चार के बाद सीट पर एक महिला अपनी युवा बेटी को लेकर बैठी थी, लड़की क्योंकि युवा थी, इसलिए ज़ाहिर है खिड़की के समीप बैठी थी उसके ठीक सामने। माँ-बेटी दोनों ही खाते-पीते घर की होने की बात को अपनी चर्बी के द्वारा सिद्ध करने का पूर्ण प्रयास कर रहीं थीं। यह था उसका विपक्षी दल का बेंच अर्थात उसके ठीक सामने की सीट पर विराजमान उसके हिस्से का आधा समाज।

अब उसने अपने पक्ष में बैठे लोगों पर नज़र डाली इस अवलोकन के दौरान उसे लगा कि विपक्ष की ओर नज़र डालना बहुत आसान है, आँखें उठाओ और देख लो, लेकिन अपने पक्ष को देखने के लिए बाक़ायदा प्रयास करना पड़ता है, बात वही सप्रयास और अप्रयास वाली है। अपनी बेंच के लोगों में स्वयं को छोड़कर उसने बाकी लोगों को देखा, विपक्ष की ओर जब उसने देखा था तो कहीं कोई भी प्रतिक्रिया नहीं हुई थी, किन्तु जब गरदन घुमाकर कुछ झुककर उसने अपने पक्ष में बैठे लोगों को देखा तो उन लोगों में विशेषकर महिलाओं में प्रतिक्रिया उनकी आँखों में साफ दिखाई दी, कुछ इस प्रकार की कि देखो कैसे घूर रहा है।

खैर इस देखने-दिखाने की प्रक्रिया में जो कुछ नज़र आया वो इस प्रकार था उसके ठीक पास दो महिलाएँ बैठी थीं, और उनके पास फिर एक महिला थी और फिर एक पुरुष बैठा था। अब इसे इस प्रकार भी कहा जा सकता है कि तीन महिलाएँ और एक पुरुष बैठा था, लेकिन ऐसा इसलिए नहीं कहा जा रहा क्योंकि दो महिलाएँ एक साथ थीं और तीसरी महिला और चौथा पुरुष एक साथ, जैसा उनके वार्तालाप से पता चल रहा था। उसके ठीक पास की दो महिलाएँ पारम्परिक भारतीय महिलाएँ थीं, जो सम्भवत: निम्न मध्यम वर्गीय परिवार से सम्बन्धित थीं, पारम्परिक इसलिए क्योंकि उनकी बातचीत में पात्र भले ही रह रह कर बदल रहे थे लेकिन विषय एक ही था 'निन्दा', और यह निन्दा पूरी शिद्दत के साथ और पूरी ईमानदारी के साथ की जा रही थी, हालाँकि कभी-कभी यह निन्दा निहायत कानाफूसी वाले स्तर पर पहुँच जाती थी, शायद उन महिलाओं का यह मानना था कि भले रेल के डिब्बे की दीवारें हों या घर की दीवारें, दीवारें तो दीवारें हैं, और उनके कान होते ही हैं।

इन दो महिलाओं के उस तरफ जो पुरुष और महिला थे, वे वास्तव में दो वृद्ध थे, एक सरदार जी और उनकी पत्नी, सरदार जी पूर्ण पारम्परिक वेशभूषा में थे और ऊपर एक कृपाण भी लटकाए हुए थे। पत्नी उनसे कुछ अधिक वृद्ध थी या फिर बीमार थी, ऐसा इसलिए क्योंकि सरदार जी थोड़ी थोड़ी देर बाद स्वयं उठकर नीचे फ़र्श पर बैठ जाते थे, और उन दो लोगों वाले स्थान पर उनकी पत्नी अधलेटी हो जाती थी। ऐसा रह रहकर हो रहा था।

पूर्ण सिंहावलोकन करने के पश्चात उसने पुनः सामने नज़र डाली तो उसके ठीक सामने बैठी लड़की उससे नज़र मिलते ही बिला वजह ही शरमा गयी। कुछ लड़कियों के साथ यही समस्या होती है, एक ठीकठाक-सा पुरुष जो थोड़ी दूर से देखने पर युवक होने का भ्रम उत्पन्न करता हो, उसकी उपस्थिति मात्र से ही इन्हें कुछ-कुछ होने लगता है। स्थिति यह हो गयी कि कुछ ही देर में उसे 'कनखियों से देखना', 'दुपट्टा मुँह में दबाना', 'पैर के अँगूठे से ज़मीन कुरेद कर लजाना' जैसी घोर दुर्लभ घटनाओं का प्रत्यक्ष अवलोकन करने का सौभाग्य मिल गया। यद्यपि ट्रेन के उस घोर मरुस्थली फर्श पर कुरेदने जैसा कुछ नहीं था, फिर भी महिलाएँ परम्पराओं का पालन करने में अधिक विश्वास करती हैं, अब परम्परा पैर के अँगूठे से जमीन कुरेदने की है तो कुरेदना है। उधर कोने का छोटा परिवार सुखी परिवार अपने आचरण से स्पष्ट कर रहा था कि अब यह छोटा परिवार यात्रा समाप्त होने के कुछ समय पश्चात ही छोटे परिवार का दायरा तोड़ देगा। यद्यपि दो बच्चियों के कारण दोनों ख़ासे परेशान नजर आ रहे थे।

तो इस तरह दो-दो के चार समूहों में ग्यारह सदस्यीय दल चर्चारत था, और इन सबके बीच एक बिला वजह की चर्चा उसके और सामने वाली लड़की के बीच भी हो रही थी, हालाँकि यह चर्चा निगाहों से होने वाली चर्चा थी और पूर्णतः एकतरफा थी। और इसी एकतरफा चर्चा के कारण वो पुनः खिड़की से बाहर निकल गया और एक बार फिर नदी, तालाब, पेड़, पहाड़ों के साथ दौड़ने लगा। अच्छा होता है खिड़की के पास बैठना क्योंकि खिड़की के पास बैठने वाले को यही एक बड़ी सुविधा होती है, अगर डिब्बे या बस के अन्दर का माहौल किसी व्यक्ति विशेष अथवा घटना विशेष के कारण रुकने योग्य न हो रहा हो, तो शारीरिक रूप से अन्दर उपस्थित रहकर मानसिक रूप से बाहर निकला जा सकता है जो वो अभी कर रहा है।

काफी देर तक वो खिड़की के बाहर दौड़ता रहा तब तक जब तक बाहर अँधेरे ने नदी-पर्वत तालाबों को लील नहीं लिया और बाहर दौड़ना उसके लिए पूर्णतः असहज नहीं हो गया। घना अन्धकार बाहर फैला और वो अन्दर लौट आया, अन्दर आकर उसे पहली तसल्ली यह मिली कि उसका मूक साथी अपनी माँ के कन्धे पर सिर टिकाए सोने या सम्भवतः ऊँघने की स्थिति में आ चुका था, बाकी सब कुछ

पूर्ववत था; हाँ, एक लगभग अधेड़ उम्र के स्त्री-पुरुष जो केवल इसलिए पति-पत्नी कहे जा सकते थे क्योंकि ट्रेन भारत में थी, वे दोनों जहाँ दोनों सीटें खत्म होती हैं ठीक उस स्थान पर आकर खड़े हो गये थे। पति पूर्णतः पारम्परिक भारतीय अधेड़ था, जिसके सिर के बाल विलुप्त हो गये थे और पेट, तोंद नामक निर्जीव वस्तु में परिवर्तित हो चुका था। पत्नी उससे भी ज्यादा भारतीय नज़र आ रही थी।

पति की आँखों में कुछ पा लेने के लिए आतुरता नजर आ रही थी। उसने देखा कोने वाले सरदारजी की पत्नी फ़िलहाल लेटी हुई है, और सरदार जी सीट से नीचे बैठे ऊँघने वाली मुद्रा में नज़र आ रहे थे। नवागत खड़े खड़ाये दम्पती की निगाहें अधलेटी सरदारनी के द्वारा घेरे गये स्थान पर टिकी हुई थी, अगर सरदार जी पास नहीं बैठे होते तो निश्चत रूप से वे अभी तक सरदारनी को उठा चुके होते। रात काफ़ी हो चुकी थी लेकिन पब्लिक डब्बे में क्या रात और क्या दिन, क्योंकि बैठे-बैठे ऊँघना ही था, और वो भी लोहे की सख़्त सीटों पर। उसे केवल एक बात का डर था कि उसके ठीक सामने की ऊँघ टूट न जाए, नहीं तो फिर उसे कुरेदना, लजाना झेलना पड़ेगा, क्योंकि अँधेरे में खिड़की से बाहर भी तो नहीं जा सकता।

सरदारनी अचानक कुछ कराही और उठ कर बैठ गयी, सरदार जी को इस बात का पता नहीं चल पाया कि सरदारनी उठकर बैठ गयी है, वे पूर्ववत ऊँघते रहे, सरदारनी को शायद कम दिखता है वह उठकर चुपचाप बैठ गयी बस एक बार दुपट्टे को सँभाल कर सिर ढँक लिया। सरदारनी के उठते ही खड़े पति-पत्नी के बीच कुछ ऐसा हुआ जिसे फ़िल्मी भाषा में आँखों ही आँखों में इशारा हो गया कहा जा सकता है। इस बात को केवल उसी ने देखा कि खड़े पति ने भौंहों को ऊपर उचकाकर गर्दन को सामने खींचकर सरदारनी के बैठ जाने से बने रिक्त स्थान की ओर इशारा किया, और जवाब में खड़ी पत्नी ने गिरगिट की तरह तीन बार स्वीकृति में सिर हिलाकर पति के हाथों से बैग ले लिया। यह पूरा घटनाक्रम उसके लिए दिलचस्प हो गया था, उसे अब डिब्बे के अन्दर भी मज़ा आ रहा था।

हाथों मे बैग लेकर खड़ी पत्नी कुछ देर तक खड़ी रही, फिर बिल्ली की तरह दबे पाँव उस रिक्त स्थान की ओर बढ़ी, दबे पाँव बढ़ने का कारण शायद यही था कि सरदार जी की नींद न खुल जाए क्योंकि उस स्थिति में सरदार जी उस स्थान के पहले हक़दार होने के कारण बैठ जाते। लेकिन खड़ी पत्नी का साथ आज क़िस्मत दे रही थी, वह अपना बैग और लगभग बैग-सा ही ठसा-ठसाया शरीर लेकर उस रिक्त स्थान पर बैठ गयी अर्थात अब उसे बैठी पत्नी कहा जा सकता था। खड़ी पत्नी के बैठते ही उसकी सीट पर हल्की-सी हलचल हुई, यह हलचल सरदारनी की तरफ से नहीं हुई क्योंकि उन्हें तो कुछ सूझ ही नहीं रहा था, यह हलचल उसके ठीक पास बैठी दोनों पारम्परिक महिलाओं की ओर से हुई।

ये दोनों महिलाएँ अभी भी ऊँघ-ऊँघ कर निन्दा में लगी हुई थीं। रात हो जाने के कारण निन्दा के विषय भी नींद या रात से सम्बन्धित हो गये थे। मसलन, फलानी को नौ बजे से ही नींद आने लगती है या फलानी सुबह के आठ बजे तक सोती रहती है। इन्ही दोनों महिलाओं का यह निन्दा का पारम्परिक कार्य तीसरी महिला अर्थात खड़ी पत्नी के ठीक पास आकर बैठते ही कुछ देर के लिए रुक गया। निन्दा की सबसे बड़ी विशेषता यही है कि प्रेम गली अति साँकरी जामे तीन महिला न समाए, जो कनफुसियाना, फुसफुसियाना दो महिलाओं के बीच मज़ा देता है, वह मज़ा तीन में कहाँ? यही कारण था शायद कि दोनों महिलाओं के बीच का वार्तालाप खड़ी पत्नी के बैठी पत्नी में बदलते ही थम गया, और दोनों कनखियों से बैठी पत्नी की ओर देख रही थीं।

इसी बीच सरदार जी की ऊँघ-अवस्था समाप्त हो गयी, उन्होंने उठकर जैसे ही अपने स्थान पर उक्त महिला को बैठे देखा तो तुरन्त बोले, "औ भैणजी, इत्थे तो मैं बैठा था" महिला ने तुरन्त अपने पति की ओर देखा, अधेड़ पति ने तुरन्त सरदार जी को जवाब दिया, "सरदार जी महिला हैं कब तक खड़ी रहतीं, आप तो अच्छे बैठे ही हो नीचे।" सरदार जी वयोवृद्ध होने के साथ विनम्र भी थे, और फिर महिला के बैठने पर आपत्ति कैसे दर्ज कराते। कुछ नहीं बोले मुड़कर सरदारनी से कुछ पूछने लगे, खड़ा पति और बैठी पत्नी दोनों मुस्करा रहे थे। उसने विरोध दर्ज कराना चाहा फिर सोचा जाने दो अपना क्या गया, जगह तो सरदार जी की गयी।

कुछ देर तक उसने खिड़की के बाहर अँधेरे में आँखे फाड़कर देखने का प्रयास किया लेकिन बाहर कुछ सूझ ही नहीं रहा था। वह पुनः अन्दर आ गया। उसके ठीक सामने अभी भी ऊँघ का माहौल था वह भी ऊँघने लगा। काफी देर तक वह ऊँघता रहा। उसकी इस निर्विघ्न ऊँघ के पीछे कई कारण थे जैसे कि उसके ठीक सामने कि निगाह चर्चाओं का ऊँघ जाना, छोटा परिवार-सुखी परिवार की पारिवारिक चेष्टाओं का थम जाना और ठीक पास के निन्दा पुराण का भी ऊँघ जाना। काफी देर बाद जब उसकी आँखें थोड़ी खुलीं तो उसने देखा कि सारे सहयात्री ऊँघवाली अवस्था से निन्द्रा वाली अवस्था में प्रवेश कर चुके हैं, उसके समेत केवल पाँच लोग ही जाग रहे हैं, सरदार जी, सरदारनी, बैठी पत्नी और खड़ा पति। बैठी पत्नी अपने खड़े पति की चिन्ता में जाग रही थी और सरदार जी, सरदारनी के कारण जाग रहे थे, अर्थात भारतीय दाम्पत्य जीवन का अनूठा उदाहरण दोनों युगल बने हुए थे।

सरदारनी को बैठे रहने में परेशानी हो रही थी शायद इसीलिए वे बार बार पहलू बदल रही थीं। पहले वो थोड़ी थोड़ी देर बाद अधलेटी हो जाती थीं लेकिन खड़ी महिला के बैठी होने के बाद अधलेटे होने की जगह समाप्त हो गयी थी। पत्नी को परेशान देख सरदार जी ने धीरे से पूछा, "की हुआ वीरांवालिए लेटना है?" सरदारनी

को कुछ समझ नहीं पड़ा, वो चुपचाप बैठी रही। सरदार जी सरदारनी की पीड़ा समझ कर भी चुप रहे। इसी बीच उसने देखा कि बैठी पत्नी और खड़े पति के बीच पुनः कुछ आँखों ही आँखों में इशारा टाइप की चीज़ हुई। जिसके होने के बाद बैठी पत्नी के मुख पर कुछ इंच लम्बी मुस्कराहट फैल गयी।

बैठी पत्नी ने आवाज में विनम्रता घोलते हुए सरदार जी से पूछा, "क्या बात है भाई साहब भाभी जी से बैठते नहीं बन रहा है क्या?" सरदार जी ने सोचा शायद ऐसा सीट खाली करने के उद्देश्य से पूछा जा रहा है, इसलिए तुरन्त जवाब दिया "हाँ भैणजी तबीयत खराब है, ज्यादा देर बैठ नहीं पाती।" बैठी पत्नी ने कहा, "अब तो सब सो ही गये हैं मेरे पास एक मोटी दरी है, आप उसे दोनों सीटों के बीच बिछाकर इनको वहाँ लिटा दो, यहाँ इन्हें परेशानी हो रही है।" इतना कहकर वो अपने खड़े पति की ओर मुख़ातिब होते हुए बोली, "सुनिए, आप ही थोड़ी जगह बनाकर ये दरी बिछा दीजिए, भाईसाहब बिचारे अकेले हैं।" स्वयं ही सलाह देकर उसकी स्वीकृति भी स्वयं देकर उसने बेग से दरी निकालकर पति की ओर बढ़ा दी, पति ने आज्ञाकारी बच्चे की तरह दरी हाथ में ली और दोनों सीटों के बीच रखे सामान को सीटों के नीचे सरकाते हुए दरी को बिछा दिया।

दरी बिछते ही बैठी पत्नी ने तुरन्त सरदार जी का बैग लेकर उसे दरी के एक सिरे पर तकिये की तरह रख दिया और सरदार जी से बोली, "लीजिए भाईसाहब, भाभीजी को यहाँ लिटा दीजिए यहाँ उन्हें आराम मिल जाएगा।" सरदार जी ने उठकर सरदारनी का हाथ पकड़ कर उठा लिया, और नीचे बिछी दरी पर लिटाने लगे, इन सब में खड़ा पति भी सहयोग प्रदान कर रहा था। सरदारनी के लेटते ही खड़ा पति भी तुरन्त सरदारनी के उठने से रिक्त हुए स्थान पर बैठकर बैठा पति हो गया, सरदार जी ने उसे बैठते हुए देखा लेकिन कुछ न बोले, बोलते भी कैसे, उन लोगों की दरी पर ही तो सरदारनी को लिटाया है। सरदार जी ने सरदारनी के पैरों के पास थोड़ी जगह बनायी और वहीं नीचे बैठ गये, बैठी पत्नी ने सरदार जी से कहा, "यहाँ भाभीजी आराम से सुबह तक सो सकेंगी।" उत्तर में सरदार जी ने विनम्रता से केवल सर हिला दिया।

रात काफ़ी बीत चुकी थी ट्रेन पूरी रफ़्तार से भाग रही थी, उसे याद आया बचपन में इतिहास के शिक्षक बार-बार उसे समझाते थे कि किस तरह ईस्ट इंडिया कम्पनी भारत में आयी, फिर धीरे-धीरे भारत में फैली और अन्ततः पूरे भारत पर कब्ज़ा कर लिया, तब उसे समझ नहीं आता था कि ऐसा कैसे हो सकता है, इतिहास का वो सबक आज जाकर उसे समझ में आया कि ईस्ट इंडिया कम्पनी ने किस तरह भारत पर कब्ज़ा किया होगा। उसने बैठी पत्नी और ताज़ा-ताज़ा बैठे पति की ओर देखा। उसे लगा वे दोनों यूनियन जैक में बदल गये हैं। वह धीरे से मुस्कराया और आँखें बन्द कर ऊँघने लगा। बाकी यात्रियों के साथ अब बैठा पति तथा बैठी पत्नी और

सरदार जी एवं सरदारनी भी ऊँघने से निन्द्रा की ओर बढ़ रहे थे क्योंकि अब सभी सन्तुष्ट हो गये थे। यूनियन जैक सीट पर लहरा रहा था, और भारत नीचे दरी पर सो रहा था, वह भी धीरे-धीरे सो गया।

हीरामन

मैना की बारात थोड़ी देर में ही ड्योढ़ी पर लग जाएगी, हवेली में चारों तरफ़ विवाह की अफ़रा-तफ़री मची हुई है। कोई इधर से बताशों का थाल उठाये जा रहा है, तो कोई उधर से हार-फूल की टोकरी उठाये चला आ रहा है। घर की महिलाएँ भी उतनी ही व्यस्त हैं। जो श्रृंगार कर चुकी हैं वे व्यस्त दिखने के लिए व्यर्थ में ही कभी इस कमरे में घुस जाती हैं, तो कभी उस कमरे में घुस जाती हैं। उनकी स्थिति तो और ज़्यादा ख़राब है, जिनका श्रृंगार अभी पूरा नहीं हो पाया है, पता चल रहा है इधर से एक महिला चंडी की तरह पूरे बाल खोले, एक हाथ में गजरा और दूसरे में दर्पण लिये चली जा रही है, इस सोच में कि अगर चंडी की तरह उसके भी चार हाथ होते तो आज उसे कितनी आसानी होती। उधर दूसरी महिला एक कान में बुन्दे पहने दूसरे बुन्दे को हाथ में लिये इधर-उधर बुन्दे का पेंच ढूँढ़ती फिर रही है। कुल मिलाकर एक विवाह वाले घर में जितनी अफ़रा-तफ़री होनी चाहिए उतनी हवेली में नज़र आ रही है।

बड़ी हवेली में बहुत दिनों बाद शहनाईयाँ गूँज रही हैं, कई वर्षों बाद। इससे पहले मैना के पिता बलराम पटेल की शादी में ये शहनाईयाँ गूँजी थीं, लोगों का कहना है कि बलराम पटेल की शादी में जो रौनक थी, जो ठाठ-बाट था, वह आस-पास के पचास गाँवों में अभी तक नज़र नहीं आया। पूरा गाँव तोरन और फूल-मालाओं से सजाया गया था। गाँव के बाहर फूटे तालाब से लेकर बड़ी हवेली तक बैलगाड़ियों की लाइन लग गयी थी, कुल मिलाकर मेले-ठेले जैसा दृश्य नज़र आ रहा था। मंडप के दिन पूरे गाँव में किसी भी घर में चूल्हा नहीं जला था। पूरे गाँव को बड़ी हवेली का न्यौता मिला था, और साथ ही साथ आस-पास के गाँवों के पटेल साहूकार मिलने-जुलने वाले सभी तो आये थे बलराम की शादी में। उस शादी के बाद आज जाकर ये रौनक जुटी है बड़ी हवेली में।

"कहो हीरामन बहुत दिनों बाद सुध ली बड़ी हवेली की... ?" रामधन ने रायते में बघार लगाते हुए कहा। रामधन पिछले तीस वर्षों से बड़ी हवेली का ख़ास रसोइया है; तीज-त्यौहार, शादी-ब्याह, जीवन-मरण सबकी रसोइयाँ बनाने का काम रामधन

ही सँभालता है। हालाँकि अब उम्र ने रामधन पर भी असर दिखाया है, लेकिन रामधन की रसोई आज भी वैसी ही है; उतनी ही स्वादिष्ट, खाने वाला उँगलियों को चाटना तो क्या काटने की सोचने लगे। और उस पर भी करीपत्ता और खड़े जीरे से बघरे बूँदी के रायते की धूम तो आमगाँव के बाहर के गाँवों में भी है। लोग दोना भर-भर के पी जाते हैं उस रायते को।

हीरामन, बलराम और रामधन लगभग एक ही उम्र के हैं, बचपन में तीनों साथ-साथ ही गाँव के फूटे तालाब पर नहाये हैं, और साथ-साथ ही गाँव में, खेतों पर धमाचौकड़ियाँ की हैं। फिर जैसे-जैसे बड़े होते गये बड़ी हवेली की ऊँचाई ने इनके बीच में दूरियाँ बढ़ा दीं।

"हाँ भाई रामधन बस यूँ ही कुछ जी उचाट हो गया था, सो निकल पड़े थे, और फिर जीवन भी वैसा ही हो गया था, जहाँ मिले दो वहीं रहे सो। कहते भी हैं ना कि पौधा जहाँ जनमता है उसी मिट्‌टी में हरियाता है, एक बार उखाड़कर दूसरी जगह लगा दो तो फिर वह पहले जैसी बात कहाँ रहती है? फिर तो बस इसलिए खड़ा रहता है कि जड़ें गड़ीं हैं।" हीरामन ने एक मोटी-सी जलाऊ लकड़ी पर आसन जमाते हुए कहा।

"तुम्हें किसने उखाड़ा? तुम तो ख़ुद ही गाँव छोड़कर चले गये, और गये भी तो कैसे कि न मोह न ममता, एक बार पीठ की तो फिर मुड़कर भी नहीं देखा कि आमगाँव के क्या हाल हैं...? संगी-साथी कैसे हैं...? तुम तो निर्मोही की तरह चले गये।" रामधन ने रायते में करछुल चलाते-चलाते रुककर कहा।

"निर्मोही कोई नहीं होता रामधन, ये समय ही है जो आदमी को निर्मोही-सा व्यवहार करने पर मजबूर कर देता है, लेकिन अन्दर से कोई निर्मोही नहीं होता, अगर इनसानी मिट्‌टी में से मोह-ममता को निकाल दिया जाए तो फिर वो इनसान कहाँ रहेगा, वो तो पुतला हो जाएगा। जो लोग निर्मोही होने का दावा करते हैं, कभी उनके अन्दर झाँक कर देखोगे तो सारी असलियत खुल जाएगी। मेरा गाँव छोड़ना उस समय मेरा धर्म था, जो न छोड़ता तो रोज़ मर-मर कर जीता।" हीरामन मानो किसी गहरे कुएँ से बोला।

"क्या बात है रामधन, और कितनी देर है रसोई में? बारातियों को आते ही भोजन देना है, फिर शादी की तैयारियाँ भी होना है।" बलराम पटेल ने एक हाथ से धोती का किनारा पकड़े आँगन में खड़े-खड़े ही पूछा।

"बस पटेल सब तैयार है, चाहो तो अभी बिठाल दो बारातियों को।" रामधन ने भट्‌ठी की आग तेज़ करने के लिए लकड़ियाँ डालते हुए कहा। "अच्छा...! हीरामन भी यहीं है, तब मेरा यहाँ क्या काम? तुम दोनों जब मिल जाओ तो चालीस आदिमयों का काम चार से ले लेते हो। बस बारात पहुँचने ही वाली है, आते ही

हाथ-पाँव धुलवाकर सीधे भोजन ही करवाना है, सब तैयारी रखना।'' बलराम पटेल कहते हुए आँगन से वापस मंडप की तरफ चले गये।

बलराम पटेल को यह पटेली एक तरह से विरासत में मिली है, जो बड़ी हवेली के हर बड़े लड़के को मिल जाती है। बलराम से पहले उनके पिता रामवीर गाँव के पटेल थे और बलराम के बाद उनके बेटे जनार्दन को यह पटेली मिलेगी, जनार्दन मैना से दो साल छोटा है, और अभी चौदह-पन्द्रह साल का ही है। इस तरह आमगाँव में पंच, सरपंच चाहे कोई भी बनता रहे लेकिन गाँव का पटेल कहलवाने का अधिकार बड़ी हवेली के मालिक के पास ही रहता है। आमगाँव जितना दिलचस्प गाँव उतना ही दिलचस्प नाम। और आमगाँव नाम पड़ने का भी उतना ही दिलचस्प कारण है और वो कारण ये है, कि पक्की सड़क से गाँव तक का जो कच्चा रास्ता है उसके दोनों तरफ आम के घने पेड़ लगे हैं, सीधी लाइन में इस तरह कि पूरा रास्ता हमेशा घनी छाँव से ढँका रहता है। पक्की सड़क का वो जोड़ जहाँ बस छोड़ती है वहाँ से गाँव तक का रास्ता करीब पाँच किलोमीटर होता है।

ये नाम आमगाँव भी बलराम पटेल के लक्कड़ दादा का दिया हुआ है, जो अपने गाँव में प्लेग फैलने के कारण आकर इस गाँव में बसे थे और फिर यहीं अपनी हवेली बनायी थी, जिसे आज बड़ी हवेली कहते हैं। तब इस गाँव का कोई अस्तित्व नहीं था, बीस-पच्चीस टप्पर थे, और केवल याद रखने के लिए इसको टपरा टोला कहा जाता था। बलराम पटेल के लक्कड़ दादा ने ही टपरा टोला तक के कच्चे रास्ते को ठीकठाक करवा के दोनों तरफ आम के पौधे लगवाये थे, जैसे-जैसे आम के पौधे बढ़ते गये टपरा टोला आमगाँव होता गया। पूरे रास्ते दो-दो की कतार में लगे हैं ये पेड़, कहीं-कहीं एकाध पेड़ कम है बाकी तो पूरी कतार ठीक है। तब ये बड़ी हवेली भी सिर्फ हवेली ही होती थी क्योंकि तब यही एक हवेली थी बाक़ी सब तो टप्पर थे, परन्तु जैसे-जैसे गाँव में पक्के मकान बनते गये हवेली का मान बनाए रखने के लिए इसे बड़ी हवेली कहा जाने लगा।

अर्थात टपरा टोला या आज के आमगाँव में बलराम पटेल, इस पटेल ख़ानदान की पाँचवी पीढ़ी का प्रतिनिधित्व करते हैं, और उनका बेटा जनार्दन छठवीं पीढ़ी है पटेलों की, पर क्या सचमुच बलराम पटेल के बाद पटेल ख़ानदान की कोई पीढ़ी है...? ये एक ऐसा प्रश्न है जिसका उत्तर कुछ ही लोग जानते हैं। लेकिन आज पूरा गाँव जिस तरह जनार्दन को छोटे पटेल कहकर पुकारता है, उसको देखकर तो यही लगता है कि बलराम पटेल के बाद जनार्दन ही बड़ा पटेल भी हो जाएगा। दरअसल लोग तो केवल उसी पर विश्वास करते हैं जो दिखाई देता है, उसके अन्दर क्या है, यह देखने का न तो कोई प्रयास करता है और न ही आज किसी के पास इतना समय है। अपने लक्कड़ दादा से लेकर बलराम पटेल तक इस परिवार ने यश, कीर्ति और

प्रतिष्ठा में अच्छी खासी वृद्धि की है, साथ ही वृद्धि की है समृद्धि और सम्पत्ति में भी। और शायद इसलिए इस पटेल ख़ानदान की पटेली बरकरार है।

पटेल खानदान की पाँचवी पीढ़ी की कहानी शुरू होती है बलराम के जन्म के साथ, रामवीर पटेल के घर तीन कन्याओं के पश्चात जन्म लेने वाले बेटे के रूप में। बलराम की पीढ़ी अर्थात रामधन, हीरामन, रामभरोसे और हरिया की पीढ़ी, जिनमें से भी अगर लँगोटिया यार वाली बात तलाश की जाए तो बलराम के ख़ास मित्रों में रामधन, हीरामन और रामभरोसे ही थे। वो दोस्ती जो इनके चौदह-पन्द्रह साल का होने तक बरकरार रही। फिर जैसे-जैसे बलराम छोटे पटेल होते गये वैसे-वैसे दोस्ती के तार टूटते गये। लेकिन उससे पहले की दोस्ती ऐसी थी कि चारों सोने और खाने के समय ही अलग होते थे, बाकी तो चारों कहाँ है, ढूँढ़ना भी मुश्किल हो जाता था। पता चलता कि कहीं काली गदराती जामुनें खाने के लिए बन्दर की तरह पेड़ पर चढ़े हुए हैं या फिर फूटे तलाब में भैंसों की तरह पड़े हुए हैं अर्थात कुल मिलाकर जैसी दोस्ती बचपन की होती है वैसी ही दोस्ती थी चारों में। फिर बलराम छोटे पटेल कहलाने लगे थे और दूरियाँ बढ़ने लगीं। हालाँकि लोगों का तो ऐसा भी कहना है कि चौदह-पन्द्रह की उम्र के बाद छोटे पटेल बहुत बदल गये थे, एकदम गुमसुम रहते थे, न किसी से हँसना-बोलना न बातें करना, न ही ज्यादा घर से निकलना, किसी ने कुछ पूछ लिया तो जवाब दे दिया नहीं तो अपनी चुप भली। इसी समय बाकी तीनों दोस्तों को भी पैतृक व्यवसाय में हाथ बँटाना शुरू करना पड़ा था। रामधन को पिता के साथ रसोई आदि बनाने के काम में लगना पड़ा तो रामभरोसे को पंडिताई के पैतृक कार्य को सीखने पिताजी के साथ आना-जाना शुरू करना पड़ा। और हीरामन... ? उसका पैतृक काम तो पटेलों के खेत-खलिहानों का काम देखना, फसल का हिसाब-किताब रखना और खेत के मजदूरों हरवाहों से काम लेना था। पटेलों के खेत भी ऐसे थे कि इधर से खड़े होकर देखो तो दूसरा सिरा ही दिखाई न दे। हीरामन के पिताजी ही सारा काम सँभालते थे, और उसी काम को सँभालने की तैयारी हीरामन ने शुरू कर दी थी। चौकड़ी की चारों कड़ियाँ अपने-अपने तरीके से टूटती चली गयीं।

हीरामन का साथ तो फिर भी बलराम पटेल के साथ बना रहा, भले ही ये साथ मालिक-नौकर का रहा पर फिर भी साथ तो रहा। हीरामन ने बड़ी हवेली की सेवा चाकरी को ही अपना सब कुछ मान लिया था, उसकी सुबह बड़ी हवेली में होती तो दोपहरी खेतों पर कटती और रात फिर बड़ी हवेली में, देर रात ही अपने घर लौटता था वो। हीरामन की विश्वसनीयता और वफ़ादारी के कारण बड़े पटेल भी काफ़ी भरोसा करने लगे थे उस पर। बड़ी हवेली का पत्ता भी हीरामन के बिना नहीं हिलता था उस समय। गाँव के लोग उस समय अचरज में डूब गये थे जब हीरामन के ब्याह के बाद नयी दुल्हन की मुँह दिखाई की रस्म के लिए बड़ी हवेली से पटलन स्वयं चलकर

गयी थीं हीरामन के घर। नहीं तो होता यह था कि गाँव में कोई भी नयी दुल्हन आये, मुँह दिखाई बड़ी हवेली पर ही होती थी उसकी। हीरामन के लिए बड़ी हवेली का हर दरवाज़ा खुला था वो बैठकी से लेकर रसोई, पूजा घर, बड़ी पटलन के कमरे तक कहीं भी जा सकता था।

हीरामन के ब्याह के थोड़े दिन बाद ही बलराम पटेल का ब्याह हुआ था, वही ब्याह जिसमें पूरा गाँव मेले में बदल गया था, जिसकी रौनक की चर्चा आज भी बड़े बुजुर्ग चौपाल पर कभी-कभी कर लेते हैं। हीरामन की कहानी असल में उस शादी के बाद ही शुरू होती है, घर में नयी दुल्हन आ जाने के कारण हीरामन के पैर थोड़े बँध गये थे, अब उतना बेखटके वो बड़ी हवेली में नहीं घूम-फिर पाता था, अब उसका ज्यादा समय खेतों पर ही कटता था, शाम को खेत से सब्जियाँ लिये आता आँगन में रखता और बड़े पटेल के पास चला जाता। वहीं बैठकर दिन भर का हाल-चाल सुनाता रहता। उधर रामभरोसे और रामधन दोनों का भी ब्याह हो गया था और दोनों ने अपने-अपने काम-धन्धे खूब जमा लिये थे। दोनों का बड़ी हवेली में आना-जाना अभी भी होता रहता था, हवेली का पूजा-पाठ रामभरोसे के जिम्मे था और कभी बड़ी रसोई बनानी हो तो रामधन के पैर हवेली में पड़ते। लेकिन समय ने चारों दोस्तों के बीच मर्यादा की लक्ष्मण रेखाएँ खींच दी थी। लक्ष्मण रेखाएँ जो अपने-अपने कामों के कारण खिंचीं थी।

बलराम पटेल की शादी के लगभग दो साल बाद की वो घटना है। बलराम के आँगन में अभी तक कोई किलकारी नहीं गूँजी थी, बड़ी पटलन के माथे पर चिन्ता की लकीरें नज़र आने लगीं थीं और साथ ही नज़र आने लगे थे नयी दुल्हन के हाथों और गले में रंग-बिरंगे धागे जो बड़ी पटलन जाने कहाँ-कहाँ से बुलवाकर दुल्हन को बाँधने लगीं थीं। और तभी वो घटना घटी थी, हीरामन खेतो में पानी फेर रहा था, माघ का महीना था, ठंड ऐसी की नसों का खून भी गरमी छोड़ दे। खेतों में गेहूँ-चना खड़ा था, हीरामन हरवाहों से नालियाँ बनवा-बनवाकर पानी फेर रहा था। खेतों में पानी फेरने का समय मतलब हीरामन की रात खेतों पर ही गुज़रती थी। रात लगभग दस बजे होंगे जब हीरामन हरवाहों को काम समझा कर खलिहान में बने टप्पर में आकर लेटा ही था कि अचानक बलराम पटेल पहुँच गये थे, हीरामन चौंककर खड़ा हो गया "छोटे पटेल...! आप...? इस समय...? क्या बात है, सब ठीक तो है...?"

खटिया पर बैठते हुए बोले थे बलराम, "हीरा पहले कुछ अलाव जलाओ बड़ी ठंड है, फिर बात करेंगें।"

आनन-फानन में हीरामन ने अलाव जला दिया और खुद भी अलाव के पास चटाई बिछाकर बैठ गया। बलराम थोड़ी देर तक अलाव में हाथ-पैर तापते रहे फिर बोले, "हीरा यहाँ मेरे पास आकर बैठ तुझसे कुछ जरूरी बात करनी है," हीरामन

बोला, ''नहीं छोटे पटेल हम वहाँ कैसे बैठ सकते हैं।''

बलराम बोले, ''हीरा तू मेरे बचपन का दोस्त है और फिर बात राज़ की है, यहीं आकर बैठ।''

हीरामन खटिया के एक कोने पर आकर बैठ गया, बलराम पटेल ने धीरे से अपना हाथ शाल से बाहर निकाला और हीरामन के कन्धे पर रखकर उसे अपने पास खींच लिया, हीरामन अचरज में डूबा हुआ था। बलराम बोले, ''हीरा तू मेरे बचपन का दोस्त है और मेरा और बड़ी हवेली का सबसे ज़्यादा भरोसेमन्द भी है, इसलिए अब तू ही मुझे बचा सकता है, नहीं तो अब मुझे कोई नहीं बचा पाएगा।''

हीरामन के अन्दर का दोस्त भी जाग गया दोनों हाथों से बलराम के कन्धे पकड़ते हुए बोला, ''क्या बात है छोटे पटेल इतने क्यों परेशान हो, और हमारे लायक जो कुछ भी काम हो बताओ। बड़ी हवेली और आपके लिए तो मैं कुछ भी कर सकता हूँ।''

''ये तुम अकेले में भी हमें छोटे पटेल क्यों कहते हो हम तुम्हारे बचपने के दोस्त हैं।'' बलराम वाणी में कुछ अधिकारयुक्त आत्मीयता घोलते हुए बोले।

पास पड़ी लकड़ी को अलाव में डालते हुए बोला हीरामन, ''नहीं छोटे पटेल समय के साथ हैसियत और औक़ात भी बदलती रहती है, और समझदार वही होता है जो इनके साथ अपने आप को भी बदल ले, आप तो छोड़ो इन सब बातों को और बताओ आपको क्या परेशानी है?''

बलराम पटेल कुछ देर तक सिर झुकाये सामने भड़क रहे अलाव को देखते रहे फिर उसी तरह सिर झुकाये उन्होंने बोलना शुरू किया, वो बोलते रहे हीरामन सुनता रहा, जब बलराम का बोलना बन्द हुआ तो हीरामन सिर से पैर तक पसीने से तरबतर था, मानो माघ का महीना न होकर जेठ की दोपहर हो।

''छोटे पटेल... ये कैसी अनहोनी बात कर रहे हो, अपने साथ हमें भी पाप में डाल रहे हो, आपने ऐसी बात सोची भी कैसे... ?'' हीरामन के मुँह से बड़ी मुश्किल से बोल फूटे थे।

''हीरा हमारे पास इसके अलावा और कोई रास्ता नहीं है तुम हमारे बचपन के दोस्त हो, बड़ी हवेली के वफ़ादार हो, तुम्हारे अलावा हम और किसी पर भरोसा नहीं कर सकते,'' बलराम ने सर झुकाये-झुकाये ही कहा।

''बात हम पर भरोसे की नहीं, बात तो उसकी है जो आपने सोचा है, वह ग़लत है, आपको ऐसा सोचना भी नहीं था।'' हीरामन ने फिर अपना विरोध जताया।

''हीरा तुम अपने हिसाब से सोच रहे हो हमारे हिसाब से नहीं, और यही बात हमारी मृत्यु का कारण भी बन सकती है। हम तुमसे अपने लिए जीवन और बड़ी हवेली के लिए ख़ुशियाँ माँग रहे हैं, और तुम पाप-पुण्य की बात कर रहे हो, तुम्हारे

लिए हमारा जीवन कोई मायने नहीं रखता है क्या?'' बलराम पटेल ने हीरामन की आँखों में आँखें डालते हुए कहा।

''रखता क्यों नहीं है छोटे पटेल।'' हीरामन बोला, ''बहुत मायने रखता है, भगवान आपको और बड़ी हवेली दोनों को सलामत रखे। हमारा तो सब कुछ आप ही हो, पर आप बात ही ग़लत कर रहे हो।''

''नहीं हीरा बात यही है, तुम हमारी मजबूरियाँ समझ ही नहीं रहे हो।'' बलराम पटेल खटिया से खड़े होते हुए बोले, ''और हमारी मजबूरी ये है कि हम तुम्हारे अलावा किसी और के पास जा भी नहीं सकते, फिर भी जैसा तुम चाहो, हम तुम पर दबाव नहीं डालेंगे कल विजय नगर वाले मामाजी के यहाँ शादी में अम्मा और बाबूजी दोनों जा रहे हैं, अगर तुम हमें, अपने दोस्त को जीवित देखना चाहते हो, बड़ी हवेली को ख़ुशहाल देखना चाहते हो, तो रात को बड़ी हवेली पहुँच जाना, नहीं तो फिर सुबह आ जाना हमारी लाश तुम्हें बैठकी में ही लटकी मिलेगी...।'' कहकर बलराम तेज़ी से टप्पर से बाहर चले गये, और हीरामन उसी तरह खाट पर सिर को हाथों से पकड़े अलाव में भड़कती आग को देखता रहा।

उसके बाद चौबीस घंटे हीरामन के जीवन की सबसे बड़ी अग्नि परीक्षा थे, एक तरफ़ था मर्यादाओं, संस्कारों और पाप-पुण्य की रवायतों का डर तो दूसरी तरफ था नमक और दोस्ती का वास्ता। चौबीस घंटे केवल यही द्वन्द्व चलता रहा था, क्या किया जाए, क्या न किया जाए। उहापोह और दिग्भ्रम में फँसा व्यक्ति अक़्सर सलाहों और मशवरों की बैसाख़ियों का उपयोग करता है पर यहाँ तो मामला ऐसा था कि उसकी गुंजाइश भी नहीं के बराबर ही थी। सबसे बड़ी बात तो भरोसे की ही थी, वह भरोसा जो बलराम पटेल ने हीरामन पर दिखाया था। पत्नी से भी बात नहीं कर सकता क्योंकि दोतरफा डर है पहला तो ये कि अपने पति का इस तरह उपयोग किया जाना कोई भी पत्नी गवारा नहीं करेगी और दूसरा यह कि महिलाओं के पास राज़ की बातें सुरक्षित रहना वैसे भी असम्भव कार्य होता है। अगर कहीं बात खुल गयी तो बड़ी हवेली के साथ गाँव की भी इज्जत मिट्टी में मिल जाएगी क्योंकि आख़िरकार बड़ी हवेली गाँव की शान का प्रतीक है। रात होते-होते बचपन की दोस्ती, हवेली के नमक और वफ़ादारी ने मर्यादाओं पर विजय पा ली, न चाहते हुए भी हीरामन के पैर बड़ी हवेली की ओर चल पड़े। आँखों के सामने बलराम पटेल की छत से लटकी लाश का दृश्य रह-रहकर घूम जाता था, कड़कड़ाती ठंड में भी पसीने छूट रहे थे हीरामन के। पैरों में मर्यादा और पाप-पुण्य के विचार बेड़ियाँ डाल रहे थे तो हवेली के प्रति निष्ठा की भावना हाथ खींचकर हवेली की ओर ले जा रही थी। बड़ी हवेली उस रात ख़ामोशी में डूबी हुई थी। हीरामन को आते हुए देखा तो बलराम पटेल दौड़कर गले लग गये। ''हीरा आज तूने इस हवेली की लाज रख ली।'' हीरामन कुछ न

बोला चुपचाप नीचे देखता रहा।

बैठकी के कोने में जल रहे अलाव के पास बलराम पटेल बैठ गये थे और पास ही पड़े पटिये पर हीरामन। हीरामन के आने से पहले बलराम पटेल शराब पी रहे थे, अपना गिलास उठाते हुए बोले थे बलराम पटेल, "तुम पियोगे हीरामन... ?" हीरामन ने नज़र झुकाए हुए स्वीकार में सिर हिला दिया था। होशो-हवास में पाप करने का साहस नहीं था। उस रात बहुत पी थी हीरामन ने, तब तक, जब तक शराब में डूब कर अन्दर का इनसान मर नहीं गया और जानवर नहीं पैदा हो गया। और वो जानवर ही था जो बलराम पटेल की आँख के इशारे पर उठकर हवेली के अन्दर चला गया था। वो रात हीरामन के लिए चाहे कैसी भी रही हो पर बड़ी हवेली के लिए तो वह रात नयी सुबह ले आयी थी। कुछ दिनों में ही बड़ी हवेली में नये मेहमान के आगमन के बधावे गूँजने लगे थे। और हीरामन... ? उस रात के बाद फिर बड़ी हवेली नहीं गया, हिसाब-किताब किसी के भी हाथ भेज देता था। अपने घर से खेत और खेतों से घर, बड़े पटेल खेत पर आते तो पूछते "क्या बात है हीरा? खेत पर ही लगा रहता है हवेली नहीं आता... ?"

हीरामन क्या बोलता? चुपचाप सिर झुकाये काम में लगा रहता। और फिर बड़ी हवेली में किलकारियाँ गूँज उठीं थीं मैना की। हालाँकि मैना के जन्म पर खुशियों के साथ-साथ निराशा भी छा गयी थी हवेली में, क्योंकि शादी के इतने साल बाद बेटी की जगह बेटे की प्रतीक्षा कर रहे थे सभी। फिर मैना के जन्म के दो साल बाद बेटा भी हुआ 'जर्नादन' मगर उससे पहले फिर वही घटनाक्रम घटित हुआ, बलराम पटेल एक बार फिर हीरामन के कन्धे पर सिर रखकर रोये एक बार फिर मर्यादाओं पर वफ़ादारी की जीत हुई। लेकिन इस बार जो अन्तर हुआ वह यह कि इस बार हवेली में हीरामन ने जो रात गुज़ारी वो रात हीरामन की आमगाँव में आख़िरी रात थी। रात में ही पूरे परिवार और मय सामान के जो गाँव छोड़ा तो फिर कभी पलट के नहीं देखा। और लौटा है आज मैना की शादी में, बीच में कितना ही समय बीत गया।

बाहर धूमधाम अब चरम सीमा पर है, मैना के फेरों की तैयारियाँ चल रही हैं। हवेली के पिछवाड़े की कोठार में बैठा हीरामन बीड़ी फूँके जा रहा है, बाहर जाकर मैना की शादी देखने की हिम्मत नहीं है। मैना और जनार्दन को देखता है तो उन्हें सीने से लगाने की चाह होने लगती है, जिस वफ़ादारी की डोर से बँधे होने के कारण बरसों पहले गाँव छोड़ दिया था उस डोर के टूटने का अन्देशा होने लगता है।

आम गाँव जब छोड़ा तब कोई ठिकाना नहीं था हीरामन का, सीधे ससुराल पहुँच गया था, कुछ दिन ससुराल के घर में रहने के बाद वहीं गाँव में अपना एक घर बना लिया था, ससुर ने अपनी हैसियत के अनुसार थोड़ी बहुत मदद कर दी थी, धीरे-धीरे गृहस्थी जम ही रही थी कि तभी पत्नी चल बसी, बस तभी से हीरामन के मन में ये

बात बैठ गयी कि उसके पाप का फल उसकी घरवाली को मिल गया, और हीरामन जोगी की तरह हो गया।

मैना की शादी का न्यौता मिलने के बाद भी काफ़ी धर्मसंकट रहा, जाए या न जाए, फिर यह सोचकर कि चलो इस बहाने आख़िरी बार अपनी जन्मभूमि भी देख आएगा, यहाँ आ गया। यहाँ आकर ऐसा लगा कि जीवन कहीं रुक गया था, जहाँ रुका था वहीं से फिर से शुरू हो गया है।

रात भर हीरामन कोठरी में ही पड़ा रहा, सुबह-सुबह मैना की विदाई का रोना-पीटना सुनाई दिया तो हीरामन भी घुटनों को सीने से भींचकर फूट-फूटकर रो पड़ा, बाहर निकलता तो शायद अपने को वश में रखना उसके लिए मुश्किल हो जाता। सूरज माथे पर चढ़ने तक सोता रहा हीरामन, जब तक दरवाज़े पर खटका नहीं हुआ "कौन...? कौन है?" हीरामन ने लेटे-लेटे ही पूछा।

"कक्का हम जनार्दन हैं, बाबूजी पूछ रहे हैं, क्या तबीयत खराब है?" बाहर से जनार्दन की आवाज़ आयी। उठकर दरवाज़ा खोला तो देखा जनार्दन खड़ा है, आँखें सूजी हुई हैं, शायद रात भर शादी की रस्मों के कारण जागते रहने से और फिर बहन की विदाई में रोने के कारण।

"नहीं छोटे पटेल तबीयत तो ठीक है, बस ज़रा आँख लगी रह गयी थी, कहाँ हैं बड़े पटेल?" हीरामन ने कहा।

"आँगन में बैठे हैं, समेटा-समेटी चल रही है।" जनार्दन बोला।

"चलो हम अभी आते हैं।" हीरामन ने कहा।

एक हाथ में अपनी लोहे की सन्दूकची थामे हीरामन आँगन में पहुँचा तो बलराम पटेल लेटे हुए थे, जनार्दन पैर दबा रहा था।

"क्या हुआ पटेल? तबीयत तो ठीक है?" हीरामन ने आदर के साथ पूछा।

"नहीं कुछ नहीं वैसे ही थकान है, ये सन्दूकची लेकर कहाँ चल दिए?" बलराम पटेल ने थकी सी आवाज़ में पूछा।

"अब आज्ञा दो पटेल, शादी हो गयी अब जाऊँगा।" झिझकते हुए कहा हीरामन ने।

"कहाँ जाओगे हीरामन ...?" बलराम पटेल ने कहा "तुम्हारा गाँव तो यही है, इस अकेली जान को लेकर क्यों परदेस में पड़े हो, बहुत भटक लिये।" कहकर बलराम पटेल हीरामन की तरफ़ देखने लगे।

"पटेल अब अकेले आदमी का क्या यहाँ क्या वहाँ, सब एक समान है," हीरामन ने सीधे- सीधे मना न करते हुए बात को घुमाते हुए कहा।

"वही तो मैं कह रहा हूँ। अकेले आदमी को तो अपनों के बीच ही रहना चाहिए, और फिर अब मैं भी थकने लगा हूँ अपनी जवाबदारी सँभाल लो तुम। बड़ी हवेली

की खूब सेवा की है तुमने, अब जनार्दन भी बड़ा हो रहा है मुझसे काम अब सँभलता नहीं, तुम इसे ही समझा सिखा दो सब।" बड़े पटेल ने आँखें मूँदते हुए कहा।

"लेकिन पटेल..." हीरामन कहते-कहते रुक गया।

"कोई लेकिन-वेकिन नहीं...,जनार्दन जाओ हीरामन कक्का के हाथ से सन्दूकची लेकर कोठरी में रख आओ..." बलराम पटेल ने आँखें बन्द किये-किये ही कहा और पीठ कर के लेट गये। जनार्दन आकर हीरामन के पास खड़ा हो गया, हीरामन ने गौर से जनार्दन को देखा, पतले पतले गुलाबी होंठ, घुँघराले बाल, बड़ी पनीली आँखें और हल्की-हल्की मूँछों की रेख। ऐसे ही किसी बेटे की तो बात करती थी उसकी घरवाली, जो उस समय पेट में था जब वो मरी थी।

"लाओ कक्का सन्दूकची मुझे दे दो।" कहते हुए धीरे से मुस्कराया जनार्दन। जैसे ही उसने हीरामन के हाथ से सन्दूकची ली, हीरामन ने उसे गले से लगाया और फूट-फूट कर रो पड़ा, बलराम पटेल उसी प्रकार आँखें बन्द किये चुपचाप लेटे रहे मानो उनको न कुछ सुनाई दे रहा है, न दिखाई। बड़ी हवेली, और हीरामन दोनों अपने-अपने प्रायश्चित में लगे थे, और बीच में भौंचक सा खड़ा जनार्दन कभी अपने कन्धे से लगकर रोते हीरामन को देख रहा था कभी पीठ किये हुए लेटे बलराम पटेल को।

घुग्घू

"घुग्घू ...घुग्घू...बाहर आ, घुग्घू...घुग्घू...बाहर आ।" आज फिर छोटे बच्चे घुग्घू को निकालने का प्रयास कर रहे हैं। एक छोटा सा कीड़ा घुग्घू जो जब भी धूल में घुसता है तो ऊपर एक छोटा-सा शंकु के आकार का गड्ढा छोड़ जाता है, और इसी शंकु के अन्तिम सिरे पर पर धूल में कहीं गहरा छिपा होता है घुग्घू। गर्मियों में ये छोटे-छोटे शंकु धूल में ढेरों नज़र आते हैं, और इन्हीं शंकुओं में लकड़ी की एक तीली गोल-गोल घुमाते हैं छोटे बच्चे, साथ में गाते जाते हैं 'घुग्घू घुग्घू बाहर आ,' और इसके बाद गीत बढ़ता जाता है, तरह-तरह के प्रलोभनों को समेटे हुए जैसे 'तुझको खीर खिलाऊँगा,' या फिर 'तेरा ब्याह करवाऊँगा'। छोटी-सी तीली गोल-गोल घूमकर धूल में उतरती जाती है, और उस छोटे से कीड़े को निकाल लाती है, घुग्घू का बाहर आना जीत माना जाता है, क्योंकि अक़सर वो बाहर नहीं आता, मुश्किल से ही आता है। जिन बच्चों से काफी प्रयास के बाद भी घुग्घू नहीं निकलता वे पूरी धूल को हाथ से खोद डालते हैं,पर घुग्घू फिर भी नहीं निकलता, शायद उसको भी इस तरह बदतमीज़ी से निकाला जाना पसन्द नहीं आता।

आज फिर बच्चे बाहर घुग्घू को निकाल रहे हैं। शालिनी ने खिड़की से झाँककर देखा। बाहर धूल में छोटे-छोटे बच्चे बैठे हैं, एक-एक जगह दो-दो तीन-तीन बच्चे बैठे हैं सिर से सिर टिकाये, झुंड के एक बच्चे का शरीर कुछ हिलता नज़र आ रहा है, उसी के हाथ में लकड़ी है जिसे घुमाकर वो घुग्घू निकाल रहा है, बाकी सारे दर्शक हैं। कहाँ से सीख लेते हैं ये बच्चे घुग्घू निकालना? और फिर इतना सब्र भी रखना कि आख़िरकार घुग्घू तो निकलेगा। वो भी उन छोटे छोटे छेदों में जिनका दूसरा सिरा बन्द होता है, उन्हीं छेदों में लकड़ी की तीली डालकर पूरे मनोयोग से घुमाना, घुग्घू को प्रलोभन देना और उसे बाहर निकाल लाना। लेकिन बाहर आने के बाद घुग्घू का होता क्या है, शायद कुछ नहीं, कई बार तो बाहर निकाले जाने की प्रक्रिया में वह मर भी जाता है, अगर नहीं भी मरे तो फेंक दिया जाता है, क्योंकि मतलब तो उसे बाहर निकालने से होता है, उसे बाहर निकालना मतलब जीतना, फिर उस घुग्घू का क्या काम... ?

"क्या बात है शालिनी आज क्या तेरा वो घोड़ा डाक्टर फिर लेट हो गया?" शालिनी को खिड़की पर झुके देखा तो ममता शर्मा आकर सट के खड़ी हो गयीं।

मोटी थुलथुल ममता शर्मा चालीस-पैंतालीस की है, पूरे होस्टल में अपने खुले विचारों के लिए मशहूर है। होस्टल में रहने वाली अधिकांश महिलाएँ उससे बराबर दूरी बनाए रखती हैं, लेकिन वो कहते हैं न कि कुंठाएँ और क्षुधाएँ भले ही लौह आवरण में क़ैद कर दी जाएँ, मगर फिर भी वे अवसर पाते ही फूटने के स्थान ढूँढ़ लेती हैं। ममता शर्मा से परहेज़ करने वाली महिलाएँ भी ममता का उपयोग इन्हीं कुंठाओं के समाधान हेतु करती रहती हैं। वस्तुतः कोई हमेशा तृप्त होकर ही सन्तुष्ट हो ऐसा भी नहीं है, कई बार तृप्त हो जाने का अहसास भी असन्तुष्टि पैदा कर देता है। कुंठाएँ अक़सर मानसिक स्तर पर ज़्यादा अच्छी तरह से मिटाई जा सकती हैं।

शालिनी को यहाँ आये दो साल हो गये हैं, एक प्राइवेट फर्म में नौकरी करती है। पहले पहल जब यहाँ महिला हॉस्टल में आयी थी जब यहाँ का माहौल उसे बहुत अजीब लगा था, लेकिन अब तो आदत हो गयी है। शाम को एक पशु चिकित्सक डाक्टर तनु विश्वास के पैट क्लीनिक पर पार्ट टाइम काम भी करने जाती है, शाम के सात से नौ बजे तक। तनु ने हॉस्टल से थोड़े आगे की पॉश कॉलोनी में अपना एक क्लीनिक खोला है, दिन में तो वो अपने घर पर ही क्लीनिक चलाता है पर रात को यहाँ आकर बैठता है। शालिनी को सुविधा यह है कि इधर से क्लीनिक जाते समय तनु उसे साथ ले जाता है और उधर से लौटते समय वापस छोड़ भी जाता है, और वो भी इसलिए कि उसके आने-जाने का रास्ता यहाँ हॉस्टल के सामने से ही है। तनु को ही घोड़ा डाक्टर कह कर बुलाती है ममता शर्मा, पहले पहल तो शालिनी ने घोड़ा डाक्टर कहने का विरोध किया था, पर जब ममता नहीं मानी तो उसने भी विरोध छोड़ दिया।

शालिनी यहाँ आकर भी अपनी क़स्बाई संस्कृति को भूल नहीं पायी है, शायद यही कारण है कि उसने अपने आपको कुछ ज्यादा ही व्यस्त कर रखा है, ताकि कुछ और सोचने का मौक़ा ही नहीं मिले। पार्ट टाइम जॉब का जब अम्मा बाबूजी को बताया था तब उन्होंने मना भी किया था, लेकिन वो नहीं मानी। होस्टल में शाम काटना मतलब शाम को ऑफ़िस से थकी-माँदी लौटी अधेड़ महिलाओं, कुंठित महिलाओं का अनर्गल वार्तालाप सुनना। उसके साथ मजबूरी है कि क़स्बाई मानसिकता के चलते महिला होने के कारण झुंड में ही सुरक्षा का सुकून मिलता है, और इसलिए शाम को अनचाहे ही उसे इन महिलाओं में शामिल होना पड़ता है।

कभी-कभी शालिनी को लगता भी है कि उसके अन्दर कहीं गहरे में कोई कीड़ा कुलबुला रहा है वो अपने पैरों से उस मानसिकता के लौह आवरण को खरोंच रहा है, उस खरोंच की आवाज़ उसे अक़सर अपने अन्दर सुनाई भी देती है। कभी

ऐसा लगता है वो कीड़ा उसके अन्दर अँगड़ाई ले रहा है, और उसके लम्बे हाथ, शालिनी के अन्दर फैलते जा रहे हैं, इस तरह कि उसके अन्दर काँच का बुना हुआ कोई जाल चटख़ चटख़ कर टूट रहा है। शालिनी आज तक ये ही नहीं जान पायी है कि उसे ममता शर्मा की बातें अच्छी लगती हैं या बुरी? ममता शर्मा उसके बाजू के कमरे में ही रहती हैं लेकिन जब तक शालिनी अपने कमरे में रहती है, तब तक ममता भी वहीं रहती है। भले ही ममता शर्मा उसके साथ दोस्ताना व्यवहार रखती है, लेकिन शालिनी उसे ममता दी कहती है, बल्कि उतना ही आदर भी करती है, शायद इसलिए ममता की सबसे ज्यादा शालिनी से ही पटती है, कभी उसे लगता है कि ममता शर्मा के इस खिलन्दड़ चेहरे के पीछे काफ़ी कुछ ऐसा है जो छुपा हुआ है।

ममता शर्मा इतने सट कर खड़ी थी कि उसके थुलथुल वक्ष शालिनी की पीठ और कन्धों को छू रहे थे, शालिनी को इस लिजलिजे स्पर्श से घिन सी आ गयी, ऐसा लगा मानो दो भारी भरकम छिपकलियाँ उसकी पीठ पर लड़ रही हैं और कन्धे पर दौड़ लगा रही हैं। उसने खिड़की के पल्ले और ममता शर्मा के बीच की थोड़ी सी जगह से निकलते हुए कहा, "नहीं आज तो तनु के आने का कोई प्रोग्राम नहीं है, आज तो वह कहीं बाहर जानेवाला है, कल कह गया था मुझे।"

शालिनी आकर कुर्सी पर बैठ गयी, जब तक ममता शर्मा कमरे में है तब तक तो पलंग पर बैठ भी नहीं सकते, नहीं तो यहाँ भी सट कर बैठ जाएगी, और फिर वही छिपकलियों का युद्ध...। ममता शर्मा खिड़की की चौखट पर झुक कर खड़ी हो गयी, जो एहसास थोड़ी देर पहले शालिनी को हो रहा था वो एहसास अब खिड़की की चौखट को हो रहा होगा, अच्छा है खिड़कियों को तो वैसे भी छिपकलियों के रेंगने की आदत होती है।

"अच्छा...? तब तो आज बड़ी मुश्किल हो रही होगी तुझे।" ममता शर्मा ने वहीं खड़े-खड़े कहा और हल्की-सी हँसी के साथ कहा।

"क्यों...? मुझे काहे की मुश्किल?" शालिनी ने कहा, उसे ममता के इस सवाल पर ही झल्लाहट आ रही थी, जैसे इसका शरीर लिजलिजा है वैसे ही लिजलिजे इसके सवाल भी होते हैं, कई बार तो ऐसे सवाल पूछती है कि उबकाई आ जाती है। पर क्या करें एक ही हॉस्टल में रहना है, इतना तो झेलना ही पड़ेगा।

खिड़की पर झुकी ममता पीछे मुड़ी, "मुश्किल तो होती है माय डियर, मुश्किल तो होती है।" कहते हुए पलंग पर आकर बैठ गयी। लगभग पाँच स्थानों पर बेतरह फूल रहे शरीर को गाउन में कसकर रखती है ममता, और उस गाउन में से वो पाँच स्थान ऐसे नज़र आते है मानो ज्वालामुखी फटना चाह रहे हों। "मुश्किल तो होती है, और मुश्किल की जड़ होता है साले आदमी का हाथ, एक बार औरत के जिस जिस अंग पर पड़ जाता है, उस अंग से बस एक ही आवाज़ आती है, ये दिल माँगे मोर,"

कहते हुए ज़ोर का ठहाका लगाया ममता ने, इतने ज़ोर का ठहाका कि पाँचों स्थानों में थरथराहट हो गयी। घिन सी आई शालिनी को ममता को इस तरह हँसता देखकर, ''ममता दी आप जो कह रही हैं, वैसा कुछ नहीं है, मैं तनु के साथ काम कर रही हूँ बस।'' शालिनी ने कहा।

''अच्छा...? अभी वैसा कुछ नहीं हो पाया?'' कहते हुए हँसते-हँसते पलंग पर दोहरी हो गयी ममता।

छिः शालिनी को फिर घिन आ गयी, रात को मुझे इसी पलंग पर सोना है, रात भर छिपकलियाँ रेंगती रहेंगी शरीर पर। हँसते-हँसते वापस बैठ गयी ममता। बोली, ''मैंने ये कब कहा था कि वैसा कुछ भी हो गया है, मैंने तो बस ये ही कहा था कि आदमी का हाथ अपने स्पर्श का एडिक्ट बना देता है, तूने कभी गर्द के एडिक्ट देखे हैं? जिस तरह वे छटपटाते हैं न नशे के लिए, ठीक उसी तरह पुरुष द्वारा छुई गयी हर जगह पर भी वही छटपटाहट हो जाती है।''

''बिल्कुल ग़लत बात है,'' शालिनी के स्वर में कुछ तल्ख़ी और दृढ़ता आ गयी ''ऐसा कुछ भी नहीं होता, एडिक्ट हो जाने की जो बात आप कर रही हैं, वो सरासर बकवास है। हर नशे का एडिक्ट अपनी सफाई में यही दलील देता है कि उसका शरीर नशे का आदी हो गया है, अब वो उसके बिना नहीं रह सकता। ऐसा ही कुछ तो आप भी कह रही हैं, अपनी, अपने मन की कमजोरी को अपने अंगों के एडिक्ट होने का कह कर क्या सिद्ध करना चाह रही हैं आप।''

''मैं यह कभी नहीं कहती कि ऐसा सब कुछ मेरे साथ हो रहा है।'' ममता गम्भीर हो गयी, ''मैंने केवल यह कहा है कि स्त्री के अंगों को पुरुष के स्पर्श की आदत पड़ जाए तो फिर उसके लिए मुश्किल हो जाती है,'' कहकर ममता शर्मा चुप हो गयी।

''सॉरी ममता दी, मेरा मतलब वो नहीं था,'' शालिनी का स्वर ममता के उत्तर को सुनकर नर्म हो गया, ''मैं तो बस यह कहना चाह रही थी कि जैसा आप सोच रही हैं वैसा कुछ नहीं होता। अच्छा आप ही बताओ नशे का एडिक्ट भी अगर ठान ले तो क्या वो अपनी आदत को नहीं छोड़ सकता है?''

''वो ख़ुद नहीं ठानता उसे तो ठनवाया जाता है, भला अपनी मर्ज़ी से कोई नशे की आदत छोड़ता है?'' ममता शर्मा बोली, ''और फिर ये तो दोनों ही मामले बिलकुल अलग-अलग हैं। इसलिए दोनों को एक ही दृष्टि से नहीं देखा जा सकता, मैंने तो एडिक्ट होने को केवल उदाहरण के रूप में लिया है, साम्यता दर्शाने के लिए नहीं।''

एक बार फिर दोनों के बीच चुप्पी पसर गयी, शालिनी, ममता शर्मा को वैसे भले ही ममता दी कहती है, उसका सम्मान भी करती है, पर इस मुद्दे पर चर्चा करते

समय उनकी घोर विरोधी हो जाती है। बहस करते समय जितनी तल्ख़ी शालिनी के स्वर में आ जाती है उसको सुनकर ऐसा लगता है कि दोनों में बाक़ायदा झगड़ा चल रहा है लेकिन यह सब कुछ केवल बहस के चलने तक ही होता है, बहस के बाद फिर दोनों सामान्य हो जाती हैं।

"बात साम्यता कि नहीं हैं, बात तो यह है कि ऐसा होता है या नहीं होता है?" शालिनी ने चुप्पी तोड़ते हुए कहा।

"वही मेरा भी कहना है।" लापरवाहीपूर्वक कहा ममता शर्मा ने। "वही प्रश्न है, ऐसा होता है अथवा नहीं होता, मेरा यह कहना है कि हमेशा होता है, प्रत्यक्ष नहीं होता तो अप्रत्यक्ष रूप से होता है, शारीरिक नहीं होता तो मानसिक होता है, मगर होता तो है।"

"ऐसा आप सोचती हैं," शालिनी ने व्यंग्य पूर्वक कहा, "मगर ऐसा है नहीं, आप जब अपनी बात को सिद्ध नहीं कर पायीं तो आपने ये मानसिक वाली नयी कहानी शुरू कर दी।"

"नयी कहानी .....?" ममता शर्मा ने कहा, "मैं कोई नयी कहानी नहीं गढ़ रही हूँ, मैं तो पहले से ही केवल एक ही बात कह रही हूँ। चूँकि तू मेरी बात की प्रत्यक्षता का विरोध कर रही थी इसलिए मैंने उसका दूसरा पक्ष उजागर किया है, ये मानसिकता वाला," एक बार दोनों फिर चुप हो गयीं, शालिनी खिड़की के बाहर नज़र आ रहे आषाढ़ी आसमान की ओर देखने लगी। कुछ समय की शान्ति के बाद ममता शर्मा ही चुप्पी को तोड़ते हुए बोली, "अच्छा शालिनी एक बात बता, क्या अपनी कल्पनाओं में तू तनु को आज तक कभी भी अपने बेडरूम में नहीं ले गयी? क्या आज तक तूने वैसा कुछ भी नहीं सोचा?"

"नहीं ममता दी, मैंने वैसा कुछ बिल्कुल भी नहीं सोचा, मुझे मेरे माँ-बाप ने गाँव से शहर नौकरी करने के लिए भेजा है, ना कि ये सब करने के लिए, मैं घिन करती हूँ उस विचारधारा से जिसमें ये सब बातें कही जाती हैं, जो आप कह रही हैं, मैं यहाँ अपने काम से आयी हूँ, न कि किसी पुरुष की थाली में परसा व्यंजन बनने के लिए।" शालिनी ने हाथ में पकड़े अख़बार को मरोड़ते हुए कहा।

"यहीं तो तू ग़लत है शालू," ममता ने कहा, "तुम जैसी लड़कियाँ जो स्वयं को पुरुष के भोगने की चीज़ समझती हैं, सर्वथा ग़लत होती हैं। औरत कभी भोगने की चीज़ नहीं होती, ना ही पुरुष भोगता है उसको। वास्तव में तो वह औरत ही होती है जो पुरुष को भोगती है। स्त्री ने स्वयंभोग्या की छवि तो केवल पुरुष को भ्रम में डाले रखने के लिए ही बनायी है, और फिर तू जो कह रही है कि माँ-बाप ने तुझे यहाँ नौकरी के लिए भेजा है, वह सब करने नहीं, तो वहाँ भी तू गलत है, हर व्यक्ति अपने जीवन के नाटक का केन्द्रीय पात्र स्वयं होता है, बाकी सब तो सहायक भूमिका में

होते हैं। इस केन्द्रीय पात्र को अपने निर्णय स्वयं लेने होते हैं, यदि वह अपने निर्णय अपने सहायकों की ओर देखकर लेगा या उन पर छोड़ देगा तो ज़ाहिर है ऐसे में वो नाटक फ़्लाप शो साबित हो जाएगा।'' लम्बी बात कह कर साँस लेने के लिए रुकी ममता।

''ऐसा आप सोच सकती हैं मैं नहीं।'' शालिनी ने चुप्पी का फ़ायदा उठाते हुए कहा, ''मेरे लिए वर्जनाएँ वर्जनाएँ ही रहेंगी, और आपने जो केन्द्रीय पात्र और सहायक वाली बात कही है उससे भी मैं सहमत नहीं हूँ, दरअसल ये सब बातें तो अपनी बात को सिद्ध करने के लिए खींचे गये उदाहरणों का ख़ूबसूरत मायाजाल है। आप भले ही इन्हें मानें पर मैं नहीं मान सकती, तनु के साथ मैं रोज उसकी मोटर साइकिल पर सट कर बैठती हूँ, साथ काम करते समय भी कई बार ऐसा होता है, लेकिन उसका मतलब ये तो नहीं कि मुझे वो सब कुछ अच्छा लगने लगा, और उस अच्छा लगने के कारण कभी किसी रोज़...!'' अपनी बात को कहते-कहते अधूरा छोड़ दिया शालिनी ने।

घुग्घू कहते हुए ममता ने ज़ोर से ठहाका लगाया, ''मैं इतनी देर से लकड़ी घुमा रही थी कि शायद तू अपनी विचारधारा के शंकु से बाहर निकल आएगी जिसके आख़िरी नुकीले सिरे के नीचे तू क़ैद है। पर शायद तू कुछ ज्यादा गहरे में उतर गयी है और अब तो ये समझना भी मुश्किल है कि ये शंकु जिसे तूने ही बनाया है, तू इसके नीचे ही खड़ी है या ये तेरे ऊपर सवार हो गया है।''

''ममता दी आपके उदाहरण तो सचमुच ही ग़ज़ब के होते हैं, चलिए आप आज तो घुग्घू को निकालने में असफल रहीं फिर कभी सही। क्या पिओगी चाय या कॉफ़ी?'' शालिनी ने कुर्सी से उठते हुए पूछा।

''कॉफ़ी ही बना ले यार थोड़ी स्ट्रांग-सी, तुझसे बहस करने के बाद तो कॉफ़ी ही पीना पड़ेगी।'' कहते हुए ममता ने दोनों हाथ ऊपर उठाते हुए एक भरपूर-सी अंगड़ाई ली।

''ममता दी, कॉफ़ी के साथ कुछ खाओगी क्या...?'' शालिनी ने गैस चालू करते हुए पूछा।

''नहीं यार खानेवाली बात तो छोड़ दे, अभी कुछ खा लिया तो भूख मर जाएगी, और फिर रात को मेस का वो सड़ा खाना खाने के लिए बहुत हिम्मत जुटानी पड़ेगी।'' ममता ने लेटे-लेटे ही जवाब दिया।

''भूख मरती भी है क्या ममता दी . . .?'' शालिनी ने कुछ देर पहले चल रहे विषय का सिरा फिर से पकड़ने का प्रयास किया।

''चल हट अब छोड़ भी, तेरी तो आदत हो गयी है बहस करने की। जब तक तेरा ये शंकु तेरे ऊपर सवार है तब तक कर ले बहस, एक बार ये टूट गया तो फिर सारी

बहस धरी की धरी रह जाएगी।'' ममता की उँगलियाँ तकिये में धँसी हुई हैं।

ऐसा आज ही नहीं हुआ ऐसा तब से हो रहा है जब से शालिनी और ममता की पहचान हुई है, तब से दोनों में ये बहस गाहे-बगाहे छिड़ती रहती है। लेकिन आज की बहस का अन्तिम सिरा शालिनी को परेशान किए हुए है, रात को सोयी तो ऐसा लगा जैसे अँधेरे में ही कोई लकड़ी बार-बार आकर उसे छू कर जा रही है, और साथ में आ रही है ममता दी की आवाज़—घुग्घू घुग्घू बाहर आ। एक-दो बार तो चौंककर बैठ गयी वो। रात भर ठीक से नींद नहीं आयी। ममता दी को तो आदत पड़ गयी है, लेकिन उसे परेशानी होती है इन सब बातों के कारण। उसके अन्दर भी कुछ ऊगने लगता है, कुछ ऐसा जो उसे खींचता है, उसे खींच कर ले जाता है तनु के शरीर से उठती हुई उस गन्ध की ओर, उसे लगने लगता है कि वो उस लसलसी गन्ध में फँस जाएगी, लेकिन फिर खुद ही हिम्मत करके निकल आती है उस गन्ध के दायरे से बाहर। जिसके किनारे पर नज़र आते हैं अम्मा और बाबूजी, और उनकी उलझनों भरी दुनिया, स्वयं को इस दलदल में फँसाकर वो उनकी एक उलझन और बढ़ाना नहीं चाहती। होता अकसर ये है कि जिस दिन भी ममता दी से इस विषय पर बहस होती है उस दिन तनु का इन्तज़ार सा रहता है।

आज फिर वैसा हो रहा है आज फिर शालिनी को शाम का इन्तज़ार है, दिन भर काम के चक्कर में बिल्कुल फ़ुरसत नहीं मिली लेकिन शाम होते ही फिर वही प्रतीक्षा। होस्टल आकर मुँह धोकर तैयार हुई ही थी कि बाहर से तनु की मोटर साइकिल की आवाज़ सुनाई दी ''अरे.....! क्या बात है तनु आज जल्दी आ गया?'' सोचते हुए खिड़की की ओर बढ़ी।

''क्या बात है, आज इतनी जल्दी?'' शालिनी ने खिड़की से झाँक कर पूछा।

''हाँ, जल्दी जाना है, और देर से भी आना है, पता नहीं आज वेक्सीनेशन की तारीख है, आज रश रहेगा।'' तनु ने हेलमेट उतारते हुए जवाब दिया।

''अरे...! मैं तो भूल ही गयी थी,'' शालिनी ने सिर पर हाथ मारते हुए कहा ''तुम थोड़ा ठहरो मैं ज़रा मेस में कहकर आ जाऊँ कि मेरा खाना पैक करके कमरे में रखवा देना।''

''अरे छोड़ो,'' तनु ने लापरवाहीपूर्वक कहा, ''लौटते समय किसी होटल से डिनर पैकेट बँधवा लेंगे, मेस का खाना ठंडा हो गया तो कैसे खाओगी? अब जल्दी चलो वहाँ लोग परेशान हो रहे होंगे, हमने छ: बजे का समय दिया था।''

''अच्छा,'' शालिनी ने कहा, ''तुम ठहरो मैं बस दो मिनिट में आती हूँ,'' और खिड़की का पल्ला बन्द कर दिया।

क्लीनिक पर सचमुच ही लोगों की भीड़ थी, आज कुछ ज्यादा ही रश था, लोग अपने कुत्ते, बिल्लियाँ लेकर आये थे। ये भी अच्छा है, दाँत भी मत तोड़ो नाख़ून भी

मत काटो, केवल वेक्सीन लगा दो ताकि काटने के बाद का ख़तरा ख़त्म हो जाए, हाँ नोचना और काटना बरकरार रहे। काश ऐसा ही कोई वेक्सीन वो ममता दी को भी लगा पाती, जिससे मानसिक नोच-ख़सोट भी जारी रहती लेकिन उस नोच-ख़सोट के बाद उसे जो कुछ हो जाता है, कम-से-कम वो नहीं होता। क्योंकि ऐसा तो कोई वेक्सीन हो ही नहीं सकता जो ममता दी की इस मानसिक नोच-खसोट वाली प्रवृत्ति को भी समाप्त कर दे, और अगर ऐसा कोई वेक्सीन होगा तो भी वो कम से कम ममता दी पर तो निष्प्रभावी हो जाएगा।

जब थोड़ा रश कम हुआ तो तनु ने धीरे से पूछा, ''क्या बात है शालिनी आज तुम्हारा मूड ठीक नहीं है क्या?''

''नहीं नहीं ऐसा कुछ नहीं है।'' शालिनी ने तुरन्त बात काट दी।

''नहीं तो, कुछ तो है, या तो आज मैं जल्दी ले आया वो कारण या फिर कल तुम्हारी ममता दी से फिर भिड़न्त हो गयी है।'' तनु ने मुस्कराते हुए कहा।

''अच्छा...?'' शालिनी ने हँसते हुए कहा, ''तो अब आपने ज्योतिष विद्या भी चालू कर दी है।''

''वो तो करनी ही पड़ेगी।'' तनु ने कहा, ''अगर आपको एक लड़की के साथ काम करना पड़े तो ज्योतिष विद्या तो सीखनी ही पड़ेगी, क्योंकि लड़कियों के मूड का भी कुछ ठिकाना नहीं होता, ज्योतिष विद्या से कम से कम ये तो पता रहेगा कि अब क्या करना है।''

''अच्छा मुझे नहीं पता था कि आप मेरे कारण ज्योतिष विद्या भी सीख रहे हैं, ख़ैर आपने सही पकड़ा है कल मेरी और ममता दी की फिर बहस हो गयी थी।'' तनु की ओर देखे बग़ैर कहा शालिनी ने।

''आज तुम्हारी ममता दी वाला मामला निपटा ही दिया जाए, पेशेंट से निपटने के बाद बात करते हैं इस पर कि आख़िर कौन ग़लत है तुम या तुम्हारी ममता दी?'' तनु ने स्वर को थोड़ा गम्भीर बनाते हुए कहा।

''चलो तुम भी कोशिश करके देख लो।'' शालिनी ने जवाब दिया।

नौ बजते-बजते सारे पेशेंट निपट गये। तनु वाश बेसिन मे जाकर हाथ धोने लगा, और बाहर शालिनी सामान समेटने लगी।

''हाँ शालिनी बताओ अब, क्या प्राब्लम है तुम्हारी ममता दी की?'' तनु ने सोफ़े पर धँसते हुए कहा।

''कुछ नहीं बस वही उनकी फ़िजूल बातें, कि मैं घुग्घू हूँ या फिर पुरुष का हाथ जहाँ-जहाँ लगता है वहाँ पुरुष के एडिक्ट वाली बात आ जाती है।'' शालिनी ने पर्स उठाते हुए कहा और साइड के सोफ़े पर आकर बैठ गयी।

''अच्छा...?'' तनु के होंठ गोल हो गये और माथे पर सलवटें पड़ गयीं, ''ऐसा

कहतीं हैं वो, ख़ैर ऐसा कहती हैं तो मेरे हिसाब से कुछ ग़लत नहीं कहतीं, उन्होंने दुनिया देखी है, और भोगी भी है।'' तनु ने कहा।

''हाँ भोगने से याद आया।'' शालिनी बोली, ''वो कहती हैं कि वास्तव में तो स्त्री पुरुष को भोगती है, पुरुष स्त्री को नहीं भोगता है, ये तो पुरुष का भ्रम है कि वह स्त्री को भोग रहा है।''

''बहुत अच्छे और सटीक लॉजिक हैं तुम्हारी ममता दी के पास भाई।'' तनु ने सिगरेट सुलगाते हुए कहा और धुएँ के छल्ले छोड़ने लगा, ''कभी विस्तृत चर्चा करनी पड़ेगी तुम्हारी इन ममता दी से। बल्कि चर्चा क्या इनसे तो बाक़ायदा सत्संग करना पड़ेगा दिन भर का, थोड़ी-बहुत चर्चा से अपना कुछ नहीं होने वाला। क्या बात कही है वास्तव में स्त्री पुरुष को भोगती है, इतनी सटीक बात शायद इससे पहले किसी ने नहीं कही होगी। शालिनी तुम्हारी इस बारे में भले ही कुछ भी सोच हो पर मैं बिल्कुल और शत प्रतिशत सहमत हूँ कि वास्तव में पुरुष को भ्रम ही है कि वह स्त्री को भोगता है, भोगती तो स्त्री है पुरुष को।'' तनु ने धुआँ छोड़ते हुए कहा।

''ये तुम नहीं बोल रहे, तुम्हारे अन्दर का पुरुष बोल रहा है'' शालिनी ने कहा।

''हाँ बोल रहा है, तो क्या हुआ?'' तनु ने आगे झुककर शालिनी की आँखों में झाँकते हुए कहा, ''मेरे अन्दर तो केवल पुरुष ही बोल रहा है, तुम्हारे अन्दर से तो कोई अम्माजी बोल रही हैं।'' कहकर हँस पड़ा तनु।

''ये कोई हँसने की बात नही हैं, और वैसे भी मैं इस विषय पर कल ममता दी से इतनी लम्बी बहस कर चुकी हूँ कि अब और करना नहीं चाहती।'' शालिनी ने कहा।

तनु कुछ नहीं बोला मुस्कुराते हुए शालिनी की ओर देखता रहा, शालिनी को कुछ असहज लगा तो वह बोल पड़ी, ''चलना नहीं है क्या? याद है या नहीं मेरे लिए डिनर भी पैक करवाना है रास्ते से।''

''चलते हैं बस ये सिगरेट पूरी हो जाए,'' तनु के स्वर में लापरवाही थी, ''और फिर तुम ये क्यों भूल जाती हो कि तुम महानगर में हो जहाँ रात नहीं होती। ये कोई क़स्बा नहीं है कि आठ बजे ही होटलें बन्द हो जाती हैं।''

''मैं नहीं भूलती कि मैं महानगर में हूँ, और अगर भूलना भी चाहूँ तो तुम और ममता दी क्या मुझे भूलने दोगे?'' धीरे से कहा ममता ने। जवाब में तनु सिगरेट का धुआँ छोड़ता हुआ मुस्करा दिया। तनु की मुस्कराहट से चिढ़कर शालिनी ने टेबिल पर रखा समाचारपत्र उठा लिया, और पढ़ने का उपक्रम करने लगी, वह तनु की ओर से लापरवाही दर्शाने का प्रयास कर रही थी, हालाँकि उसे खुद भी पता नहीं था कि वह ऐसा क्यों कर रही है, लेकिन इस तरह के अनुत्तरित प्रश्न तो वैसे भी अब उसके पास बहुतायात में हो गये हैं।

अचानक बिजली गुल हो गयी, पूरे कमरे में घुप्प अन्धकार छा गया, केवल तनु की सिगरेट का गुल चमक रहा था। शालिनी को ऐसा लगा कि वह गुल धीरे-धीरे उसके पास आ रहा है, ठीक उसके पास आकर वो गुल भी बिजली की तरह गुल हो गया। उसे लगा कमरे में किसी अँधेरे कोने में ममता दी आकर खड़ी हो गयी हैं, और धीरे-धीरे बुदबुदा रही हैं, 'घुग्घू घुग्घू बाहर आ, घुग्घू घुग्घू बाहर आ।' उसके अन्दर का कीड़ा लोहे के आवरण को लगातार खरोंचने लगा। अचानक उस कीड़े ने लौह आवरण को चटख़ा दिया, ममता दी की फुसफुसाहट, 'घुग्घू घुग्घू बाहर आ।' अब तेज़ स्वर में हो गयी, लौह आवरण चटख़ते ही शालिनी को लगा तेज़ और तीखी रोशनी में उसकी आँखें चुँधिया रही हैं।

आज उसे दलदली किनारे पर खड़े अम्मा बाबूजी के बारे में कुछ भी याद नहीं आ रहा था, न उनकी परेशानियों को लेकर चिन्ता हो रही थी उसे लगा ममता दी तो बिलकुल सही कहती थीं, ग़लत तो वो ही थी। कमरे के कोने-कोने में छाये अँधेरे में ममता दी की आवाज़ गूँज रही थी, "घुग्घू घुग्घू बाहर आ।" अचानक वो लौह आवरण का शंकु चटख़कर टुकड़े-टुकड़े हो गया, शंकु के टूटते ही उसके चारों ओर तेज़ दूधिया और ठंडी रोशनी लहराने लगी, अब ममता दी की आवाज़ आना भी बन्द हो गयी थी। उसे लगा कि शंकु के बाहर की दुनिया उतनी बुरी नहीं है जितना वो समझती थी। वह धीरे से बुदबुदायी, "आप ठीक कहतीं थीं ममता दी।" और आँखें बन्द कर शंकु के बाहर की दुनिया की ठंडी दूधिया रोशनी में समा गयी।

तस्वीर में अवांछित

"रंजन जी, आ रहे हैं ना आप?" उधर से फोन पर आयोजक ने शहद घुली आवाज़ में पूछा।

"नहीं भाई साहब, मैं पहले ही कह चुका हूँ रविवार को मैं कार्यक्रम नहीं लेता। एक ही दिन मिलता है परिवार के साथ बिताने को। उस पर भी पिछले दो माह से रविवार को भी व्यस्तता बनी रही है इसलिए अब कुछ आराम चाहता हूँ।" रंजन ने विनम्रतापूर्वक उत्तर दिया।

"रंजन जी हम आपका नाम प्रचार में उपयोग कर चुके हैं।" आयोजक ने दयनीय स्वर में कहा।

"मगर मैंने तो आपको स्वीकृति नहीं दी थी।" रंजन ने कुछ सपाट स्वर में कहा।

"देखिए रंजन जी, अगर मानदेय को लेकर..." कहते कहते आयोजक ने बात क. बीच में ही छोड़ दिया।

"नहीं-नहीं वैसी कोई बात नहीं है, आप जितना दे रहे हैं मैं उतना ही लेता हूँ, मगर समस्या परिवार की ही आ रही है। सप्ताह के छः दिन सुबह सात से रात दस तक काम में बीतते हैं। एक दिन तो परिवार को भी चाहिए कि नहीं?" रंजन ने इस बार थोड़े ठीक से स्वर में कहा।

"ठीक है रंजन जी, वैसे आप आना चाहें तो शाम छः बजे भी निकलकर यहाँ आठ तक पहुँच सकते हैं।" उधर से आयोजक ने एक और प्रयास किया।

"मैं कह चुका हूँ भाई साहब, फिर भी यदि कुछ होता है तो मैं आपको फोन कर लूँगा।" कहते हुए रंजन ने फोन काट दिया।

एक रविवार ही तो मिलता है बड़ी मुश्किल से और अगर उसको भी बाहर वालों को दे दो तो फिर परिवार के लिए बचेगा ही क्या? घर के लोग भले ही कुछ ना कहते हों मगर मन में तो सभी के रहता होगा कि वो एक दिन तो घर पर रहे, उन लोगों के साथ। पिछले दो महीनों से लगातार ऐसी व्यस्तता बनी हुई है कि वह चाहकर भी रविवार को घर नहीं रुक पा रहा है। कुछ-न-कुछ ऐसा हो जाता है कि

उसे जाना ही पड़ता है।

मगर आज वह घर पर है इसलिए क्योंकि शायद आज को लेकर उसने अपनी प्राथमिकता पहले से ही तय कर ली थी कि आज उसे घर पर रहना है। घर...? दरवाज़ों और खिड़कियों से भरी दीवारों पर बिछी हुई छत के अन्दर की वह दुनिया जहाँ एक स्त्री है जो सुबह सपाट और भावविहीन चेहरे से उसे विदा करती है और रात को जब पुनः मिलती है तब भी लगभग वैसी ही होती है। जब रात को मिलती है तो धीरे-धीरे, कुछ-कुछ बोलती भी जाती है, घर के बारे में, आस-पड़ोस के बारे में, मोहल्ले के बारे में। उसका ये धीरे-धीरे बोलना सूचनाप्रद होता है, ठीक उसी तरह जिस तरह कमरे में रखा टीवी भी धीमी-धीमी आवाज़ में कुछ-कुछ बोलता रहता है, देश के बारे में, दुनिया के बारे में। लगभग एक साथ ही उसे देश-दुनिया से लेकर मोहल्ले और घर तक की सूचनाएँ मिलती हैं मगर वह इन सूचनाओं को निस्पृह रूप से ही लेता है। जो घट चुका है, बीत चुका है उसके बारे में केवल जाना ही जा सकता है, उसमें कुछ संशोधन तो किया नहीं जा सकता, तो क्यों फ़िज़ूल में मानसिक श्रम किया जाए। प्रतियोगिता परीक्षाओं में बैठने की उम्र निकल चुकी है इसलिए धीमे-धीमे स्वर में मिल रही ये सारी सूचनाएँ अगर सामान्य ज्ञान से सम्बन्धित हों तब भी उसके काम की नहीं हैं।

उसी घर में एक या शायद दो बच्चे भी हैं जो सम्भवतः उसी के हैं। सम्भवतः इसलिए क्योंकि इन बच्चों को सुबह घर से जाते समय भी गहरी नींद में डूबा हुआ देखता है और रात को जब घर लौटता है तब भी। कभी इन बच्चों से उसका परिचय नहीं हो पाया इसीलिए उसने सम्भवतः का उपयोग किया। कभी यदा-कदा जब वो रविवार को घर पर रुक जाता है तो अपने प्रति एक अपरिचित भाव पाता है इन एक या शायद दो बच्चों की नज़रों में। कभी-कभी उसे लगता है कि उसके रुकने के कारण कुछ बोझिल हो गया है घर का माहौल। फिर कभी लगता है कि नहीं ऐसा कुछ नहीं है घर का माहौल तो रोज़ ही ऐसा रहता होगा, आज वो रुका है तो उसे ही ऐसा लगा रहा है। बाहर की दौड़ती ज़िन्दगी से एक ठहरी हुई ज़िन्दगी के साथ दिन बीत रहा है कुछ तो अन्तर होगा ही। कभी कभी उसने प्रयास भी किया एक या शायद दो बच्चों के साथ कुछ परिचय बढ़ाने का मगर कहावत है कि ताली दोनों हाथों से बजती है एक से नहीं, उस पर भी यदि वह एक हाथ भी पूरे मन से प्रयास नहीं कर रहा हो तो और भी ज्यादा मुश्किल है। अक़सर जब वह किसी दिन घर रुक जाता है तो देखता है कि आसपास से गुज़रते उन एक या शायद दो बच्चों का कद कुछ बढ़ गया है, कभी शायद बालों की स्टाइल कुछ बदली हुई नज़र आती है। कभी जब घर रुकता है तभी ऐसा लगता है रोज़ नहीं लगता क्योंकि रोज़ तो वो बच्चे सोए होते हैं और सोए हुए के बारे में अनुमान नहीं लगाया जा सकता।

अक़सर एक रविवार को जब वह घर रुक जाता है तो अगले एक दो माह के लिए निश्चिन्त हो जाता है, एक अपराधबोध हट जाता है मन से कि वह घर को समय नहीं दे पाता। फिर ये अपराधबोध एक दो माह बाद ही जन्म लेता है। आज भी वह इसी अपराधबोध के चलते यहाँ पर है। यहाँ पर, मतलब घर पर, जहाँ एक स्त्री है जो चुपचाप कुछ न कुछ लगातार कर रही है, उसकी उपस्थिति से सर्वथा निस्पृह। रविवार को जब वह घर होता है तो यह स्त्री उसे धीमे-धीमे स्वर में कुछ भी जानकारी नहीं देती। शायद रविवार को उसके पास अधिक सूचनाएँ होती भी नहीं हैं।

आज भी वह स्त्री लगातार कुछ न कुछ किये जा रही है। कुछ-न-कुछ सामान लिये हुए उसके सामने से गुज़र जाती है, कभी कुछ उसके सामने भी रख जाती है। वो एक या शायद दो बच्चे भी बीच-बीच में इधर से उधर निकलते हुए दिखाई देते हैं। उनसे एकाध बार उसकी नज़रें भी मिलती हैं नज़रें मिलते ही वह मुस्कराने का प्रयास करता है या शायद मुस्कराता भी है। मगर उस तरफ से कुछ उत्साहवर्द्धक प्रत्युत्तर नहीं मिलता। वह ड्राइंग-रूम में उसी प्रकार बैठा रहता है, कुछ लिखता हुआ, कुछ पढ़ता हुआ, अपनी उपस्थिति का एहसास करवाता हुआ कि मैं हूँ यहाँ। आज का ये दिन मैंने तुम सबको दिया है। रविवार को उस प्रकार ड्राइंग-रूम में बैठे हुए उसे लगता है कि जैसे वह भूल से किसी गलत स्टेशन पर उतर गया मुसाफिर है। जो प्लेटफ़ार्म की बैंच पर बैठा है जहाँ रेलें आ-जा रही हैं, मुसाफिर आ-जा रहे हैं, खोमचे वाले आ-जा रहे हैं, उसकी उपस्थिति से लगभग निस्पृह ये सभी आ-जा रहे हैं। कभी-कभी सामने से गुज़रती किसी रेल में एकाध कोई परिचित चेहरा दिखाई भी देता है और वह पहचानने का प्रयास भी करता है किन्तु उससे पहले ही वह रेल गुज़र जाती है। ग़लत स्टेशन पर उतरे हुए के साथ यही होता है प्लेटफार्म की बैंच पर बैठा वह यही सोचता है कि कोई देखता क्यों नहीं कि वो बैठा है यहाँ पर। सब क्यों गुज़र रहे हैं इस प्रकार उसकी उपस्थिति से बेख़बर मानो वो है ही नहीं वहाँ पर। अकसर भूल जाता है कि वह एक गलत स्टेशन पर है जहाँ पर उसे नहीं होना था। गलत जगह पर उपस्थित वस्तु में और शून्य में कोई फ़र्क़ नहीं होता। ऐसा इसलिए क्योंकि वह उपस्थित वस्तु किसी शून्य को भर नहीं पा रही है और इसीलिए वह स्वयं ही शून्य में गिनी जाएगी।

घर में बैठा वह भी देखता रहता है उस स्त्री और उन एक या दो शायद दो बच्चों को। एक या शायद दो इसलिए क्योंकि वे दोनों बच्चे लड़कियाँ हैं और दोनों ही उसके सामने से एक ही तरह से गुज़रती हैं। वह फ़र्क़ ही नहीं कर पता दोनों में और इसीलिए वह कुछ निश्चिन्त नहीं है कि दो लड़कियाँ हैं या एक ही है। थोड़ा बहुत फ़र्क़ नज़र आने के कारण ही उसे लगता है कि ये दो ही हैं। वे एक शायद दो

बच्चे जो लड़कियाँ हैं उन्हें वह देखता रहता है सामने से गुज़रते हुए और अनुमान लगाता रहता है कि कैसी थीं ये पिछली बार, जब उसने देखा था इनको। आज जब वह रविवार को घर पर है तो शायद आज भी यही सब कुछ करेगा। बीच में शायद दोपहर को कुछ देर के लिए सो भी जाएगा और फिर शाम होगी रात होगी और फिर सुबह हो जाएगी और रवाना हो जाएगा वो उस गलत स्टेशन से फिर पहले वाली दुनिया में।

"और ये आप सबके बीच में ये कौन खड़ा है? " अकसर जाने-पहचाने चेहरों के बीच कोई अपरिचित चेहरा नज़र आते ही रंजन की उँगली उस चेहरे पर रुक जाती थी। "ये तेरी कोटा वाली बुआ के ननदोई हैं ये भी आये थे शादी में।" अकसर ऐसे ही किसी रिश्ते का ज़िक्र कर देता था बताने वाला मगर रंजन उस रिश्ते का, उस चेहरे का उस तस्वीर में होना स्वीकार नहीं कर पाता था कि इस तस्वीर में माँ हैं, बाबूजी हैं, तीनों बुआएँ हैं फूफा हैं, चाचा-चाची हैं, सब एक जैसे चेहरों की तस्वीर है और उनके बीच में ठुँसा हुआ है ये। कभी-कभी उसे हैरानी भी होती थी कि किस तरह से लोग आकर ठँस जाते हैं किसी की भी फैमिली तस्वीर में। शर्म नहीं आती है उन्हें? कभी-कभी पूछ भी लेता था वो माँ से, "तुमने इनको मना क्यों नहीं किया खड़े होने से कि ये हमारी फैमिली की तस्वीर खिंच रही है आप ज़रा दूर हो जाइए।" उसकी बालसुलभ ईर्ष्या को भाँप कर हँस पड़ती माँ, "बेटा तस्वीर और ज़िन्दगी में वांछित को रख लेना और अवांछित को हटा देना इतना आसान नहीं होता।" तब का बालमन वांछित और अवांछित जैसे भारी शब्दों के अर्थ भले ही नहीं जान पाता था फिर भी वो ये तो समझ ही लेता था कि कहीं न कहीं कुछ-न-कुछ ऐसा ज़रूर होता है जो हमारे ना चाहने के बाद भी होता है। और वो केवल इसीलिए होता है क्योंकि वो चाहता है कि वो हो। जैसे उस तस्वीर में वो बुआ के ननदोई अगर वो खुद सोच लेते कि ये तो इनकी फैमिली तस्वीर है इसमें मेरा क्या काम, तो वो उस तस्वीर में नहीं होते। उस स्थिति में वह तस्वीर भी एक मुक़म्मल फैमिली तस्वीर होती। मगर ऐसा हुआ कहाँ? दाल-भात के बीच किरकिराते हुए कंकर की तरह वे थे, हैं और रहेंगे भी।

तस्वीरें अकसर अवांछितों को लिये-लिये फिरती हैं, शायद तस्वीरें स्वयं भी मुक्ति पाना चाहती हों इन अवांछितों से ज़िन्दगी की तरह। जैसा वह सोचता है शायद वैसा ही दूसरे भी सोचते हों, जितने भी लोग उस तस्वीर में हैं शायद वे सब भी यही सोचते हों कि अगर ये एक बुआ का ननदोई नहीं होता तो कितना अच्छा होता, ये एक फैमिली तस्वीर बनकर इनलार्ज होकर उस तस्वीर में शामिल सभी के घरों की दीवारों पर लटकी रहती। दीमकें खा जातीं, फ्रेम सड़ जाता, बुरादा भी टपकने लगता, फिर भी ये टँगी रहती, तब तक, जब तक एक पीढ़ी नहीं गुज़र

जाती। तस्वीर भी यही सोचती होगी कि काश ये बुआ का ननदोई ऐन मौक़े पर आकर बीच में नहीं ठुँसा होता।

अक्सर ही पड़ोस का वह व्यक्ति जिसका नाम राधेश्याम, घनश्याम, रमेश या दिनेश जैसा कुछ है उसे रविवार को घर पर पाकर चला आता है। वह आदमी शायद एकमात्र व्यक्ति है जो उस गलत स्टेशन पर बिताये गये रविवार में उससे बोलता है, बतियाता है, लेकिन वह भी इतना ज्यादा बोलता है, कि आख़िरकार उसे उससे भी ऊब होने लगती है। इसी बीच वह स्त्री बीच-बीच में आकर चाय या कुछ खाने-पीने का सामान किसी नियम की तरह रखती जाती है। वह राधेश्याम या दिनेश या पता नहीं क्या नामवाला आदमी उस दौरान उस स्त्री से कुछ संवाद स्थापित करने का लिजलिजा-सा प्रयास भी करता है, प्रत्युत्तर में वह स्त्री केवल मुस्कराकर चली जाती है।

रंजन उठकर टीवी चालू करना चाह ही रहा था कि अचानक वही पता नहीं कौन-से नामवाला आ गया "क्या बात है आज तो घर पर ही हैं।" "हाँ बस ..... आइये ना।" कहते हुए रंजन ने उस आदमी को बैठने का इशारा किया। कुर्सी पर बैठने के बाद उसे पता नहीं कौन से नामवाले आदमी ने सामने टेबल पर रखी किताब उठा ली और उसे पलटने लगा। रंजन ग़ौर से उस राधेश्याम, घनश्याम या शायद दिनेश को देखने लगा। अभी दो रोज़ पहले इन्दौर के उस कार्यक्रम में रविकान्त मिला था, काफी दिनों बाद मुलाकात हुई थी मगर अभी भी उसे वह उतना ही फूहड़ लगा था। मिलते ही बोला, "चलो गुरु आज तुम्हें एक धाँसू चुटकुला सुनाते हैं।" चुटकुले का नाम सुनते ही उसे घबराहट होने लगी क्योंकि चुटकुले का मतलब हँसना और हँसने जैसे फालतू काम तो वो कब का छोड़ चुका है। उसकी अनिच्छा के बाद भी रविकान्त ने उसे घेरकर जबरदस्ती पूरा चुटकुला सुना दिया था। एक आदमी जब भी बाहर से आता तो पड़ोस के बच्चों को रोककर पूछता जानते हो ताजमहल कहाँ है, लाल किला कहाँ है या फिर गेटवे आफ इंडिया कहाँ है? बच्चे बिचारे हर बार अनभिज्ञता से सिर हिला देते तो वो हिकारत से कहता जानोगे भी कैसे, हमेशा घर में ही तो रहते हो, बाहर निकलो तो पता चले। एक बार उस आदमी के पूछने से पहले ही बच्चों ने पूछ लिया जानते हो रामलाल कौन है? उस आदमी ने सिर हिलाकर मना किया तो बच्चे बोले जानोगे भी कैसे? हमेशा बाहर जो रहते हो। कभी घर में रहो तो पता चले। चुटकुला सुनाने के बाद अत्यन्त फूहड़ता के साथ देर तक हँसता रहा था रविकान्त।

रंजन को लगा वह पड़ोस का जाने कौन से नाम वाला व्यक्ति चोर नज़रों से इधर-उधर देख रहा है। मगर वह तो किताब पढ़ रहा है इधर-उधर कैसे देख सकता है। घर और मोहल्ले की ख़बरें सुनानेवाली स्त्री ने चाय और बिस्कुट लाकर

टेबल पर रख दिया, जैसे ही वह जाने के लिए मुड़ी कि रामलाल बोला (राम लाल...? उस पड़ोसी का नाम रामलाल कैसे हो सकता है...? रामलाल तो रविकान्त के चुटकुले वाले का नाम था) "भाभी जी गैस का नम्बर मैंने लगा दिया है आज आ जाएगी आपकी टंकी"। उस स्त्री ने ठिठककर सुना और जैसे ही रामलाल (फिर रामलाल...?) का वाक्य समाप्त हुआ वह धीमे-से मुस्कराकर आगे बढ़ गयी। रामलाल (...?) चाय का कप बढ़ाते हुए बोला, "लीजिए ना भाई साहब," पर ये वाक्य तो रंजन को बोलना था...?

उस दिन जब वो राघव को कम्प्यूटर पर कार्य करते हुए देख रहा था तो उसने देखा कि राघव ने एक तस्वीर में से एक भरा-पूरा चेहरा हटाकर वहाँ दूसरा चेहरा रख दिया है। आश्चर्यचकित रह गया था वह ये देख कर, ऐसा भी कर सकता है कम्प्यूटर? राघव ने जवाब दिया था, "हाँ इसमें क्या बड़ी बात है। इस चेहरे को सेलेक्ट करके डीलिट करो और दूसरे चेहरे को कहीं से कॉपी करके लाओ और पेस्ट कर दो यहाँ पर, बन गया काम।" सेलेक्ट, डीलिट, कापी, पेस्ट। अँग्रेजी के इन चार अक्षरों में उलझकर रह गया था वह। कितना आसान काम है। "क्या कम्प्यूटर में कुछ भी सेलेक्ट करके डीलिट किया जा सकता है?"

"हाँ यही तो फ़र्क़ है कम्प्यूटर और ज़िन्दगी में कि यहाँ आप वांछित को कापी पेस्ट करके ला सकते हैं और अवांछित को सेलेक्ट करके डीलिट कर सकते हैं।" दार्शनिक की तरह उत्तर दिया था राघव ने।

घर लौटकर आने के बाद उसने सारे पुराने फोटो निकालकर छाँटना शुरू कर दिया था। किस-किस में से किस-किस को हटाना है और उसकी जगह पर किस-किस को लाना है। माँ अक़सर कहती हैं, "इस फोटो में सब हैं बस तेरी इन्दौरवाली चाची ही नहीं हैं आतीं भी कैसे? जब फोटो खिंच रहा था तब बुखार में पड़ी थी बिचारी।" अब इन्दौर वाली चाची के बग़ैर तस्वीर अधूरी रह गयी। ऐसे ही किसी न किसी के बग़ैर हमेशा अधूरी रह जाती है तस्वीर। ये तस्वीर की नियति ही है शायद कि वो हमेशा अधूरी ही रह जाती है, कुछ-न-कुछ, कोई-न-कोई छूट ही जाता है हमेशा और उसकी जगह आ जाता है कोई-न-कोई ऐसा जिसे नहीं आना था। कभी इन्दौरवाली चाची छूट जाती हैं तो कभी झाँसी वाली बुआ। कुछ फोटो में तो वह स्वयं भी नहीं है, पता चला कि उसके इन्तज़ार में दस-पन्द्रह मिनट रुके भी रहे थे सब, मगर वो जाने कहाँ खेल रहा था। बहुत ढूँढ़ने के बाद भी नहीं मिला तो आख़िरकार खिंच गया फोटो। फोटो खिंचवाने वाले भी आख़िर कब तक बैठे रहते एक ही मुद्रा में? आज जब उन तस्वीरों को देखता है तो नीचे दरी पर बैठे हुए सब नज़र आते हैं, बस वही नहीं होता है।

कितना मुश्किल होता है मुक़म्मल होना, कितना ही प्रयास करो कुछ-न-कुछ

तो छूटता ही है। सारी तस्वीरों को ले जाकर राघव को दे आया था वो और समझा भी आया था कि कहाँ-कहाँ से किस-किस को हटाना है और किस-किस को बढ़ाना है। उस दिन के बाद से थोड़ा निश्चिन्त है वो कि कम से कम कुछ तस्वीरें तो अब उसके पास भी ऐसी होंगी जो मुक़म्मल होंगी। कहीं कुछ भी नहीं छूटा होगा, और कहीं कुछ भी अवांछित नहीं होगा। एक तस्वीर में बैठी हुई अपरिचित महिला जिसे माँ अपनी पूरी स्मरण शक्ति लगाने के बाद भी विस्मृत नहीं कर पायी हैं, उसके स्थान पर इन्दिरा गाँधी को बैठाने का कह आया था राघव से। सही भी है कोई अपरिचित बैठा है तो उससे अच्छा तो इन्दिरा गाँधी को ही बैठा लो।

चाय पीकर और कुछ इधर-उधर की बातें करने के बाद रामलाल उठकर चला गया। रंजन को लगा कि जाते-जाते उसने एक ठंडी और निराशा भरी साँस भी छोड़ी थी। रंजन उस जाते हुए रामलाल की पीठ को देखता रहा, ये सोचकर कि शायद वह मुड़कर देखेगा लेकिन रामलाल समझदार था वह बिना मुड़े ही ओझल हो गया। उसके जाते ही कमरे में पुनः शान्ति छा गयी। रंजन फिर अपने हाथ में पकड़ी पुस्तक का छूटा हुआ सिरा पकड़ने का प्रयास करने लगा। पुस्तक में रंजन का ध्यान कुछ ही देर में भंग हो गया। कमरे के टीवी के चालू हो जाने के कारण। रंजन ने देखा कि उन एक या शायद दो बच्चों में से बड़ीवाली लड़की कमरे में पड़े दीवान पर गाव का सहारा लेकर अधलेटी है, हाथ में रिमोट कंट्रोल है और कुछ लापरवाह-सी मुद्रा में टीवी पर आ रही फिल्म देख रही है।

रंजन का ध्यान भी किताब से हटकर टीवी पर केन्द्रित हो गया। कोई नयी फ़िल्म वहाँ चल रही थी। हीरोइन शादीशुदा है, उसका पति कहीं बाहर गया है और वो अपने कॉलेज के ज़माने के मित्र से मिलने उसके फ्लैट पर आयी हुई है। वो हट्टा-कट्टा मित्र हीरोइन से बात करने के बजाय शारीरिक क्रियाएँ अधिक कर रहा है। रंजन का मन भी फिल्म से जुड़ गया। हीरोइन का मन अभी भी मर्यादा और पतिव्रता जैसी बातों में कुछ उलझा है हालाँकि वह उस मित्र का कुछ विशेष प्रतिरोध नहीं कर रही है। उस मित्र ने मर्यादा के प्रश्न में उलझी हीरोइन के शरीर से कुछ अत्यन्त जरूरी वस्त्रों को छोड़कर सब कुछ उतार दिया है। दोनों बेडरूम में पलंग पर पहुँच गये हैं जहाँ मित्र पुरुष हो गया है और हीरोइन अभी भी अपने पति को लेकर प्रश्नों में उलझी हुई है। वात्स्यायन द्वारा वर्णित क्रियाकलापों का सजीव चित्रण प्रारम्भ होते ही पृष्ठभूमि में एक गीत गूँजना भी शुरू हो गया है 'भीगे होंठ तेरे, प्यासा मन मेरा, लगे अब्र-सा, मुझे तन तेरा...' 'पापा ये अब्र क्या होता है?' फिल्म के दृश्य में उलझे रंजन को ये सवाल अचानक आकर लगा। उसने टीवी से नज़र घुमायी तो देखा लड़की सवालिया नज़रों से उसकी ओर देख रही है। ''अरे ये भी तो है यहीं पर मुझे तो ध्यान ही नहीं रहा।'' मन ही मन सोचते हुए रंजन ने

कहा, "चलो बन्द करो ये टीवी, मुझे पढ़ना है।" रंजन की तेज़ आवाज़ सुनकर अन्दर से स्त्री भी कमरे में आ गयी, "क्या हुआ?" "मुझे मर्डर देखना है," लड़की ने विरोधात्मक स्वर में कहा। "कितनी बार तो देख चुकी हो ना? सीडी तो लाकर दे दी है तुम्हें । कल लगाकर देख लेना, अभी पापा को पढ़ने दो," स्त्री ने निर्णयात्मक अन्दाज़ में झिड़का। रंजन ने हैरत के साथ स्त्री को देखा, इस फिल्म की सीडी इस स्त्री ने लाकर लड़की को दी है? ऐसी फिल्म की? मगर स्त्री के चेहरे पर कोई भाव नहीं थे, उसने लड़की के हाथ से रिमोट लिया और टीवी बन्द कर दिया। लगभग नग्न अवस्था में लिपटे मित्र और हिरोइन का दृष्य एक झटके के साथ बुझ गया। लड़की जो पूरे मन से उस दृश्य में डूबी हुई थी, भुनभुनाती हुई अन्दर चली गयी।

उस दिन जब राघव का फोन आया था कि आकर अपने फोटोग्राफ्स की फाइनल सेटिंग को देख लो, तो शाम को बड़ी उत्सुकता के साथ पहुँचा था वो। कम्प्यूटर के मानीटर की स्क्रीन पर राघव ने उसे वो सारे फोटो एक-एक करके दिखाने शुरू किये थे। सारी की सारी मुकम्मल तस्वीरें । जहाँ जो-जो अवांछित था उसके स्थान पर कोई न कोई वांछित चेहरा लगा हुआ था। बड़ी हैरत के साथ देख रहा था रंजन उन तस्वीरों को। उसके पूछने पर कि यहाँ जो पहले से बैठा हुआ था वो कहाँ गया? राघव ने धीरे से वांछित चेहरे पर माउस से क्लिक किया और उसे खींचा। खींचते ही वो चेहरा हटा और उसके नीचे से वही नज़र आने लगा 'अवांछित।' "अरे ये तो यहीं है।" उसने आश्चर्य के साथ कहा था। "हाँ और रहेगा भी क्योंकि शरीर तो उसी का उपयोग किया है केवल चेहरा ही बदल दिया है, पुराने चेहरे के ऊपर ये नया चेहरा पेस्ट कर दिया है।" ठंडे स्वर में कहा था राघव ने। "ये पूरी तरह से नहीं हट सकता? " रंजन ने पूछा था। "हट सकता है लेकिन वह बहुत मुश्किल प्रक्रिया है, इसी मुद्रा में उस दूसरेवाले की भी तस्वीर होना चाहिए जो आमतौर पर थोड़ा कठिन होता है। इसीलिए हम किसी को भी पूरी तरह से नहीं हटाते, केवल चेहरा ही लगाकर और उसे शरीर के साथ मैच करके काम चला लेते हैं । ये इतनी सफाई से होता है कि किसी को पता भी नहीं चलता। पूरी तरह से हटा देने के मुकाबले काफी आसान है केवल चेहरा बदल देना।" राघव ने थोड़ी लापरवाही के साथ उत्तर दिया था। कुछ निराश हो गया था रंजन अवांछित तो अब भी वहीं का वहीं है। शरीर तो उसी का है जिस पर जयपुरवाले फूफाजी का चेहरा लाकर लगा दिया गया है। हो सकता है किसी दिन रंजन किसी को ये अलबम दिखा रहा हो और जैसे ही वह इस फोटो पर उँगली रखकर कहे कि ये हैं हमारे जयपुर वाले फूफाजी और वैसे ही ये अवांछित हाथों से चेहरे को हटाते हुए बोले, "जी नहीं ये मैं हूँ ...मैं।" और इसी तरह एक एक करके चेहरों से ढँके

हुए सारे के सारे अवांछित अपने ऊपर लगे चेहरों को हटाकर हाथ में ले लें और ज़ोर-ज़ोर से चीखने लगें, ''ये मैं हूँ , ये मैं हूँ, ये मैं हूँ।'' सोचते ही सोचते रंजन के माथे पर पसीना चुहचुहा आया था। ''ठीक है? फाइनल कर दूँ इन सबको?'' राघव ने अवांछित के ऊपर लगाये चेहरे को अपने स्थान पर वापस सेट करते हुए पूछा था। ''नहीं यार रहने दे।'' कहते हुए रंजन टेबल पर फैली अपनी तस्वीरों को समटेने लगा था। ''क्यों? क्या हो गया?'' हैरानी के साथ उसकी तरफ देखने हुए पूछा था राघव ने। ''नहीं कुछ नहीं, सॉरी यार तुझे फ़िजूल ही परेशान किया।'' कहते हुए अपनी तस्वीरें समेटकर राघव को उसी प्रकार हैरत की अवस्था में छोड़ कर चला आया था वो वहाँ से।

लड़की ने जो टीवी पर फिल्म देख रही थी अन्दर जाकर कुछ सामान ज़ोर से पटका और फिर किसी खिड़की या शायद दरवाज़े को ज़ोर से लगाया। सारी-की-सारी आवाज़ें रंजन तक पहुँचीं, ज़ाहिर-सी बात है पहुँचाने के लिए की गयीं थीं तो पहुँचेगी ही। अन्दर कुछ देर तक असन्तोष अपने आपको विभिन्न ध्वनियों के माध्यम से व्यक्त करता रहा, फिर जैसी कि असन्तोष की प्रवृत्ति होती है, वह धीरे-धीरे कम होता हुआ समाप्त हो गया। असन्तुष्ट होना सबसे अस्थायी गुण है। कई बार तो समय के साथ हम स्वयं ही भूल जाते हैं कि हम क्यों असन्तुष्ट थे।

रंजन ने कुर्सी पर कुछ पसरते हुए सिर को पीछे टिका लिया और आँखें मूंद लीं। कुछ देर पहले देखे गये फ़िल्म के दृश्य अभी भी दिमाग में थे। फिल्म की हीरोइन कितनी ज्यादा संस्कारों से जुड़ी हुई थी। जब वह अपने पुरुष मित्र के साथ बिस्तर में थी, तब भी उसके ख़यालों में उसका पति ही था। इधर उसका पुरुष मित्र आदिम चेष्टाएँ कर रहा था उधर उस हिरोइन का मन पति को याद कर रहा था। सम्भवतः वह भी अपने मन का कम्प्यूटर चालू करके वहाँ उस पुरुष मित्र के चेहरे के स्थान पर अपने पति का चेहरा कापी-पेस्ट करने का प्रयास कर रही थी ताकि उस मित्र की क्रियाओं में अपनी सक्रिय सहभागिता दर्ज कर सके। जब वो ऐसा करने में सफल हो गयी थी तभी गूँजा था वो गीत 'भीगे होंठ तेरे, प्यासा मन मेरा।' अपने पति का चेहरा उस पुरुष मित्र के चेहरे पर पेस्ट करके वह पूरे मनोयोग से अपने पति को सक्रिय सहयोग प्रदान करने लगी थी। और जब गाने की अगली पंक्ति बजी 'लगे अब्र सा, मुझे तन तेरा।' तो उसने फुसफुसाते हुए अपने प्रेमी के कान में पूछा था, ''अब्र का मतलब क्या होता है।'' उसने ...? उसने कहाँ पूछा था? वो तो उन एक या शायद दो बच्चों में से बड़ीवाली लड़की ने पूछा था। ''मुझे नहीं मालूम अब्र का मतलब।'' कुछ भुनभुनाते हुए कहा रंजन ने।

''क्या हुआ पापा?'' रंजन के ऐसा कहते ही ये स्वर आया। चौंक कर रंजन ने आँखें खोलीं तो देखा पास में उन एक या शायद दो बच्चों में से छोटी वाली लड़की

वहाँ खड़ी हैरत से उसकी तरफ देख रही है। सम्भवतः वहाँ से गुज़र रही थी और उसे बड़बड़ाता देखकर रुक गयी थी।

"क्या हुआ?" रंजन को अपनी ओर देखता पाकर उसने पुनः प्रश्न को दोहराया।"

"कुछ नहीं।" रंजन ने आगे बेटी शब्द कहने और मुस्कराने का प्रयास भी किया किन्तु दोनों ही काम नहीं कर पाया।

"पापा मुझे एक छोटी साइकिल दिलवा दो न।" उस लड़की ने संवाद स्थापित होता पाकर कहा।

रंजन को याद आया कि अभी दो माह पूर्व जब वो घर रुका था तब ये लड़की अपने लिये एक गुड़िया माँग रही थी, हालाँकि वो अभी तक गुड़िया भी नहीं ला पाया है और आज ये अपने लिए साइकिल की माँग कर रही है।

"अभी उस दिन तो तुम कह रही थीं कि गुड़िया चाहिए, आज गुड़िया से एकदम साइकिल पर आ गयीं," रंजन ने कहा।

"मैंने...? मैंने कब माँगी गुड़िया ?" उस लड़की ने कुछ हैरत के साथ पूछा।

"अभी पिछली बार जब मैं संडे को घर पर रुका था तब नहीं कहा था तुमने कि मुझे एक बड़ी-सी गुड़िया चाहिए।" रंजन ने उत्तर दिया।

"नहीं... मैंने तो नहीं कहा।" लड़की के स्वर में अभी भी हैरानी थी ।

दोनों की बातचीत सुनकर स्त्री भी अन्दर से निकलकर कमरे में आ गयी। "क्या हुआ?" उसने पूछा। "पापा कह रहे हैं कि पिछली बार जब मैं संडे को रुका था तो तुमने मुझसे गुड़िया माँगी थी।" लड़की ने सफाई देने वाले स्वर में कहा। स्त्री के चेहरे के भाव कुछ बदले फिर उसने सँभलते हुए लड़की से कहा "अच्छा-अच्छा ठीक है तुम जाओ, पापा को आराम करने दो।" स्त्री के ऐसा कहते ही लड़की बाहर चली गयी। रंजन ने स्त्री की ओर देखते हुए कहा, "पर उसने माँगी थी गुड़िया।"

"हाँ माँगी थी मुझे भी मालूम है," स्त्री का चेहरा तथा भाव दोनों ही सपाट थे।

"तो फिर तुमने अभी कहा क्यों नहीं उससे, कि हाँ माँगी थी।" रंजन ने कुछ झुंझलाहट के स्वर में कहा।

"इसलिए क्योंकि गुड़िया उसने पाँच साल पहले माँगी थी, जब वो छः साल की थी, अब वो ग्यारह साल की है।" एक-एक शब्द को लगभग चबाते हुए बड़े ही शुष्क अन्दाज़ में कहा उस स्त्री ने और रंजन के उत्तर की प्रतीक्षा किये बिना ही पलटकर अन्दर भी चली गयी। ये हो क्या रहा है? ये कोई षड़यन्त्र तो नहीं है उसके विरुद्ध? रंजन उस स्त्री के वहाँ से चले जाने के बाद कुछ देर स्तब्ध-सा बैठा

रहा।

"अगर उसे पता ही है कि उसका इतना ज्यादा विरोध है तो फिर हट क्यों नहीं जाता वो उस पद से?" यूँ ही चलते-चलते प्रश्न किया था उसने अपने वरिष्ठ सहयोगी कमलकान्त जी से। प्रश्न अम्बरीश सक्सेना को लेकर था जिनके विभाग में उनको ही लेकर भारी विरोध की स्थिति बन गयी थी। उसका प्रश्न सुनकर चलते-चलते ठिठक गये थे कमलकान्त, फिर वहीं गलियारे के खम्भे से पीठ टिकाकर खड़े हो गये थे। उसकी आँखों में गहरे तक झाँकते हुए बोले थे, "दरअसल अम्बरीश अभी भी इस सत्य को स्वीकार नहीं कर पा रहा है कि वह अवांछित हो चुका है। अम्बरीश ही क्या कोई भी इस सत्य को स्वीकार नहीं कर पाता। तुम, मैं, हम सब इसी गलतफहमी में जी रहे हैं कि हम जहाँ पर हैं, हम हम जो भी हैं वहाँ पर सबसे वांछित हमीं हैं। विरोध होता है तो हमें दिखाई नहीं देता, दिखाई देता है तो हम उसे इग्नोर करते हैं। इग्नोर करने लायक नहीं होता तो फिर हम अपने आपको दुनिया का सबसे झूठा वाक्य, "हर अच्छे आदमी और हर अच्छे काम का विरोध होता है।" सुनाकर सन्तुष्ट कर देते हैं। तर्क से कुतर्क से हम अपनी स्थिति को जस्टीफाई करते रहते हैं।" कहते हुए कुछ देर रुक गये थे कमलकान्त और एक गम्भीर-सी मुस्कराहट के साथ रंजन को देखने लगे। "हमारे चारों ओर ये जो अवांछितों की भीड़ बढ़ती जा रही है, ये इसी आत्म सन्तुष्टि का परिणाम है। हम इस बात पर यकीन ही नहीं करना चाहते कि हम भी अवांछित हो सकते हैं। अपने घर में, अपने समाज में, अपने कार्यक्षेत्र में, हर जगह हम अपने आपको सबसे उपयुक्त पाते हैं।" कहते हुए उसकी पीठ पर हाथ रखकर वापस गलियारे से सीढ़ियों की ओर बढ़ने लगे थे कमलकान्त। "हम सब सबसे ज्यादा डरते हैं अपने अन्दर झाँकने से, अपनी स्थिति का अवलोकन करने से, और वो इसलिए क्योंकि हम जानते हैं कि परिणाम क्या होगा। आत्मावलोकन से हमारा यह भय ही जन्म देता है अम्बरीश सक्सेना जैसे चरित्रों को ," सीढ़ियाँ उतरते हुए कहा था कमलकान्त ने। आख़िरी सीढ़ी उतरकर फिर ठिठक गये और रंजन के कन्धे को दबाते हुए कहा, "लेकिन ये सब कुछ जो मैं कह रहा हूँ यह मरे हुए लोगों के बारे में कहा रहा हूँ, ज़िन्दा आदमी ऐसा नहीं होता, ज़िन्दा आदमी अपनी हर स्थिति पर नज़र रखता है, और उसका आकलन भी करता रहता है। यही सबसे बड़ा फ़र्क़ होता है ज़िन्दा होने और मरे हुए होने में।" कहकर रंजन के कन्धे को कुछ मुस्कराकर थपथपाया और अपने स्कूटर की ओर बढ़ गये थे कमलकान्त।

ट्रिन ट्रिन फोन अपने बेसुरे स्वर में चीख रहा है। शाम होनेवाली है। रंजन ने बेमन से उठकर फोन को उठाया। रंजन के हलो कहते ही उधर से चिरपरिचित स्वर आया, "हाँ रंजन जी मैं बोल रहा हूँ सुधाकर, तो आप आ रहे हैं ना।"

"अरे हाँ सुधाकर जी आप हैं," किसी सिलसिले को तोड़ते हुए उत्तर दिया रंजन ने, "जी में आ रहा हूँ अभी पाँच बजे रहे हैं छः साढे छः तक निकलूँगा तो उधर आठ तक पहुँच जाऊँगा।"

"अरे ...बहुत-बहुत धन्यवाद रंजन जी। आपने बड़े संकट से बचा लिया हमें। वरना हम तो लगभग निराश ही हो चुके थे।" उल्लसित-सा स्वर आया उधर से।

"अरे नहीं सुधाकर जी ऐसी कोई बात नहीं है, आप सक्षम हैं, समर्थ हैं, हर परिस्थिति में आयोजन कर सकते हैं।" रंजन ने थोड़ी विनम्रता बरतते हुए कहा।

"ये आपकी महानता है जो आप ऐसा सोचते हैं। तो ठीक है रंजन जी हम प्रतीक्षा कर रहे हैं, जैसे ही आप पहुँचते हैं वैसे ही कार्यक्रम प्रारम्भ कर देंगे।" उधर से स्वर आया।

"ठीक है मैं समय पर पहुँच जाऊँगा।" कहते हुए रंजन ने फोन काट दिया।

"क्या हुआ?" स्त्री ने पूछा जो फोन की बातचीत सुनकर वहाँ आ गयी थी।

"आयोजक का फोन आया था, पहले तो मैंने मना कर दिया था फिर सोचा कि चला ही जाता हूँ। तीन हजार दे रहे हैं।" रंजन ने उत्तर दिया। स्त्री के चेहरे के भाव स्थिर बने रहे। रंजन ने स्त्री के चेहरे में उसके जाने की बात सुनकर नागवारी के चिह्न ढूँढ़ने का प्रयास किया किन्तु वहाँ ऐसा कुछ भी नहीं था।

थके क़दमों से चलता हुआ वह आकर कुर्सी पर बैठ गया, कुर्सी पर सिर टिका कर आँखें बन्द किये अभी उसे कुछ ही देर हुई थी कि अचानक उसे लगा कि उसके चेहरे के किनारे-किनारे बारीक सुई की चुभन या चींटियों के काटने का एहसास हो रहा है। उसने घबराकर आँखें खोलीं तो देखा चारों तरफ गहरा अँधेरा है, ठंडा, काला और उदास अँधेरा। चेहरे के किनारों पर चुभन तेज़ होती जा रही थी, और अँधेरे में कापी-पेस्ट, कापी-पेस्ट जैसी फ़ुसफ़ुसाहट भी आनी शुरू हो गयी थी। अचानक उसे लगा कि उसका चेहरा किसी बड़े वेक्यूम क्लीनर में फँस गया है, और वह वैक्यूम क्लीनर उसके चेहरे को खींच रहा है। उसने चेहरा छुड़ाने का प्रयास किया पर सफल नहीं हुआ। कापी-पेस्ट, कापी-पेस्ट की फुसफुसाहट तेज़ होती जा रही थी। फुसफुसाहटों के बीच ही उसे ट्रेन की सीटी की तेज़ आवाज़ सुनाई दी। सीटी की आवाज़ सुनकर उसने चेहरा छुड़ाने के लिए पूरी ताक़त लगायी। वैक्यूम क्लीनर भी कुछ कमज़ोर हो गया था। वो अपने चेहरे को छुड़ाने में क़ामयाब हो गया। उसे लगा कि कुछ वैक्यूम क्लीनर पर छूट गया है, चेहरा टटोला तो सब कुछ ठीक था। वैक्यूम क्लीनर में अटककर छूटी चीज़ को देखने को जैसे ही बढ़ा वैसे ही पीछे से ट्रेन की सीटी फिर बजी, वह पलटा तो देखा ट्रेन धीरे-धीरे सरक रही थी, वह दौड़ा और दौड़ता हुआ जाकर ट्रेन में चढ़ गया। ट्रेन में चढ़कर उसने देखा वहाँ सारे परिचित चेहरे थे, वो चेहरे जिनके नाम वो जानता है। सारे चेहरे

मुस्करा रहे थे। सबको मुस्कराता देख वह भी मुस्कराया और दरवाज़े से बाहर की ओर देखने लगा। उसने देखा कि कुछ देर पहले अँधेरे में डूबे उस गलत स्टेशन पर लाइटें जगमगा रही हैं। रोशनी का झाग पूरे स्टेशन पर फैला हुआ है। जिस बेंच पर वह बैठा था उसके पास धीरे-धीरे समाचार सुनाने वाली वही स्त्री खड़ी है, उसके पास बड़ी लड़की और छोटी लड़की खड़ी है। स्त्री के हाथों में एक चेहरा है जो दूर से देखने पर भी जाना-पहचाना लग रहा है। स्त्री के चेहरे पर कुछ उदासी के भाव नज़र आ रहे हैं। उसने देखा कि स्त्री से कुछ दूरी पर खम्भे की ओट में रामलाल भी खड़ा है जो ललचाई नज़रों से उस चेहरे को देख रहा है जो स्त्री ने अपने हाथों में पकड़ा हुआ है। उसने ट्रेन से कूदने का प्रयास किया मगर ट्रेन रफ़्तार पकड़ चुकी थी, एक जाने-पहचाने चेहरे ने उसे तुरन्त रोक दिया। ग़लत स्टेशन धीरे-धीरे पीछे जा रहा था, वहाँ के चेहरे धीरे-धीरे धुँधले होते हुए अदृश्य होते जा रहे थे।

एक सीप में तीन लड़कियाँ रहतीं थीं
हरी, नीली और पीली

अगर ये कोई प्रेम कहानी होती तो शायद इसकी शुरुआत कुछ ऐसे होती, 'हरी-भरी पहाड़ी से झरते हुए झरने के ठीक पास, फूलों से भरे मैदान में बने हुए छोटे-से मकान में रहती थी वो तीनों लड़कियाँ।' अगर ये कोई यथार्थवादी टाइप की कहानी होती तो इसकी शुरुआत कुछ ऐसे होती, 'बजबजाते हुए नाले के पास कारखाने की धुआँ उगलती चिमनी के धुएँ में डूबी झुग्गी बस्ती में अपनी टूटी-फूटी झोंपड़ी में रहती थी वो तीनों लड़कियाँ।' अगर ये आधुनिक कहानी होती तो शायद कुछ ऐसे शुरू होती, 'शहर के सब से पॉश इलाके में बनी उस बहुमंजिला इमारत के चौथे माले पर बने फ्लैट में रहती थी वो तीनों लड़कियाँ।'' पर चूँकि दुर्भाग्य से ये न तो प्रेम कहानी है, न यथार्थवादी है और न ही आधुनिक कहानी है, इसलिए ये ऊपर बताये तीन तरीकों में से कैसे भी शुरू नहीं हो सकती है। ये क्योंकि थोड़ा हट के थोड़ी अलग सी कहानी है इसलिए ये शुरू होगी अपने ही तरीके से।

शीर्षक बता ही चुका है कि तीन लड़कियाँ थीं और चूँकि शीर्षक ने इसके अलावा कुछ और नहीं बताया है जैसे लड़कियों थीं तो उनके माँ-बाप थे या नहीं थे। कोई भाई-वाई था या नहीं था इसलिए हम भी इस बाबत कोई चर्चा नहीं करेंगे, बात करेंगे केवल तीन लड़कियों की। और वैसे भी जब लड़कियों की और वो भी तीन-तीन लड़कियों की चर्चा हो रही हो तो फिर माँ-बाप या भाई की अलग से चर्चा करके विषय को फिजूल में बोझिल बनाने का कोई औचित्य नहीं है। इसलिए फिलहाल बस यही मान लिया जाए कि तीन लड़कियाँ थीं, केवल और केवल तीन लड़कियाँ।

तीनों लड़कियाँ एक सीप में रहतीं थीं। वही सीप जिसके बारे में कहा जाता है कि उसमें स्वाति नक्षत्र की कोई बूँद-फूँद गिर जाए तो वो मोती बन जाती है। अब ये तो पता नहीं कि सीप में कौन से नक्षत्र की बूँद गिरी थी और अगर गिरी थी तो फिर मोती की जगह लड़कियाँ कैसे बनीं, लेकिन ये तो तय है कि उस सीप में तीन

लड़कियाँ थीं। बड़ी वाली लड़की जो सबसे छोटी वाली से और बीच वाली दोनों से बड़ी थी वो हरी थी। हरी बोले तो ....? हरी मतलब हरी। हरी मतलब घास की तरह हरी। बरसात के ठीक बाद जो घाँस उगती है उसकी तरह से हरी। इसी लड़की को बड़ी भी कहा जाता था और हरी भी, बड़ी और हरी शब्दों के उच्चारण में समानता के कारण कई बार समझ में भी नहीं आता था कि बड़ी कहा जा रहा है या हरी? लेकिन वो समझ लेती थी।

इसके बाद थी मँझली लड़की, मँझली माने छोटी वाली से बड़ी और बड़ी से छोटी। ये मँझली लड़की नीली थी। पूरी की पूरी नीली, बरसात के धुले हुए आसमान की तरह से नीली। इस लड़की के पंख भी नीले थे, पंख...? मगर बड़ी वाली के पंखों के बारे में तो बताया ही नहीं गया कि उसके पंख किस रंग के थे। ऐसा इसलिए क्योंकि बड़ी वाली के पंख थे ही नहीं, बड़ी वालियों के अक़्सर होते भी नहीं हैं और इसीलिए उनका रंग भी हरा होता है, पृथ्वी की तरह। तो इस दूसरी वाली लड़की जो छोटी वाली से बड़ी और बड़ी वाली से छोटी थी, इसका रंग नीला था और इसके पंखों का रंग भी नीला था। इसकी आँखें भी नीली थीं और इसके सपनों का रंग भी नीला ही होता था। गहरे और अतल समुद्र की तरह नीला।

इसके बाद थी छोटी लड़की इसकी विशेषता ये थी कि एक तो ये सबसे बड़ी वाली लड़की से छोटी थी, और साथ ही मँझली वाली लड़की से भी छोटी थी, कुल मिलाकर दोनों से छोटी थी। इस लड़की का रंग पीला था, एकदम हल्दी की तरह का पीला। ऐसी लगती थी मानो कोई गेंदे का फूल ताज़ा-ताज़ा ही खिला हो। इस लड़की के पंख नहीं थे, हालाँकि इस बात को लेकर कुछ स्पष्ट नहीं है कि पंख थे ही नहीं या फिर अभी उगे नहीं थे। जो भी हो फिलहाल तो यही माना जाएगा कि इस पीली वाली लड़की के पंख नहीं थे।

इस तरह से ये कुल मिलाकर तीन लड़कियाँ थीं जो उस सीप में रहती थीं। तीनों लड़कियों के अलग-अलग रंगों को लेकर भी अलग-अलग बातें हैं। नक्षत्र-फक्षत्र की बात करने वाले कहते हैं कि सीप में केवल स्वाति नक्षत्र की ही बूँद गिरती है और फलस्वरूप सफेद मोती बनता है। सिर्फ और सिर्फ सफेद मोती। लेकिन चूँकि ये तीनों लड़कियाँ अलग-अलग रंगों की हैं इसलिए ये तय है कि सीप में स्वाति नक्षत्र की बूँद गिरी ही नहीं। वहाँ तक तो भी ठीक, लोग तो ये भी कहते थे कि क्योंकि तीनों लड़कियों का रंग अलग-अलग है इसलिए ये भी माना जा सकता है कि सीप में अलग-अलग समय में अलग-अलग नक्षत्रों की बूँदे गिरीं थीं, इसलिए तीनों का रंग इस प्रकार से अलग-अलग हुआ। अटकलें लगानेवाले बाकायदा पंचांग-वंचांग निकालकर ज्योतिष-फ्योतिष टाइप की गणनाएँ करके बाकायदा घोषणा भी करते थे कि कौन-कौन-सी लड़की किस-किस नक्षत्र की बूँद

चलते बनी है। ऐसी घोषणाएँ करने वाले अपनी खोज के समर्थन में पोथी पंचांग के पन्ने हिला-हिलाकर अपनी बात को सिद्ध भी करते थे। कुल मिलाकर लड़कियों के रंग बाकायदा शोध का विषय थे।

बहरहाल पृथ्वी के समान हरी आसमान के समान नीली और हल्दी की तरह पीली लड़की, तीनों सीप में रहती थीं। तीनों में एक बड़ी थी, दूसरी छोटी थी इसलिए जाहिर सी बात है कि तीसरी मँझली थी। नीली लड़की ग़रीब थी, हरी वाली भी ग़रीब थीं और पीली भी ग़रीब थी। मतलब कहा जा सकता है कि तीनों लड़कियाँ ग़रीब थीं और शायद ग़रीबी के कारण ही तीनों अलग-अलग रंगों की थीं। अमीर होतीं तो फिर एक ही रंग की होतीं, अमीरी के रंग की, फिर उनके रंगों को लेकर शोध भी नहीं होता। अमीरी कभी भी शोध का विषय नहीं होती, शोध का विषय तो गरीबी ही होती है ऐसा इसलिए क्योंकि अमीरी के शोध-पत्रों से लेकर अमीरी की कहानियों तक किसी को कोई पुरस्कार नहीं मिलता। जबकि ग़रीबी पुरस्कार की सम्भावनाओं से हमेशा भरी रहती है।

तीनों लड़कियाँ ग़रीब थीं अलग-अलग रंगों की थीं और सीप में रहती थीं। ग़रीब थीं इसलिए वे कहानी का पात्र बन रही हैं। इसमें भी विपरीत सेक्स के प्रति आकर्षण जैसी ही बात है। अमीर लोग ग़रीबों के बारे में जानना चाहते हैं इसलिए उनके बारे में पढ़ते हैं, चूँकि पढ़ते हैं इसलिए ग़रीबों के बारे में लिखा जाता है और महँगी-महँगी पुस्तकों में छापा भी जाता है। ग़रीब भी अमीरों के बारे में जानना चाहते हैं मगर एक तो उनके पास पढ़ने-वढ़ने का समय भी नहीं होता और दूसरा पढ़ना भी चाहें तो पुस्तकें ख़रीदेंगे कहाँ से? इसलिए पात्र ग़रीब ही होते हैं जिन्हें पढ़ा जाता है। चलिए अब कहानी की ओर चलें। बड़ी वाली हरी, मँझली नीली और छोटी पीली की कहानी की ओर। यहाँ पर व्यवस्था के नाम पर ऐसा करते हैं कि तीनों की कहानियों को अलग-अलग कर लेते हैं। वैसे भी तीनों के बीच केवल एक सीप के अलावा और कुछ भी साझा नहीं है, तीनों एक-दूसरे की कहानी में आती भी नहीं हैं, इसलिए तीनों कहानियाँ अलग-अलग भी चलाई जा सकती हैं। इसमें एक सुविधा तो यही रहेगी कि बार-बार ये बताने की आवश्यकता नही पड़ेगी कि कौन सी वाली हरी है, कौन-सी नीली है, और कौन सी पीली। केवल नीली, पीली और हरी कहकर ही काम चलाया जा सकता है।

अथ हरी कथा

लग रहा है न धार्मिक-वार्मिक टाइप का नाम 'अथ श्री हरी कथा।' मगर ये अपनी हरी की कहानी है। बड़ी वाली लड़की हरी की कहानी जिसका रंग हरा था ताजा बरसात के बाद उगे घास के कच्चे कोंपलों से लदी हुई पृथ्वी की तरह हरा।

हरी लड़की जिसके पंख नहीं थे अगर होते तो वो भी हरे ही होते। मगर नहीं थे क्योंकि हरे रंग के पंख नहीं होते, उसे तो बिछा रहना पड़ता है पृथ्वी की तरह। पंख नीली वाली के थे जिसकी बात हम बाद में करेंगे। हरी लड़की के पंख भले ही नहीं थे मगर आँखें थीं जो उसके समान ही हरी थीं। उसके सपने भी हरे थे, दूब की तरह हरे। चूँकि हरे सपने थे इसलिए हमेशा बूँदों से भरे रहना चाहते थे, बरसात की सौंधी-सौंधी बूँदों से भरे रहना। हरे रंग के हरियाये रहने के लिए बूँदों की हमेशा ज़रूरत रहती है। हरी लड़की के पंख भी नहीं थे कि वो उड़कर बादलों के पास पहुँच जाए और अपने हिस्से की बूँदें ले आए। हरे रंग की सबसे बड़ी कमी यही है कि उसे पृथ्वी की तरह बिछे रहना पड़ता है, और इन्तज़ार करते रहना पड़ता है अपने हिस्से की बूँदों का। आजकल इसीलिए कोई भी हरा नहीं होना चाहता।

हरी लड़की के सपने भी हरियाते रहते थे और हमेशा किसी बादल के बंजारे से टुकड़े की आहट को तकते रहते थे। हरी की हरियारी आँखें (कजरारी की तरह) सीप की दरार से झाँकती रहती थीं और ताकती रहती थीं आसमान की ओर। आसमान जहाँ से बादल आते हैं और जिनमें बूँदें होती हैं, बूँदें जो हरेपन का सबसे आवश्यक तत्त्व हैं। हरी के हिस्से का जो आसमान था उसमें बादलों की आवाजाही बिल्कुल नहीं थी, बादल तो केवल उसके सपनों में ही होते थे, हरे वाले सपनों में। हरी के हिस्से का आसमान मतलब सीप की दरार के पार नज़र आनेवाला असामान।

हालाँकि हरी को हमेशा से ही कहा गया था कि बादलों के बारे में सोचना गलत होता है। गलत... ? मगर आँखें जब हरी हो जाती हैं तो उनमें बादल के सपने खुद ही आ जाते हैं। हरेक हरापन खुद ही प्रतीक्षा करने लगता है बूँदों की, तो हरी वाली लड़की जो बड़ी भी थी उसके सपनों में भी बादल आते-जाते थे। हरी वही जो नीली वाली से भी बड़ी है और पीली वाली से भी और जो पूरी तरह से हरी है, जिसकी आँखें, जिसके सपने सब हरे हैं और जिसके पंख नहीं हैं, वो हरी।

हरी के हिस्से का वह आसमान जो इसकी हरी-हरी आँखों में सिमटा हुआ था उस आसमान में बादलों की आवाजाही काफी कम थी। अब इसे ऐसा भी नहीं कह सकते कि सीप पर बादल कभी आये ही नहीं थे, क्योंकि तीनों लड़कियाँ वहाँ थीं इसका मतलब साफ था कि पहले इस इलाके में बादल खूब आते थे। अधखुली सीप से छनकर आते सुबह की धूप के एक कच्चे से टुकड़े में एक दिन हरी ने देखा कि उसके हाथ का एक हिस्सा हल्का पीला-सा नज़र आ रहा है। हरी ने थोड़ा बहुत वनस्पतिशास्त्र पढ़ रखा था इसलिए उसे पता था इटियोलेटेड पौधों के बारे में। वे पौधे जो सूर्य के प्रकाश, हवा, पानी से दूर रहते हैं वे हरे न रहकर पीले हो जाते हैं। इन्हें इटियोलेटेड प्लांट कहा जाता है। किसी जमे हुए पत्थर को हटा कर देखो तो उसके नीचे की सारी वनस्पति हरी न होकर पीली होती है। तो हरी भी डरती थी

इटियोलेटेड हो जाने से। डरती इसलिए भी की कि अगर इटियोलेटेड हो गयी तो वो भी पीली हो जाएगी छोटी वाली की तरह। और फिर दो-दो पीली हो जाएँगी, फिर ये पहचानना भी मुश्किल हो जाएगा कि पीली वाली हरी कौन सी है और पीली वाली पीली कौन-सी है । इसीलिए हरी हमेशा हरियाई हुई ही रहना चाहती थी। हालाँकि कहने वाले तो ये भी कहते हैं कि उस दिन हरी को भ्रम हुआ था। वास्तव में तो सुबह की कच्ची धूप पड़ने के कारण हाथ पीला दिखाई दे रहा था। मगर हरी ने जब अपने हाथ का पीलापन देखा तो चौंक गयी "इटियोलेशन... ?" उसने अपनी सुबह की अलसाई आँखों को हथेलियों से मसला और फिर हाथ की ओर देखा। रंग का चकत्ता अब भी पीले का पीला ही था। हरी घबरा गयी। हरी चूँकि पृथ्वी थी इसलिए वो पीले हो जाने से डरती थी, हरी इसलिए भी डरती थी क्योंकि उसके हिस्से का जो आसमान था उसमें बादलों की आवाजाही पहले ही काफी कम थी। अपने हाथ पर बन गये पीले चकत्ते को उसने नहाते समय खूब मला पर वो चकत्ता जस का तस ही रहा। पृथ्वी रूप में स्नान करती हुई हरी ने अचानक अपने शरीर की ओर देखा तो...। इटियोलेशन-इटियोलेशन-इटियोलेशन...। पृथ्वी काँप रही थी, बादलों के बिना पृथ्वी काँप रही थी, हरी वाली पृथ्वी काँप रही थी, हरी आँखों वाली पृथ्वी काँप रही थी, पृथ्वी को पता था कि बिना सूर्य और बादल के ये होना ही है। लेकिन ऐसा भी नहीं है कि वह ख़ुद ही सूर्य और बादल नहीं चाहती थी।

पृथ्वी ने अपनी ओर देखा। कुछ देर तक देखती रही। धीरे धीरे इटियोलेशन बढ़ रहा था। पृथ्वी ने भाग जाना चाहा बाहर। बाहर, जहाँ सूर्य था। हरी ने भाग जाना चाहा पहाड़ों की ओर, पहाड़, जहाँ पर बादल रुकते हैं और बिना पंखवाले लोग जहाँ पर अपने हिस्से का बादल तलाशने जाते हैं। हरी ने आवाज लगानी चाही बादलों को अपने हिस्से की नमी के लिए, पर हरी कुछ भी नहीं कर पायी, पृथ्वी जो थी। उसे अचानक याद आ गया कि वह हरी है, वह पृथ्वी है। और इसीलिए वह भाग नहीं सकती। हरी ने सब कुछ भूलकर फिर भी भागना चाहा पर वो पृथ्वी थी, नहीं भाग पाई। स्नानगृह में बने रोशनदान के बाहर मौसम तेजी से गुज़रते रहे और पृथ्वी वहीं स्नानगृह में बैठी इटियालेटेड होती रही। पूरी तरह से इटियोलेटेड होते ही पृथ्वी गलने लगी। वहीं बैठे-बैठे गलती रही। बाहर मौसम गुज़रते रहे, पृथ्वी गलती रही। न नीले रंग को पता चला और न पीले को कि पृथ्वी स्नानगृह में बैठी इटियोलटेड हो चुकी है और फिर गल भी रही है। दरअसल नीले और पीले रंग ने कभी सोचा भी नहीं कि परिदृश्य से हरा रंग गायब हो चुका है। जब पूरी तरह से इटियोलेटेड हो चुकी, पृथ्वी पूरी तरह से गल भी गयी तो स्नानगृह की नाली से होकर बह गयी, बह गयी बाहर की ओर, बाहर, जहाँ वो कब से जाना चाहती थी।

सूरज ने देखा, पहाड़ों ने देखा, बादलों ने देखा सबने देखा स्नानगृह की नाली से रिसकर बहते पीले रंग को। बाहर मौसम गुज़रते रहे और पृथ्वी रिसती रही। जब पूरी तरह रिस गयी तो गुज़री हुई बात हो गयी। नीले और पीले रंगों को पता भी नहीं चला कि हरी गल भी गयी और फिर रिस भी गयी। हरी जिसके बारे में नीले और पीले रंगों ने जानना भी नहीं चाहा कि हरी कहाँ गयी? हरी जिसकी कहानी खत्म हो गयी। हरी जिसने केवल एक बादल चाहा था, थोड़ी सी धूप और एक मुट्ठी नमी चाही थी, नमी जिसको वो अपने अन्दर बीज लेती। हरी जो बड़ी थी, नीली से भी बड़ी और पीली से भी बड़ी, उसकी कहानी खत्म हो गयी। इति हरी कथा।

अथ नीली कथा

बड़ी वाली से छोटी और छोटी वाली से बड़ी थी नीली। नीली जिसका रंग नीला था। बारिश से धुले हुए कच्चे, टटके आसमान की तरह नीला। जिसकी आँखें नीली थीं, जिसके सपने नीले थे, और जिसके पंख भी नीले थे। नीली जो सीप में रहती थी, नीली जो मँझली थी। नीली जिसके पंख भी थे। हालाँकि नीली की कहानी तो उससे भी काफी पहले शुरू हो जाती है जब पृथ्वी ने पहली बार अपने शरीर पर इटियोलेशन देखा था, उससे भी काफी पहले जब पृथ्वी गल गयी और गल कर रिस गयी। उससे भी काफी पहले जब हरी इस तरह खत्म हो गयी जैसे वो थी ही नहीं।

तो ये थी नीली। चूँकि ये नीली थी इसलिए इसके सपने भी नीले थे। दूर तक फैले हुए जिनका कोई ओर-छोर नहीं था। चूकि ये नीली थी इसीलिए इसके पंख भी थे 'नीले पंख'। चूँकि ये नीली थी इसलिए ये आसमान की तरह विस्तृत थी, चूँकि ये नीली थी इसलिए पृथ्वी की तरह बिछी हुई नहीं थी बल्कि आसमान की तरह छाई हुई थी। नीली पर सबसे पहले जब पंखों के कल्ले फूटे, तभी उसकी आँखों में भी एक छोटा सा सपना कुनमुनाया था। छोटा सा, नीला सा सपना। फिर उसके बाद पंख जैसे-जैसे बढ़ते गये पंख के साथ साथ सपने भी बढ़ते गये। इतने बढ़े कि सीप के अन्दर का छोटा सा आसमान उन सपनों के सामने छोटा, छोटा, बहुत छोटा होता गया।

नीली को भी सीप की दरार से नज़र आ रहा आसमान बहुत ललचाता। वो भी आसमान हो जाना चाहती थी और फिर नीली के साथ तो हरी की तरह वो समस्या भी नहीं थी कि उसे अपने हिस्से के बादलों की तलाश में पहाड़ पर जाना पड़े। नीली के पास तो अपने पंख थे। पंख जो उसे आसमान बना सकते थे। हरी ने तो अपने लिए एक मुट्ठी बादल का सपना देखा था। पर नीली का सपना तो खुद आसमान हो जाने का था, आसमान जिसमें बादल भी रहते हैं और सूरज भी। इतने

बादल, इतने बादल कि एक उम्र भी कम पड़ जाए।

सीप की दरार के पास बैठी नीली बाहर दिख रहे बीच में नीले और किनारे पर धूसर आसमान को देख रही थी तभी उस आसमान पर चक्कर लगा रहे एक बादल के छोटे-से सफेद टुकड़े ने नीली की नीली आँखों को देखा। आसमान के समान नीली आँखों को। बादल झुककर दरार के पास आ गया, सीप की दरार के पास। लोग तो ये कहते हैं कि नीली उसी बादल के साथ पहली बार उड़ी थी। उसी के कारण पहली बार दरार से बाहर भी आयी थी, सच क्या है ये तो कोई नहीं जानता मगर हाँ ये बात ज़रूर है कि नीली की नीली आँखों में वो बादल धुआँ बनकर उतर गया था। नीली ने आँखों में उतर रहे उस धुएँ के एक क़तरे को जब ज़बान पर रख कर चखा तो उसके पंख खुद-ब-खुद खुल गये और वो उड़ने लगी। सीप के बाहर नीले रंग से गहगहाते आसमान में ऊपर, ऊपर, बहुत ऊपर उड़ती चली, गयी वहाँ तक जहाँ जाकर वो खुद भी आसमान हो गयी।

उस दिन जब आसमान बनकर नीली वापस आयी तो वह गुनगुना रही थी। गुनगुनाने का मतलब यही था कि उसे आसमान बनना अच्छा लगा था। उसके बाद यही सिलसिला चलता रहा, नीली के दरवाजे पर कोई बादल आता और नीली उस बादल के लिए आसमान बन जाती। हर बार जब लौटती तो पहले से तेज़ आवाज़ में गुनगुनाती हुई लौटती थी। पहले उसकी आवाज सीप तक ही सीमित थी फिर गली मोहल्ले से होकर पूरे शहर में गूँजने लगी । बादलों की आवाजाही बढ़ने लगी। नीली जो आसमान बनने के सपने देखती थी उसके सपने पूरे होते जा रहे थे।

आसमान बनते-बनते नीली कब थक गयी, उसकी कोई विशेष तारीख तो नहीं है। हाँ इतना पता है कि एक दिन जब नीली किसी बादल को अपने अन्दर समेटे आसमान बनी हुई थी तब उसे भी हरी की तरह एक चकत्ता अपने ऊपर दिखाई दिया। गहरा लाल-चकत्ता। नीली ने उसे खुरच कर देखा पर वो नहीं गया। नीली ने रसायन शास्त्र पढ़ा था और उसको अचानक याद आया कि वो तो नीले लिटमस की बनी है, जिस पर अम्ल की क्रिया उसे लाल कर देती है। और बादलों के पास तो केवल अम्ल ही है। उस रोज पहली बार नीली जब आसमान बनकर लौटी तो गुनगुना नहीं रही थी चुप थी।

नीली लाल नहीं होना चाहती थी, जानती थी अगर पूरी लाल हो गयी तो गल जाएगी। वो बादलों से बचने लगी मगर आसमान हो जाने के बाद बादलों से बचना बहुत मुश्किल होता है। लाल चकत्ते बढ़ने लगे। आसमान धीरे धीरे लाल हो रहा था। लाल होने का मतलब था कि रात करीब है। रात मतलब आसमान का काला हो जाना। काला होना मतलब बुझ जाना।

वही स्नानगृह था, वही मौसम था मगर इस बार वहाँ हरी की जगह नीली थी,

पूरी तरह से लाल हो चुकी नीली जिसका अब केवल नाम ही नीली था और कुछ भी नहीं। लाल हो चुका आसमानी लिटमस धीरे-धीरे किनारों से गलना शुरू हो गया था। पंखों की फितरत सबसे खराब होती है, ये जहाँ एक ओर आपको आसमान बनाने का काम भी करते हैं तो वहीं सबसे पहले गल कर गिरते भी यही हैं। स्नानगृह के फर्श पर आसमान ने अपने पंखों को गलकर गिरते हुए देखा। पंख जो कभी नीले थे मगर अब लाल बनकर पड़े हुए थे और गल रहे थे। नीले लिटमस से बना आसमान लाल हो चुका था और इस तरह से गल रहा था मानो बरस रहा हो। दूर-दूर तक कहीं कोई बादल नहीं था आसमान अकेला ही गल रहा था। स्नानगृह का फर्श जो एक बार पहले पीला हो चुका था आज लाल रंग से सना हुआ था। गले हुए आसमान के लिटमस के लोथड़ों के लाल रंग से। फिर वही हुआ, लाल रंग धीरे-धीरे नाली में रिसने लगा, नाली से बहता लाल रंग तब तक बहता रहा जब तक लाल आसमान पूरी तरह से गल कर रिस नहीं गया।

आसमान रिस चुका था और कहीं कोई हलचल नहीं थी। एक भरा-पूरा आसमान नीले से लाल होकर गल गया और रिस भी गया और फिर नाली से होकर बह भी गया मगर सीप के बाहर के मौसम को पता भी नहीं चला। नीली नाली में बह गयी थी और बादल कहीं और जा चुके थे। इति नीली कथा।

अथ पीली कथा

पीली तो जन्म से ही पीली थी। गेंदे के फूल की तरह पीली ,हल्दी की तरह पीली। आग के अन्दर नजर आने वाले अन्दरूनी वृत्त की तरह पीली। इस बारे में भी दो बाते हैं कुछ का कहना है कि दरअसल तो पीली जन्म से ही इटियोलेटेड थी, वहीं कुछ का कहना था कि पीली सपने देखती ही नहीं थी, ना तो पृथ्वी की तरह बिछने के हरे सपने, और ना ही आसमान की तरह छा जाने के नीले सपने। और चूँकि सपने नहीं देखती थी इसीलिए पीली थी। हल्दी की तरह से पीली। पीली की आँखें भी ज़र्द थीं, इतनी ज़र्द कि सपने वहाँ आते हुए भी डरते थे। पीली आँखें इतनी स्थिर रहती थीं कि उनमें देर तक झाँका जा सकता था।

पीली के पास कोई सपने नहीं थे, न बादल के, न सूर्य के, ना पृथ्वी के और न आसमान के। पीली जब सीप की दरार से नज़र आ रहे आसमान की ओर देखती तो वो आसमान उसे एक दीवार की तरह लगता। नीले रंग से पुती हुई एक दीवार। दीवार जो कठोर होती है, दीवार जो उस पार का दिखने या देखने से रोककर रखती है। दीवार जो केवल इसलिए दीवार होती है क्योंकि दीवार होने के अलावा वो और कुछ कर भी नहीं सकती। पीली को नीला आसमान दीवार की तरह इसलिए नज़र आता था क्योंकि आसमान को आसमान की तरह देखने के लिए आँखों में ढेर सारे

सपने होना ज़रूरी है। सपनों के कोहरे से बसी आँखें जब आसमान की ओर देखती हैं तभी आसमान आसमान हो जाता है, गहरा, धुन्ध खाया, बीच में चटख नीला और क्षितिजों पर धूसर आसमान। आसमान जो सपनों की बीज स्थली है, वही आसमान पीली को दीवार की तरह नजर आता था।

पीली चाहती थी कि कोई और उसके हिस्से के सपनों को देख ले। वो अपने सपने खुद नहीं देखना चाहती थी। डरती थी ऐसा तो नहीं कहा जा सकता पर वो सपनों की साझेदारी चाहती थी। वो चाहती की कि अपने अभी तक नहीं देखे गये सपनों की ढेर सारी पुड़ियाएँ बना ले पीली, ज़र्द, हल्दिया काग़ज़ की पुड़ियाएँ और फिर बाँट दे उन सारी पुड़ियाओं को हर किसी को, जाने को भी, अनजाने को भी। अपने पास एक भी पुड़िया नहीं रखना चाहती थी वो। चाहती थी कि उसके नहीं देखे गये सपनों को बाकी लोग देखें और उन लोगों की आँखों में अपने सपनों का धुआँलापन वो देख पाए। पीली जो आसमान भी नहीं थी और जो धरती भी नहीं थी। पीली जिसकी आँखें इतनी पीली थीं कि सपने वहाँ आते हुए डरते थे और अक्सर सारे सपने बिना दिखे ही रह जाते थे, वही सपने जिनकी पुड़ियाएँ पीली बनाना चाहती थी।

बिना सपनों की इस पीली ने एक दिन जब दरार से बाहर झाँका तो देखा कि बाहर एक गेंदे का फूल खिला है। जर्द पीला गेंदे का गदबदा फूल, पीली काँप गयी। उसने तुरन्त अपने अनदिखे सपनों को टटोला कि कहीं उनमें से कोई कम तो नहीं हो गया। मगर सपने तो अनदिखे थे वे भला कैसे कम होते। सपनों के खर्च होने के लिए जरूरी है, उनका देखा जाना और पीली के सपने तो पीली के सपने थे। पीली ने फिर याद करने की कोशिश की कि कहीं उसमें कोई पुड़िया सचमुच तो नहीं बना दी थी। मगर उत्तर फिर नकारात्मक था। फिर ये फूल? ये कहाँ से आया? उसके सपने स्थगित जरूर थे, मगर उपस्थित तो थे, पूरी मात्रा में उपस्थित, एक भी अनुपस्थित नहीं। पीली ने अपनी पीली आँखों के पिछले सिरे से सारे सपने निकाले और चादर पर डाल दिये। फिर एक-एक कर सबको गिना, सारे वहाँ थे। पीली अचम्भे में थी।

रात भर पीली को नींद नहीं आयी। जब सुबह हुई तो पीली की आँखें बुझी हुई थीं। बुझी हुई आँखों से जब वह दरार के पास आयी तो देखा पीले फूल पर एक तितली बैठी है, पीली तितली, पीली काँप गयी, एक और सपना? कौन कर रहा है? और कैसे कर रहा है? सारे सपने तो वहीं है। और फिर वो तो खुद ही अपने सपनों की पुडियाएँ बना चाहती है फिर ये कौन है जो ? पीली ने एक बार फिर सारे सपने टटोले। मगर सारे वहीं थे। पीली को लगा कि शायद वो खुद ही...। मगर ऐसा कैसे हो सकता है सपने तो वो देखती ही नहीं है। पीली का हल्दी-सा ज़र्द रंग

फीका होने लगा था। उसे अपराधबोध हो रहा था कि वो अपने सपनों के साथ खुद ही कुछ-न-कुछ कर रही है। ऐसा जो उसे नहीं करना चाहिए। ऐसा जो ग़लत है, ग़लत...? अगर नहीं कर रही है तो फिर ऐसा कैसे हो सकता है।

अगली सुबह पीली के लिए और ज्यादा चौंकानेवाली थी दरार के बाहर खड़ा अमलतास रातों रात फूल गया था, लदा हुआ था पीले झोलदार गुच्छों से, इस तरह मानो सारा पीला रंग पी डाला हो। गेंदे का पेड़ भी रातोंरात फूलों से लद गया था और जमीन की घास में भी रातोंरात ढेर सारे पाँखर कुसुम खिल गये थे, पीले पाँच पत्तियों वाले पाँखर कुसुम, इस तरह कि पूरी जमीन पीली नज़र आ रही थी। और हवाओं में थीं ढेर सारी तितलियाँ, पीली बड़े-बड़े पंखों वाली तितलियाँ। ढेर तितलियाँ जो आसमान को ढँककर कर उसे भी पीला बना रही थीं। पीली काँपने लगी, पीली आपाद मस्तक काँप रही थी, दरार के बाहर सब कुछ पीला था , पीली के अनदिखे सपनों की तरह पीला। उन सपनों की तरह पीला जिनकी पुड़ियाएँ बनाना चाहती थी पीली।

पीली काँपती हुई, भागती हुई अन्दर गयी आँखों के पीछे की पोटली निकाली और उसे खोलकर फिर सारे सपनों को चादर पर बिछा दिया। एक, दो, तीन, चार, सारे वहीं थे। पीली ने एक बार फिर टटोलकर गिना। अचानक एक सपना जब उसने छुआ तो उस सपने के किनारे नम थे। पीली ने उस सपने को पास लाकर सूँघा तो उस सपने में सौंधी सौंधी महक आ रही थी। आषाढ़ की तपी हुई धरती पर गिरी पहली बूँद से उठने वाली महक, पीली सहम गयी। उसने एक-एक कर सारे सपनों को उठाकर देखा, सारे नम थे। किनारे किनारे से नम। और सारे ही महक रहे थे। सीली-सीली-सी छुअन और सौंधी सी महक से भरे हुए थे सारे के सारे अनदिखे सपने। सारे के सारे नम थे, इतने कि अब उनकी पुड़ियाएँ भी नहीं बनाई जा सकती थीं। पीली ज़र्द पुड़ियाएँ जो पीली हमेशा से बनाना चाहती थी। पीली ने सपनों की पोटली की रस्सी को देखा। रस्सी बिल्कुल ठीकठाक थी। फिर ये कैसे हुआ, पीली सपनों को उसी तरह चादर पर डला हुआ छोड़ फिर बाहर भागी दरार की तरफ ।

दरार के बाहर सब कुछ और भी पीला हो चुका था। पाँखर कुसुमों ने पीले रंग का गलीचा बना दिया था, आसमान में पीली तितलियाँ टिड्डी दल की तरह छा गयीं थीं। अमलतास और गेंदे में इतने फूल आ गये थे कि उनकी पत्तियाँ दिखाई भी नहीं दे रही थी। पीला, पीला, पीला, चारों तरफ एक ही रंग दिखाई दे रहा था। पीली बुरी तरह से चीखी और फिर अन्दर की तरफ भागी। अन्दर जहाँ चादर पर उसके सपने डले हुए थे, अनदिखे पीले सपने। अन्दर आकर उसने देखा कि उसके सपनों में से सौंधा-सौंधा धुआँ उठा रहा है। कोहरे की तरह ठंडा और सफेद धुआँ। उस ठंडे धुएँ में ठंडा होने के बावजूद लोबान की खुशबू आ रही थी। पीली ने

चीखकर एक बार फिर बाहर भागना चाहा पर भाग नहीं पायी।

यहाँ पर फिर दो तरह की बातें हैं। वो कहावत है ना कि जितने मुँह उतनी बातें। ठीक उसी तरह से यहाँ पर भी दो बातें हैं। कुछ लोग कहते हैं कि पीली ने भागना चाहा था लेकिन उस धुएँ ने उसे उलझा लिया। वो कोहरे समान धुआँ उसके पैरों से रस्सी की तरह लिपट गया। उसे इस तरह से जकड़ लिया कि फिर पीली भाग ही नहीं पायी। वहीं छटपटाती रही। वहीं कुछ लोगों का ये भी कहना है कि पीली ने वास्तव में भागना चाहा ही नहीं। उसे उस ठंडे धुँआले कोहरे की छुअन और उससे निकल रही लोबान की मादक गन्ध ने रोक लिया। और फिर उसने भागने का सोचा भी नहीं।

हक़ीक़त चाहे जो भी हो लेकिन हुआ यही कि पीली भागी नहीं। उसी कोहरे में घिरी रही जो चादर पर पड़े नम सपनों के किनारों से निकल रहा था, पीली उसी लोबानी कोहरे में डूबी रही। धीरे-धीरे धुएँ के कारण पीली से सफेद होने लगी। धुआँ उसके ज़र्दपन को खींच रहा था। पीली ने अपनी आँखें बन्द कर ली वो अपने पीले रंग को सफेद होता नहीं देखना चाहती थी। धुआँ पीली के पीलेपन को पीता जा रहा था। पीली पूरी तरह सफेद हो चुकी थी। और अब किनारों से नम भी होती जा रही थी। धीरे-धीरे पीली ने भी धुआँ बनना प्रारम्भ कर दिया। सौंधा-सौंधा कोहरे समान धुआँ। लोबान की महक से गमकता धुआँ। चादर से उठ-उठकर सपने एक एक करके पीली में समा रहे थे और पीली धीरे धीरे धुआँ बन रही थी। उसकी आँखें अभी भी बन्द थीं। सिरों से झर झरकर पीली धुआँ बन रही थी। धुआँ कगारे से बाहर निकल कर दरार से बाहर निकलने लगा था, बाहर जहाँ अमलतास था, गेंदा था, पाँखर कुसुम था, और तितलियाँ थीं। धीरे, धीरे, धीरे ,पीली धुआँ बनती गयी, बनती गयी, बनती गयी। धुएँ का आखरी थक्का जब दरार से बाहर आया तो कमरा खाली हो चुका था। वहाँ न चादर पर पड़े हुए सपने थे और न पीली थी, सब कुछ धुआँ बनकर उड़ चुका था। कमरे में हल्की-हल्की लोबानी गन्ध अवश्य आ रही थी। बाहर निकल कर धुआँ अमलतास और गेंदे के फूलों, पाँखर कुसुम की पँखुरियों और तितलियों के परों से लिपटा रहा। फिर धीरे-धीरे वहाँ से भी झर गया उसी तरह जिस तरह अमलतास के फूल झरे, गेंदे के फूल झरे, पाँखर कुसुम झरे और तितलियों के पर। अब न धुआँ था और न पीलापन। पीली जा चुकी थी। इति पीली कथा।

तो ये थी तीन लड़कियाँ जो सीप में रहती थीं। तीन लड़कियाँ एक हरी, एक नीली और एक पीली। सीप के बाहर आज भी मौसम बदलते हैं, बादल आते हैं, सूरज आता है, फूल आते हैं, तितलियाँ आती हैं। मगर सीप के अन्दर का मौसम एक ही जगह पर ठहरा है। लोग कहते हैं कि जब बादल घिरते हैं तो सीप के पीछे

वाली नाली में कुछ पीला-पीला-सा रिसने लगता है और जब आसमान धुलकर गहरा नीला हो जाता है वो उसी नाली से लाल रंग-सा कुछ बहता है। और जब अमलतास पर फूल आते हैं तो सीप की दरार से सफेद, लोबानी, कोहरे समान धुआँ निकलता है। आपने देखा है कभी ? नहीं देखा? क्या बात करते हैं? अभी तक नहीं देखा? कहाँ है ये सीप? क्या पूछ रहे हैं? आपके घर के पास ही तो है, एक, या शायद दो घर छोड़कर इस तरफ या शायद उस तरफ। अबकी बार ध्यान से देखिएगा सीप वहीं है। और जब भी ऐसा होता है तो झुर्री खाये चेहरेवाली कोई बुढ़िया, धुआँली, सूखी आँखों को शून्य में टिकाकर उदास से स्वर में कहानी को शुरू करती है, '...एक बार एक सीप में तीन लड़कियाँ रहती थीं। हरी नीली और पीली...।'

ये कहानी नहीं है

वैसे तो इस कहानी... क्षमा करें! मैं तो पूर्व में ही लिख चुका हूँ कि ये कहानी नहीं है, तो फिर इसे कहा क्या जाए...? चलिए, इसे एक घटना कह लेते हैं। हाँ तो इस घटना का केन्द्रीय पात्र मैं ही हूँ? और कोई हो भी कैसे सकता है? अपने आपको केन्द्रीय पात्र रखने में जो आनन्द है वो किसी दूसरे को नायक बना देने में कहाँ है! हम सब इसी भ्रमजाल में तो जी रहे हैं कि हम ही नायक हैं। ख़ैर, फ़िलहाल तो यह तय हुआ कि घटना का केन्द्रीय पात्र मैं ही हूँ। मेरे समेत इस पूरी घटना में केवल चार ही पात्र हैं, ये आपकी सुविधा के लिए है, आपकी...? मतलब आप पढ़नेवालों की सुविधा के लिए। आपके पास आजकल समय ही कहाँ है पढ़ने-वढ़ने का। बड़ी मुश्किल से तो आपने थोड़ा सा समय निकाला है। उस थोड़े-से समय में भी मैं आपको उलझा डालूँ तो आगे से आप वह थोड़ा-सा समय निकालना भी बन्द कर देंगे।

घटना के मेरे अलावा जो बाकी के तीन पात्र हैं, उनमें से दो पुरुष हैं और एक स्त्री है। हम चारों एक ही बिरादरी में अलग-अलग ऊँचाइयों पर विराजमान लोग हैं। शुरुआत करते हैं मुझसे। मैं काग़ज़ पर अक्षरों से कुछ पहेलियाँ रचता हूँ और प्रयासरत हूँ कि मुझे भी लेखक मान लिया जाए। हालाँकि मैं पूर्व में लिख चुका हूँ कि मैं भी उसी बिरादरी का हूँ लेकिन ये मेरा व्यक्तिगत विचार है, अभी बिरादरी का विचार तय होना बाक़ी है। मेरे अलावा जो बाकी के तीन हैं उनमें से एक स्त्री और एक पुरुष को पति-पत्नी जैसा ही कुछ कहा जा सकता है। सामाजिक मान्यताओं और परम्पराओं को मद्देनज़र रखा जाए तो इन दोनों में जो पत्नी नाम का पात्र है उस पात्र के गले में बाक़ायदा एक मंगलसूत्र है जो पति नाम के पात्र ने काफ़ी सारे साक्षियों के सामने ना जाने क्या सोचकर पहना दिया था। पत्नी नाम के पात्र ने अभी तक उसे पहन रखा है इसलिए कह सकते हैं कि वह पत्नी है।

अब इन दोनों पात्रों को नाम क्या दिया जाए? ठहरिए-ठहरिए... नाम देने के पहले मैं बता दूँ कि ये दोनों बाक़ायदा लेखक हैं। कई सारी साहित्यिक गोष्ठियों में

दोनों मंच पर पास-पास की कुर्सियों पर बैठते हैं और माना जाता है कि दोनों की सफलता में एक-दूसरे का बड़ा योगदान है। ये 'माना जाता है' वाक्य किसके सन्दर्भ में लिखा जा रहा है वह कुछ स्पष्ट नहीं है। क्योंकि काफी लोगों का ऐसा मानना है कि दोनों में से लिखता कोई एक ही है, दोनों नहीं लिखते। कुछ लोगों का ऐसा भी मानना है कि दोनों ही नहीं लिखते। ख़ैर, फिर भी इस 'माना जाता है' को ही माना जाए। हाँ तो दोनों को नाम क्या दिया जाए। चलिए महिला और पुरुष से काम चलाते हैं। परेशान मत होइए, आप ये ही सोच रहे हैं न कि पुरुष तो घटना में तीन हैं, फिर ये कैसे पता चलेगा कि किस पुरुष की बात हो रही है? चिन्ता न करें दूसरा वाला जो पुरुष पात्र है वो पुरुष है ही नहीं, फिर...? दरअसल वो तो महापुरुष है। अब बाक़ी बचा मैं, तो मैं ही कौन-सा पुरुष हूँ, मैं तो मैं हूँ, न स्त्री न पुरुष केवल मैं। तो तय हुआ कि घटना में जो लगभग पति-पत्नी हैं उनके नाम महिला और पुरुष है। मेरा नाम 'मैं' है।

अब चलें अपने चौथे पात्र की तरफ। कहानी का चौथा पात्र दरअसल में बिरादरी का मोटावाला खम्भा है, इसलिए मैंने कहा था कि वो पुरुष नहीं है, वो तो महापुरुष है। इस महापुरुष की एक सुदृष्टि किसी को भी बिरादरी में ले आती है, कुदृष्टि क्या कर सकती है यह बताने की आवश्यकता नहीं है। ख़ुद कुछ नहीं लिखते हैं, मगर चूँकि दूसरों के लिखे हुए की आलोचना, समालोचना समीक्षा करते हैं, इसलिए महापुरुष हैं। इनकी क़लम, देश-काल और परिस्थिति के अनुसार ही स्याही उगलती है। उगलना भी चाहिए, आख़िर को वो कोई छोटी मोटी क़लम थोड़े ही हैं, वह तो महान बनानेवाली क़लम हैं।

ख़ैर अब घटना शुरू करने से पहले बस एक बात और, हम चारों का थोड़ा सा वर्णन। मैं स्वयं तो वैसे अशरीरी पात्र हूँ फिर भी बता देता हूँ कि मैं तीस वर्ष के लगभग का युवक हूँ। आँखों में मध्यवर्गीय लालच है इसलिए अवसर पाते ही महापुरुषों के चरणों को चाट-चाटकर अपनी वफ़ादारी बताने का प्रयास करता रहता हूँ। पुरुष गंजा, तोंदियल और अनाकर्षक है, इसके विपरीत महिला वैसी ही है, जैसी उसे होना चाहिए या इस घटना की महिला पात्र को जैसा होना चाहिए। हमारे महापुरुष भी पूर्ण महापुरुष हैं, सुता हुआ इकहरा शरीर, झक सफेद धोती कुर्ता पहनते हैं, कभी कभी प्याज़ी या मूँगिया कलर का कुर्ता भी पहनते हैं। थोड़ी मोटी फ्रेम का चश्मा लगाते हैं, मतलब कुल मिलाकर वैसे ही हैं जैसे कि महापुरुष होते हैं।

चलिए अब घटना को शुरू करते हैं। मैं जब उस शहर में उतरा तो यह तय था कि मुझे रात भी यहाँ रुकना है। महिला और पुरुष से मेरा रिश्ता ऐसा है कि मैं वहाँ रुक सकता हूँ और इस रुकने के पीछे मेरा वास्तविक मक़सद है महिला और पुरुष

के घर से दो घर छोड़कर रहने वाले महापुरुष के चरणों को चाट कर अपनी उपस्थिति दर्ज करवाना। क्योंकि ऐसा करे हुए मुझे काफ़ी समय हो गया है। वैसे तो महापुरुष मुझे अच्छी तरह से जानते हैं किन्तु महापुरुषों की याददाश्त ज़रा कमज़ोर होती है, अगर बहुत दिनों तक कोई तलवे चाट के नहीं जाए तो ये उसको भूल भी जाते हैं।

दिन भर अपना काम निबटाकर जब मैं महिला के घर पहुँचा तो वो अकेली थी। मुझे देखते ही बोली, ''अरे...! आज कैसे रास्ता भूल गये भई...?''

''बस यहाँ कुछ काम से आया था, काम पूरा हुआ तो सीधा यहाँ आ गया कि आज रात यहाँ ही रुका जाए,'' मैंने मुस्कराते हुए कहा। ''क्यों नहीं, क्यों नहीं...? जाओ जाकर मुँह हाथ धोकर फ्रेश हो जाओ, मैं कुछ हल्का-फुल्का खाने की व्यवस्था करती हूँ,'' महिला ने कहा।

मैं उस कमरे की ओर बढ़ गया जिसमें मैं अक़सर ठहरता रहता हूँ। चाय की चुस्कियों के बीच हमारे मध्य साहित्य, लेखन को लेकर चर्चाओं का लम्बा दौर चला। महिला का मानना था कि उसकी प्रतिभा का पूर्ण दोहन नहीं हो पा रहा है। मैं गौर से उसकी ओर देखता रहा। थोड़ी बुढ़ा ज़रूर गयी है लेकिन अभी भी बहुत कुछ बाकी है। पुरुष नहीं आये हैं। महिला ने बताया कि वो अकसर देर रात तक आते हैं, काफी व्यस्त रहते हैं। शाम गहरा गयी या यूँ कहिए कि रात ही हो गयी। मुझे लगा कि अब मुझे अपना वास्तविक कार्य भी पूरा कर लेना चाहिए। मैंने कहा कि मैं ज़रा महापुरुष के घर तक होकर आता हूँ। ''ठीक है हो आओ, तब तक ये भी आ जाएँगे, फिर साथ ही खाना खाएगें।'' महिला ने उत्तर दिया।

मैं टहलता हुआ महापुरुष के घर पहुँचा। आप भले ही इसे न मानें लेकिन सच यही है कि महापुरुष अकेले ही बैठे थे, होता है ऐसा, महापुरुष हमेशा ही भीड़ से घिरा रहे ऐसा कोई ज़रूरी तो नहीं। जाते ही मैंने साष्टांग से थोड़ा कम वाला प्रणाम किया। महापुरुष ने गद्गद् होते हुए कहा, ''अरे बस बस... कब आये?'' मैंने कहा, ''बस चला ही आ रहा हूँ, सोचा सबसे पहले आपके दर्शन कर लूँ काफी समय हो गया था।''

''और कैसा चल रहा है लेखन?'' महापुरुष का गद्गदपन अभी भी बाकी है। मेरी चाटुकारिता, लिजलिजापन इसे और बढ़ा रहा है।

''कहाँ का लेखन? बस यूँ ही कुछ प्रयास कर लेता हूँ, वो भी जितना आपका मार्गदर्शन मिल जाए बस उतना ही।'' मैंने अपने लिजलिजेपन को और बढ़ाते हुए कहा।

''अरे हाँ तुम्हारी एक कविता पढ़ी थी कहीं, क्या तो शीर्षक था। ठीक थी कविता, मगर तुमसे मैं इससे भी कहीं ज्यादा की उम्मीद रखता हूँ।'' ये उनकी

आदत है, जैसे-जैसे सामनेवाले का लिजलिजापन बढ़ता है वे खुलना शुरू हो जाते हैं।

"आपने पढ़ी थी..?" मेरे स्वर में इस तरह के भाव आ गये मानो उनका पढ़ लेना कोई अद्भुत घटना है। "आप पहले भी कह चुके हैं कि और ज्यादा कुछ आप चाहते हैं, लेकिन क्या करूँ बहुत प्रयास करने के बाद भी यहाँ नहीं आ पाता। अब आपकी छाया नहीं मिलेगी तो भटकाव तो आएगा ही।" मैंने अपनी पूरी शक्ति अपने व्यक्तित्व को मालिक के पैरों में लोट रहे पालतू कुत्ते की तरह बनाने में लगा डाली।

"अरे नहीं...। तुम में ऊर्जा है, तुम कर सकते हो। इसीलिए तो तुमसे कहता हूँ और किसी से नहीं कहता।" महापुरुष के चेहरे पर एक सौम्य-सी मुस्कराहट भी आ गयी, ठीक वैसी ही जैसी टीवी धारावहिक के रामायण के राम के चेहरे पर बिना वजह नज़र आती थी। मैं अपने चेहरे पर उपकृत हो जानेवाला पूर्ण भाव लाया। साथ ही अपनी देहयष्टि में भी मैंने उपकार के बोझ से दब जाने की क्रिया की।

"और...? कहाँ ठहरे हो?" महापुरुष ने हाथ की पुस्तक को सामने रखी टेबल पर रखते हुए कहा।

"बस यहीं पास में पुरुष के घर ठहरा हूँ।" मैंने जानबूझ कर नहीं कहा कि महिला के घर ठहरा हूँ। हालाँकि घर तो महिला-पुरुष दोनों का ही है, मगर महिला कह देने से शायद महापुरुष बुरा मान सकते थे।

"अच्छा-अच्छा... वहाँ ठहरे हो, पुरुष थे क्या घर पर?" महापुरुष ने पूछा।

"नहीं वे तो अभी आये नहीं थे, महिला ही थीं। कह रहीं थीं पुरुष तो देर रात तक आते हैं," मैने स्वर में अदब का समावेश करते हुए उत्तर दिया।

"हाँ भई... अब तो बड़े लेखक हो गये हैं देर से नहीं आएँगे तो क्या करेंगे?" महापुरुष के स्वर में कुछ था जिसे मैं समझ नहीं पाया।

"खाना तो यहीं खाओगे ना?" महापुरुष ने कुछ अधिकारवाले स्वर में मुझसे पूछा। मुझे कुछ आश्चर्य हुआ। लगता है आज देवता कुछ अधिक ही प्रसन्न है।

"जी सोच कर तो यही आया हूँ कि आज आपके साथ ही भोजन करूँगा।" मैंने कुछ अटपटा-सा उत्तर दिया।

"कितनी रोटी खाओगे?" महापुरुष ने सीधा प्रश्न किया। इस तरह के प्रश्न को यदि किसी से सीधे पूछ लिया जाए तो मेरा दावा है कि कोई भी इसका तुरन्त उत्तर नहीं दे सकता।

"जी बस चार या पाँच।" मैंने भी संक्षिप्त मगर उलझा-सा उत्तर दे दिया।

"ठीक है, अन्दर जाकर खाना बनानेवाले लड़के से कह दो कि चार या पाँच रोटी ज्यादा बना लेगा। और हाँ उससे कह देना कि कुछ दे जाएगा।" महापुरुष ने

आदेशात्मक स्वर में कहा। 'कुछ' क्या है मेरी समझ में आ गया। ख़ैर, मैं अन्दर जाकर उन्होंने जैसा कहा था वैसा ही कह आया। थोड़ी ही देर में महापुरुष के सामने वाली टेबल पर एक दो प्लेटों में आकर 'कुछ' रखा गया। रोस्टेड चने, मूँगफली के दाने और उन पर पतला कतरा हुआ प्याज़, धनिया सजाकर छिड़का गया था। ज़ाहिर-सी बात है, रात हो गयी है।

"क्या लोगे?" महापुरुष ने पूछा।

"जी बस जो आप लेंगे थोड़ी-सी मैं भी ले लूँगा।" मैंने स्वर में उनके प्रति सम्मान का पुट डालते हुए उत्तर दिया।

"ठीक है, वहाँ से वो ट्रे उठा लाओ," उन्होंने सामने की तरफ इशारा करते हुए कहा।

दीवार में अलमारी बनी हुई थी जिसमें भाँति-भाँति की बोतलें सजी थीं। सामने टेबल पर रखी हुई एक ट्रे में शाम की तैयारी की हुई रखी थी, मैंने उस ट्रे को लाकर उनके सामने की टेबल पर रख दिया।

लगभग एक घंटे बाद महापुरुष सचमुच के महापुरुष हो गये। अब महापुरुष तो वही होता है न जो सच बोलता है। तो हमारे महापुरुष ने भी सच बोलना शुरू कर दिया। न जाने किस किसके बारे में क्या-क्या बोलते रहे, शायद इसी को निर्वाण की स्थिति कहते हैं, जब पूर्ण सत्य का ज्ञान हो जाता है। हालांकि यह नहीं कहा जा सकता कि निर्वाण की स्थिति में था कौन? महापुरुष या मैं।

"हमारे यहाँ एक साहित्यिक आयोजन प्रतिवर्ष होता है। इस बार हम लोगों की इच्छा है कि आपका सम्मान उसमें किया जाए।" मैंने उपकार को उतारने का प्रयास करते हुए कहा।

"ये अच्छा तरीका है किसी बड़े साहित्यकार को फोकट में बुलाने का? डेढ़ सौ रुपट्टी का शाल और पाँच रुपये का श्रीफल देकर सम्मान कर दो।" महापुरुष ने व्यंग्य के स्वर में कहा। मैं सिटपिटा कर रह गया।

"पता है, हमारे देश में शाल केवल दो ही को उढ़ाई जाती है, या तो शव को, या साहित्यकार को। दोनों ही मामलों में हम एक शाल फेंककर दोनों के प्रति अपने कर्तव्य की इतिश्री कर लेते हैं।" एक घूँट पीकर गिलास नीचे रखते हुए महापुरुष ने कहा।

"सम्मान-वम्मान की तो अब मेरी कोई इच्छा रही नहीं। करना चाहो तो कर लेना, नहीं भी करोगे तो चल जाएगा। करोगे तो भी शाल तो मैं वहीं छोड़ दूँगा, दूकान वाले को वापस कर देना । तुम तो ये बताओ पत्रम्-पुष्पम् का क्या हो सकता है।" महापुरुष ने मोटे लेंस के पीछे से झाँकते हुए मुझसे कहा।

"जी जैसा आप आदेश करेंगे हो जाएगा।" मैंने उत्तर दिया। हालाँकि उत्तर देते

समय ज्ञात था कि अब ये व्यवस्था भी मुझे अपनी जेब से ही करनी है।

"ठीक है, पर हाँ ये खर्चा तुम्हारे ऊपर तो नहीं आएगा न। समिति वगैरह तो ठीकठाक है ना?" महापुरुष ने फिर प्रश्न किया।

"नहीं-नहीं सब व्यवस्था समिति को ही करना है।" मैंने निर्वाण वाली अवस्था में भी झूठ बोलते हुए कहा।

आधे घंटे का समय और बीता। मैं नहीं जानता कि पूर्ण सत्य के ऊपर भी क्या कुछ होता है, मगर वो निर्वाण से ऊपर वाली कुछ स्थिति तो आ ही चुकी थी।

"चलो अब खाना खाया जाए।" महापुरुष ने अन्तिम घूँट लेकर ग्लास को नीचे रखते हुए कहा।

"महिला तुम्हारा इन्तज़ार तो नहीं कर रही होंगी?" महापुरुष ने प्रश्न किया।

"जी कर तो रहीं होंगी।" मैंने उत्तर दिया।

"जब तक खाना लगता है, तब तक बोल आओ कि तुम खाना यहाँ खा रहे हो।" यह आदेश था।

"जी।" मैंने कहा और उठ गया।

"सुनो।" पीछे से महापुरुष का स्वर सुनकर मैं ठिठका, "उनसे कह देना मैं बुला रहा हूँ।"

"जी ठीक है।" कहकर मैं बढ़ गया।

महिला अभी भी अकेली थी। मुझे देखा तो बोली, "कितनी देर कर दी, तुम्हारा इन्तज़ार करते करते मैंने अभी खाना खाया है।"

"जी मैं तो खाना वहीं खा रहा हूँ, महापुरुष नहीं माने। उन्होंने आपको बुलाया है।" मैंने झिझकते हुए कहा।

"अरे अब मैं क्या करूँगी आकर? रात भी काफ़ी हो गयी है।" महिला ने कुछ नाक-भौंह सिकोड़ते हुए कहा।

"जी ठीक है।" कहकर मैं पलटा, अचानक महिला का स्वर सुनाई दिया, "अच्छा ठीक है कहना मैं आ रही हूँ।" मैं उत्तर सुनकर बढ़ गया।

खाना लग चुका था महापुरुष मेरी ही प्रतीक्षा कर रहे थे। "आओ," महापुरुष ने मुझे देखते हुए कहा। महिला के बारे में कुछ नहीं पूछा। शायद उन्हें पता है कि यदि उन्होंने बुलाया है तो महिला को आना ही है। खाने के दौरान ही महिला भी आ गयी। 'आईए' महापुरुष ने स्वागत करते हुए कहा, "खाना लेंगी आप?"

"नहीं नहीं, खाना तो मैं खा चुकी हूँ," महिला ने बैठते हुए उत्तर दिया।

"चलो ये पापड़ ले लो।" महापुरुष ने पापड़ की प्लेट को बढ़ाते हुए कहा। महिला ने एक पापड़ उठाकर उसे कुतरना शुरू कर दिया।

"और कुछ लोगी?" महापुरुष ने कुछ देर पहले उपयोग की जा रही ट्रे की

ओर इशारा करते हुए कहा ।

"नहीं, बताया न, मैं खाना खा चुकी हूँ।" महिला ने उत्तर दिया।

"उससे क्या होता है? थोड़ी बहुत...?" महापुरुष ने प्रश्न अधूरा छोड़ दिया, महिला ने कोई उत्तर नहीं दिया। महापुरुष ने मेरी तरफ देखकर ट्रे की ओर इशारा किया। मैंने ट्रे में से एक साफ ग्लास उठाया और एक छोटा सा 'कुछ' बनाकर महिला की ओर बढ़ा दिया। महिला उस 'कुछ' को सुड़कने लगी। सामने प्लेट में कुल नौ चपातियाँ आ गयी थीं। मैंने अपने लिए पाँच चपातियाँ बोलीं थी अतः ज़ाहिर है महापुरुष चार खाते हैं। हमने अपने अपने हिस्से की चार और पाँच को निबटाया तब तक महिला भी न न करते हुए चार 'कुछ' सुड़क चुकी थी।

"और सुनाओ, क्या चल रहा है?" खाने से फ़ारिग होकर एक साफ तौलिए से हाथ पौंछते हुए महिला की ओर देखकर महापुरुष ने पूछा।

"बस कुछ ख़ास नहीं, एक प्लॉट पर कुछ काम कर रही थी, मगर कुछ ठीकठाक जम नहीं रहा है।" महिला ने उत्तर दिया।

"क्या सब्जैक्ट है।" महापुरुष ने आँखें मूँदकर कुर्सी से सर टिकाते हुए पूछा।

"आपको बताया तो था, विवाहेत्तर सम्बन्धों पर एक लम्बी कहानी लिख रही हूँ।" महिला ने उत्तर दिया।

"हूँ।" आँखें बन्द किए हुए ही महापुरुष ने कहा, "सब्जैक्ट कुछ घिसा पिटा हो चुका है। हर तीसरी कहानी में यही हो रहा है। उसमें नया क्या करने की गुंजाइश तुमने ढूँढ़ी है।" महापुरुष ने उसी प्रकार आँखें बन्द किए हुए पूछा।

"वही तो समझ नहीं पा रही हूँ कि क्या नया ट्रीटमेंट दिया जाए। पिछली बार आपको जो बताया था। अभी काम वहीं पर रुका हुआ है।" महिला ने उलझन भरे स्वर में कहा।

"कहानी का शीर्षक क्या है।" महापुरुष ने पूछा।

"अपूर्णा।" महिला ने उत्तर दिया।

"अच्छा है, बहुत अच्छा है, पूरी कहानी को व्यक्त कर रहा है। कहानी कितनी हो चुकी है?" महापुरुष की आँखें अभी भी बन्द ही हैं।

"आधी हो चुकी है, मगर अब काफ़ी सारी उलझनें सामने आ रही हैं।" महिला ने कहा।

"वो तो आएँगी ही, आधी होना मतलब अन्त होना शुरू हो रहा है और अन्त में तो उलझनें आती ही हैं। दो ही तो बातें होती हैं शुरुआत और अन्त, और बीच में होता है ये आधा, न शुरुआत और न अन्त। जहाँ शुरुआत आकर समाप्त होती है और जहाँ से अन्त प्रारम्भ होता है।" महापुरुष का स्वर मानो किसी कुएँ में से आ रहा था।

"कभी-कभी जब हम आधे तक पहुचते हैं तो वहाँ पहुँच कर अन्त के प्रारम्भ होने की थोड़ी प्रतीक्षा करनी पड़ती है। बहुत पीड़ादायी होती है ये प्रतीक्षा।" महापुरुष के कहने के बाद कमरे में सन्नाटा फैल गया। "तुम्हारी कहानी के साथ भी यही हो रहा है।" कहते हुए महापुरुष ने आँखें खोलकर महिला की तरफ़ देखा।

"हाँ...। शायद...।" महिला ने उलझन भरे स्वर में कहा।

"शायद नहीं ऐसा ही है।" महापुरुष ने कहा, "तुमको नींद आ रही होगी शायद?" फिर महापुरुष ने मेरी तरफ देखकर पूछा।

"हाँ बहुत थका हुआ हूँ।" मुझे प्रश्न के तरीके से ही ज्ञात हो चुका था कि मुझे यही उत्तर देना है।

"ठीक है बाहर दीवान डला है, तुम जाकर सो जाओ। तुम्हारे कार्यक्रम के बारे में हम सुबह तफ़सील से बात करेंगे।" महापुरुष ने निर्णय सुनाते हुए कहा।

मैं उठकर बाहर जाने लगा, पीछे से महापुरुष का स्वर आया, "दरवाज़ा बाहर से उढ़का देना।" मैंने कमरे से बाहर आकर दरवाज़े को उढ़काया और दीवान पर आकर लेट गया। दिन भर की दौड़-धूप, यात्रा की थकान और उस पर रात्रि के बारह बज जाना, इन सबका सम्मिलित परिणाम ये हुआ कि आँखें बन्द करते ही नींद लग गयी। हालाँकि यहाँ पर आपको आपत्ति हो सकती है कि ऐसी स्थिति में क़िसी को भी नींद कैसे आ सकती है मानव-मन का उत्सुक स्वभाव उसे सोने कैसे दे सकता है। मगर चूँकि घटना मेरी है इसलिए मेरे पात्र मेरी मर्ज़ी से सोएँगे और जागेंगे। हक़ीक़त भी यही है कि मुझे लेटते ही नींद आ गयी।

जब नींद खुली तो सूर्य निकलने के लगभग एक घंटा पूर्व वाली स्थिति थी, हल्का-सा प्रकाश चारों ओर फैला हुआ था। जहाँ मैं सो रहा था वो जगह न कमरा थी, ना खुला हुआ था, उसे एक जालीदार बरामदा कह सकते हैं। प्यास काफी ज़ोर से लग रही थी। कुछ देर तक तो सहन करके लेटा रहा मगर जब सहन नहीं हुई तो उठ गया। दरवाज़े को धीरे से धकेला, वो रात को मैंने जिस तरह उढ़काया था उसी अवस्था में था। झिझकते हुए मैंने अन्दर प्रवेश किया, कमरे में रखे हुए दीवान पर महापुरुष और महिला दोनों ही शान्तिपूर्वक सो रहे थे, यहाँ पर शायद आप उम्मीद कर रहे होंगे कि मैं कुछ तफ़सील से वर्णन करूँगा, मगर मैं ऐसा कुछ भी नहीं करूँगा। मैं केवल यही कहूँगा कि उस ओर देखे बिना ही मैं रसोई घर की ओर बढ़ गया। रसोईघर में जाकर मैंने दो-तीन ग्लास पानी पिया, तीसरा ग्लास पी ही रहा था कि महापुरुष का स्वर सुनाई दिया, "एक ग्लास पानी भरकर यहाँ भी रख जाना।" ध्यान दें कि वाक्य में 'रख जाना।' का प्रयोग हुआ है 'दे जाना' का नहीं। मैं एक ग्लास पानी भरकर कमरे में आया। कमरा पूर्ववत ही था मानो यहाँ से पानी माँगने वाली आवाज़ आयी ही नहीं हो। महापुरुष और महिला उसी प्रकार शान्तिपूर्वक सो

रहे थे। मैंने ग्लास को टेबल पर रखा और बाहर की ओर बढ़ा। "सुबह घूमने की आदत हो तो घूम आओ, बाहर से दरवाज़ा लगा जाना।" पीछे से फिर आवाज़ आयी।

बाहर आकर मैंने दरवाज़ा लगा दिया, घूमने की वैसे तो आदत नहीं है पर यह तो तय था कि अब नींद नहीं आएगी इसलिए बाहर निकल पड़ा।

चारों तरफ सुबह होने की तैयारी चल रही थी। वैसे इस घटना को यहीं ख़त्म किया जा सकता था क्योंकि लग यही रहा है कि घटना और महिला की अधूरी कहानी अपूर्णा, दोनों ही समाप्त हो चुके हैं, मगर नहीं, अभी हमारा एक पात्र तो घटना में आया ही नहीं है। ज़िक्र से क्या होता है पात्र को तो सशरीर उपस्थित होना पड़ता है।

कुछ देर तक में फ़िज़ूल में ही इधर-उधर टहलता रहा कि अचानक मुझे पुरुष का ख़याल आया, उसके बारे में सोचता हुआ मैं उनके घर की ओर बढ़ा। पुरुष बाहर बरामदे में ही मिल गये, केवल लुंगी और बनियान पहने बैठे थे। चाय पीते हुए अख़बार पढ़ रहे थे। मुझे देखते ही बोले, "अरे...! सुबह-सुबह कहाँ से चले आ रहे हो भई?"

"सुबह सुबह नहीं कल का आया हूँ , रात को उधर कुछ साहित्यिक चर्चा चल रही थी इसलिए वहीं रुक गया था।" मैंने उत्तर दिया।

"अच्छा...। हाँ उधर की गोष्ठियाँ तो रात भर ही चलती हैं।" पुरुष ने कुछ विचित्र स्वर में कहा।

"चाय पिओगे?" पुरुष ने पूछा।

"नहीं पीने का सवाल ही नहीं है।" मैंने भी बेतकल्लुफ़ी से उत्तर दिया।

"तुम बैठो, मैं बना कर लाता हूँ।" कहते हुए पुरुष उठे और अन्दर की ओर बढ़ गये । एक ग्लास पानी पीने की इच्छा में मैं भी पीछे-पीछे चल दिया। रास्ते में मैंने देखा कि पुरुष के बेडरूम का दरवाजा आधा खुला हुआ है और अन्दर पलंग पर चादर से ढँका हुआ एक मानव शरीर सो रहा है। चादर पूरी तरह ढँकी थी इसलिए समझना मुश्किल था कि सोने वाला पुरुष है या स्त्री। चादर उठाकर देखा नहीं जा सकता था। हालाँकि मैं उठाकर देख भी लेता पर पूर्व में कह चुका हूँ कि कहानी में केवल चार पात्र हैं, इसलिए अब नहीं उठा सकता। ख़ैर, यह आपको समझना है कि सोने वाला कौन है। वहीं खड़े-खड़े मैंने रसोई की ओर देखा जहाँ पुरुष चाय बना रहे थे, मुझे लगा पुरुष की लुंगी सफेद झक धोती में बदल गयी है। उनकी बनियान, मोटी खादी वाले प्याज़ी कुरते में बदल गयी, आँखों पर मोटी फ्रेम का चश्मा आ गया है। मैं धीरे से बुदबुदाया, 'एक और महापुरुष।' सुबह के सन्नाटे में मेरा बुदबुदाना पुरुष तक पहुँच गया, हालाँकि अस्पष्ट पहुँचा इसलिए बोले, "कुछ

चाहिए क्या?'' मैंने कहा, ''हाँ पानी चाहिए, मैं ले लेता हूँ।'' कहकर अन्दर से पानी का ग्लास भरकर मैं बाहर आकर बैठ गया। मेरे हिसाब से घटना समाप्त हो चुकी है आपका क्या मानना है?

रामभरोस हाली का मरना

रामभरोस हाली का मर जाना वैसे कोई इतनी बड़ी घटना भी नहीं है कि उस पर इतनी हायतौबा मचाई जाए। जैसे बाकी के मरते हैं वैसे ही रामभरोस हाली भी मर गया (वैसे भी कौन सा ज़िन्दा था) बाकी के लाखों करोड़ों की तरह रामभरोस हाली भी एक ही मुख्य लक्ष्य लेकर जी रहा था, और वो लक्ष्य था, अन्ततः मर जाने का लक्ष्य। ऐसे में उसके मरने पर चर्चा की जाए, ऐसी कोई गुंजाइश नहीं है, मगर फिर भी अगर की जा रही है, तो इसका मतलब साफ है कि आम तरीके से जीने वाला प्राणी, ख़ास तरीके से मरा है। ग़रीब नाम के आदमी के पास चर्चा में आने का एक मात्र तरीका यही होता है कि वो ख़ास तरीके से मर जाए। अब इस ख़ास तरीके का मतलब ये भी नहीं है कि वो रेल के सामने कूद पड़े या कुएँ में छलाँग लगा ले। इन तरीकों से भी काफ़ी लोग मरते हैं। ग़रीब यदि चाहता है कि उसका फ़ोटो भी अख़बार में छपे तो उसे कुछ न कुछ तो ऐसा करना ही होगा, कि उसे मार डाला जाए। हत्या जितनी ज्यादा जघन्य और नृशंस होगी, पब्लिसिटी उतनी ही अच्छी मिलेगी। यहीं पर एक और प्रश्न उठता है कि केवल रोटी के चार हर्फ़ जानने वाले इस ग़रीब की हत्या क्यों कर की जाए? लाखों की सुपारी लेने वाला किसी रामभरोस हाली की तो हत्या करेगा नहीं। अब रहा सवाल झगड़े का, तो झगड़े के पीछे तीन प्रमुख कारण होते हैं जर, जोरू और ज़मीन। जर और ज़मीन तो वैसे भी इसके पास होती नहीं, अब बची जोरू तो उसको लेकर झगड़ा इसलिए नहीं हो सकता क्योंकि वो तो वैसे भी ग़रीब की जोरू होती है। मगर फिर भी रामभरोस हाली ना सिर्फ मरा, बल्कि इस तरह मरा कि चर्चाओं में आ गया। रामभरोस हाली ना सिर्फ ग़रीब बल्कि बाक़ायदा ग़रीब था। इसका प्रमाण उसके नाम के साथ लगा हुआ हाली शब्द था। दूसरों के खेतों पर हरवाहे के रूप में काम करने वाले रामभरोस मालवीय के रामभरोसे नाम में लगी आख़िर की बड़े 'ए' से ऐनकवाली मात्रा, एनक पहनने वाले लोगों को जँची नहीं सो उन्होंने रामभरोसे का रामभरोस कर दिया। अब बचा मालवीय तो हरवाहे का काम करने वाला रामभरोस, सरनेम रखने जैसे ऊँचे शौक़ कब तक पालता? तो समय के साथ ज़ात को काम ने विस्थापित कर दिया।

हाली का काम करने वाला रामभरोस हाली। यही रामभरोस हाली मार डाला गया (हालाँकि उसके मरने के बाद ही लोगों को पता लगा कि अच्छा वो ज़िन्दा था अब तक...!)। रामभरोस हाली को न सिर्फ मार डाला गया बल्कि अत्यन्त नृशंसतापूर्ण तरीके से मारा गया, और इसी कारण यह हुआ कि उसकी मौत चर्चा का विषय बन गयी।

घटना एक ऐसे छोटे से क़स्बे में हुई जो इतना उनींदा और सुस्त क़स्बा है कि जो सुबह उठता है, अलसाया-सा दिन काटता है और रात हो जाती है। अपराधों की स्थिति ऐसी कि जब भी ज़िला मुख्यालय पर कोई पुलिसवाला लम्बी छुट्टी पर जाने की माँग करता है तो उसे यहाँ भेज दिया गया है कि जाओ, वहाँ रहोगे तो छुट्टी पर ही रहोगे। लोग सुबह उठते हैं और रात को सो जाते हैं, यही दो प्रमुख कार्य वे करते हैं। इस बीच कुछ मर जाते हैं तो बाकी के अपनी बारी की प्रतीक्षा करते हुए सुबह उठने और रात को सोने की दिनचर्या का पालन करते रहते हैं। इसी बीच कुछ बच्चे भी इस क़स्बे में पैदा होते हैं, जो कुछ दिनों तक बच्चे रहकर बड़े हो जाते हैं और मृत्यु की प्रतीक्षा का कार्य करने में जुट जाते हैं।

इसी क़स्बे में रामभरोस हाली को मार डाला गया। घटना ऐसी थी कि क़स्बा उस दिन जब सुबह उठा तो सचमुच में उठा था। क़स्बे में चहल-पहल, भाग-दौड़ सब कुछ नज़र आ रही थी। रामभरोस रात को रोज़ की तरह अपने मालिक के खेत पर बने टप्पर में सोया था। रोज़ की तरह उसने महुआ के स्वदेशी आसव का सेवन भी किया था। और कभी-कभार की तरह ही देर रात को टप्पर पर आयी अपनी प्रेमिका के साथ मिलकर खजुराहो को साकार भी किया था (इंट्रेस्टिंग, थोड़ा खुलकर बताओ न...)। किन्तु एक बात जो रोज़ की तरह की नहीं हो पायी, वो ये थी कि रामभरोस रोज़ की तरह से सुबह उठा नहीं। बाइस साल के गबरू जवान रामभरोस को इस तरह से मारा गया था, मानो मारने वाले ने इस बात का ठेका लिया था कि अगर एक भी हड्डी सलामत बच गयी तो ठेके का पैसा नहीं लेगा। देशी पीकर, प्रेमिका की लायी रोटियाँ खाकर और फिर कुँवारा होने के बाद भी वैवाहिक सुख उठाकर, अच्छी तरह से सन्तृप्त और खा-पीकर मरा था रामभरोस। उसकी मौत शायद वैसी ही थी, जैसी की सुहागिनें कहती हैं, कि जब मैं मरूँ, तो ऐसी ही मरूँ।

बाइस साल का रामभरोस, क़स्बे में बिजली की मोटरें और पम्पसेट की दुकान चलाने वाले यशोदानन्दन खत्री के खेत पर हरवाहे का काम करता था। खत्री का काफी फैला हुआ कारोबार था, आसपास के गाँवों के काफी सारे किसान उसके पास किसी न किसी रूप में रेहन रखे हुए थे। इसके पीछे एक कारण ये भी था कि खत्री का एक कारोबार और भी था मगर ये कारोबार रात के अँधेरे में चलता था। खत्री के

फलने-फूलने के पीछे मुख्य वजह यही कारोबार था। ये कारोबार था रात के अँधेरे में किसानों के खेतों से मोटर और पम्प चोरी करवाना, और फिर रातोंरात उनको अपनी वर्कशाप पर लाकर रंग-रोगन करके नयी प्लेट लगा कर नया बना देना। यही पम्प सुबह दुकान पर नये पम्पो के साथ सजा हुआ मिलता था। इस काम के चक्कर में ही खत्री रात तीन चार बजे तक वर्कशाप में रहता था। उसके द्वारा भेजे गये चोर इधर माल लाते, और उधर काम शुरू हो जाता। हालाँकि ऐसा भी नहीं था कि ऐसा रोज़ ही होता था, माल उसी रात आता था जिस रात चोरों का कहीं दाँव लग जाता था, और ऐसा महीने में सात-आठ बार ही होता था। मगर फिर भी जब तक खत्री की टीम फील्ड से वापस नहीं आती थी, तब तक उसे रुकना पड़ता था।

खत्री के इस दूसरे व्यापार के बारे में लोग दबी ज़ुबान से चर्चा भी करते थे, मगर खत्री क़स्बे में होने वाले धार्मिक, सांस्कृतिक और राजनैतिक आयोजनों में चन्दे की सबसे बड़ी रसीद कटानेवाला व्यक्ति था इसलिए ये दबी ज़ुबान, कभी खुली ज़ुबान नहीं हो पाती थी। जानते सब थे, जनता भी, पुलिस भी, मगर चन्दा लेना सबकी मजबूरी थी, इसलिए शान्त रहते थे। माथे पर लम्बा-सा टीका लगाने वाला खत्री, कस्बे में होने वाले धार्मिक आयोजनों में बढ़-चढ़कर हिस्सा लेता था, जिससे लोग अनुमान लगाया करते थे कि वह कभी-न-कभी इस क्षेत्र से चुनाव अवश्य लड़ेगा। एक दो धार्मिक संस्थाओं का वह संरक्षक भी था। कुल मिलाकर एक रहस्यमय शख़्सियत का मालिक था खत्री, जिसके बारे में लोग तरह-तरह की बातें करते थे मगर सारी बातें उसकी पीठ के पीछे ही की जाती थीं।

दबी ज़ुबानों की एक सबसे बड़ी विशेषता ये होती है कि इन बातों को अक्सर अपनी प्रामाणिकता सिद्ध करने की आवश्यकता नहीं होती है। खत्री के बारे में जो दबी ज़ुबानें चलती थीं उनमें एक चर्चा ये भी होती थी कि आखिर खत्री रात भर वर्कशाप पर क्यों रुकता है? जो काम वो करता है वो तो उसका कोई भी गुरगा कर सकता है, फिर क्यों वो लगभग महीने के तीसों दिन यहाँ वर्कशाप पर रात गुज़ारता है और उसकी पत्नी घर पर। ये बात अक्सर ही चर्चाओं में रहती थी। अकसर इसलिए क्योंकि इसमें दबी ज़ुबान के साथ-साथ नसों में सनसनी फैलानेवाले सभी आवश्यक तत्त्व थे। कानाफूसी में यदि कुछ यौन प्रकरण भी शामिल हो जाएँ तब वह कानाफूसी वास्तव में परम आनन्ददायक कानाफूसी हो जाती है (कुछ-कुछ होता होगा)।

तो कहने वाले ये कहते थे कि खत्री को स्त्री की देह सुहाती ही नहीं है। वो दरअसल में कुछ दूसरे टाइप का है। दूसरे टाइप का कहें तो मतलब ये कि उसे कम उम्र के लड़कों के साथ रात ग़ुज़ारना अच्छा लगता है (बैक डोर इंट्री... ?)। और इस तरह के कई लड़के उसके वर्कशाप में काम करते हैं जो खत्री के साथ...। लोग तो

यहाँ तक भी कहते हैं कि वास्तव में खत्री अगर रात को वर्कशाप पर ना भी रुके तो भी उसका काम तो उसके लोग सँभाल ही लेंगे लेकिन वो फिर भी रुकता है तो केवल इसलिए कि... । और इन बातों के प्रमाण में कानाफूसी करने वाले बाक़ायदा कुछ तर्क और कुछ तथ्य प्रस्तुत करते थे। सबसे बड़ा तर्क और प्रमाण तो ये ही था कि अगर ऐसा नहीं है तो फिर क्यों एक जवान आदमी, घर-बार, पत्नी को छोड़कर कहीं और रात गुज़ारता है। और ऐसा क्यों है कि खत्री के वर्कशाप में अठारह साल से ज़्यादा की उम्र वाले लड़के काम पर नहीं रखे जाते? (रख ही नहीं सकते अठारह से ज्यादा वाला तो...)।

रामभरोस भी पहले खत्री के वर्कशाप में ही काम करता था। गाँव से ग़रीबी का निदान ढूँढ़ने आया लड़का था रामभरोस। जब वो वहाँ आया था तब तेरह-चौदह साल का लड़का था। तब से सत्रह अठारह का हो जाने तक वो वर्कशाप में ही रहा। फिर उसके बाद खत्री ने उसे वर्कशाप से हटाकर अपने खेत पर रख दिया यहीं पर उसका नाम रामभरोस हाली हो गया। हालाँकि रामभरोस खेतों की पूरी ज़िम्मेदारी सँभाले हुए था, मज़दूरों से काम लेना, फ़सल कटवाना, बेचना, सब कुछ वही करता था, मगर नाम तो हाली ही था।

जब कभी कहीं खत्री की रातों का ज़िक्र होता, और वहाँ रामभरोस हाली भी मौज़ूद होता तो वो टेंशन में आ जाता था। उसकी कनपटी की नसें उभार खाने लगतीं थीं। उसे ऐसा लगता था जैसे बातों की उँगलियाँ निकल आयी हैं और हरेक उँगली उसकी ओर तनी हुई है। जब रामभरोस वर्कशाप पर आया था तब लगभग बच्चा ही था और जब वहाँ से निकला तो गबरू जवान बनकर निकला था। बच्चे से जवान हो जाने के बीच में काफी कुछ ऐसा था जो भले ही रामभरोस के सामने कोई नहीं कहता था, पर सच्चाई यही थी कि रामभरोस की पीठ के पीछे खत्री की जो कहानियाँ चलतीं थीं उनका एक पात्र रामभरोस भी हुआ करता था। घर पर करवटें बदल रही पत्नी का रिप्लेसमेंट रह चुका रामभरोस। (हाय-हाय ये मजबूरी)।

जिस छोटे से क़स्बे की ये घटना है वह चूँकि हिन्दुस्तान का क़स्बा था इसलिए वहाँ की कुल आबादी में हिन्दुओं और मुसलमानों दोनों का ही हिस्सा था। (कश्मीर से कन्याकुमारी तक...) चूँकि हिन्दू और मुसलमान दोनों ही थे, अत: ज़ाहिर-सी बात है, दोनों तरफ के लोग दंगा करने के बहाने की तलाश में रहते थे। हालाँकि ये दंगा, अक़सर होते-होते टल जाया करता था, फिर भी क़स्बे के बुज़ुर्ग अपने क़िस्सों में यह क़िस्सा भी शामिल कर लेते थे कि क़स्बे में आख़री बार भयानक दंगा कब हुआ था, कितने घर जले थे, कितने लोग मरे थे, और कितनी बार ये दंगा, होते-होते टला है। इन सारे क़िस्सों में सुनाने वाला अपनी बहादुरी के क़िस्से भी शामिल रखता था कि उसने इस आयोजन में अपना कितना योगदान दिया था, मसलन उसने

कितनी अस्मतें लूटीं थीं और कितनी दुकानें? सुनाने वाले के लिए दोनों ही चीज़ें एक ही होती हैं। बच्चे आपस के खेलों में चोर-पुलिस, आइस-पाइस के साथ साथ दंगा-दंगा खेल भी शामिल रखते थे। दंगा-दंगा खेलते हुए ही ये बच्चे बड़े होते थे। और जिस तरह से घरघूला खेलने वाले बच्चे बड़े होकर सचमुच का घर-घर खेलने के लिये बेताब हो जाते हैं वैसे ही ये भी हो जाते थे। जैसे ही एक नयी पीढ़ी जवान होती वह इन क़िस्सों को सुनकर तुरन्त ही दंगा रूपी सांस्कृतिक आयोजन करने को उतारू हो जाती थी। मगर क़स्बे की नयी पीढ़ी के होनहार बिरवानों को आयोजन को परवान चढ़ा अपने चीकने पात दिखाने में हमेशा सफलता नहीं मिलती थी, फिर भी दंगा नयी पीढ़ी के अन्दर हमेशा उबाल मारता रहता था। नयी पीढ़ी का मतलब वो जवान जिन्होंने अभी स्त्री शरीर को भोगा नहीं है और ज़िनके लिये दंगा इसका सबसे आसान तरीका होता है (गो गेट इट)। कभी-कभी तो ऐसा भी लगता है कि ये वास्तव में हिन्दू और मुसलमान के बीच दंगा होता है या फिर औरत और आदमी के बीच? क्योंकि लूटा तो औरत को ही जाता है फिर चाहे वो हिन्दू की हो चाहे मुसलमान की। लुटना औरत को ही है क्योंकि वो कभी दंगा नहीं करती, दंगे की परिभाषा ही यही है कि अगर आप इसमें शामिल हो गये तो आप बड़े 'ऊ' की मात्रा हो जाते हैं, अर्थात आप 'लूटते' हैं और अगर आप शामिल नहीं हुए तो आप छोटे 'उ' की मात्रा हो जाते हैं अर्थात आप 'लुटते' हैं ।

ख़ैर फिलहाल वापस लौटते हैं ..। खत्री के घर के ठीक पीछे ही था उसका खेत, करीब बीस बीघा ज़मीन थी और सिंचित होने तथा कस्बे से लगी होने के कारण बहुमूल्य थी। खत्री की योजना थी कि अगर कभी क़स्बे का विस्तार हुआ तो वह इस पूरे खेत में प्लाट काटकर बेचेगा। मगर क़स्बा इतना बेशरम था कि पिछले पच्चीस-तीस सालों से जस का तस ही था। इसी ज़मीन से लगी हुई क़मर ख़ां मंसूरी की ज़मीन थी। मंसूरी की क़स्बे में वेल्डिंग की दुकान थी और घर में सात जवान लड़के थे। जवान लड़कों की अकड़ मंसूरी की रीढ़ की हड्डी को एक ख़ास तरीके से तानकर रखती थी, जिसे कमान की तरह से ताना जाना भी कह सकते हैं। सातों लड़के वेल्डिंग और खेती से लेकर मारपीट तक सब कुछ करने में माहिर थे।

कहानी जहाँ से शुरू होती है उसकी जड़ में वास्तव में ये खेत ही हैं। जिन खेतों की मेड़ें आपस में मिली हुईं हों उनके मालिकों में झगड़ा ना हो, ऐसा हो ही नहीं सकता। खत्री और मंसूरी में भी रास्ते को लेकर झगड़ा था, मंसूरी के खेतों तक पहुँचने के लिए खत्री के खेत में से होकर ही रास्ता था, और ये रास्ता सरकारी रिकार्ड में भी उल्लिखित था, खत्री इस रास्ते को बन्द करना चाहता था, मगर मंसूरी के सात-सात जवान लड़कों को देखकर उसकी ज़ुबान पर ताला लग जाता था। अक़सर दोनों पक्षों में खुलकर वाद-विवाद तकरार होता था, ऐसा लगता था कि

आज कुछ-न-कुछ हो ही जाएगा, मगर बात थी कि हर बार टल जाती थी। टलने के पीछे हर बार मंसूरी पक्ष की ओर से छोड़ा गया एक ब्रह्मास्त्र होता था, ''हमें सब पता है तुम्हारे वर्कशाप पर और खेत पर क्या होता है।'' यह एक वाक्य खत्री के सारे कसबल ढीले कर देता था। (दुखती पे मार रहें हैं हरामी रोंटाई कर रहे हैं...)।

वर्कशाप की बात तो लगभग पूरा क़स्बा जानता था, मगर खेत पर? दरअसल उसकी भी एक कहानी है, और इसी में वो राज छुपा है जो खत्री को चुप कर देता था। जैसा कि पूर्व में उल्लेख आया है कि मरने से पहले रामभरोस से मिलने एक प्रेमिका आयी थी। यह प्रेमिका रोज़-रोज़ तो नहीं आती थी, पर अक्सर ही आती थी। यह प्रेमिका असल में खत्री की जवान और सुन्दर पत्नी थी, जो एक बार रात को ज़रूरत पड़ने पर खेत पर लगे पेड़ से नींबू लेने आयी थी, और उसके बाद अक़सर ही आने लगी (रामभरोस का इन्तकाम..., माँ कसम बदला लूँगा, तूने मेरे साथ...मैं तेरी बीवी के साथ...)। खत्री रात तीन-चार बजे घर लौटता था, और आते ही थका- माँदा बिस्तर पर लुढ़क जाता था। अधिकतर वो बाहर से खाना खाकर और पीकर भी आता था, कभी ज्यादा माल वर्कशाप पर आ जाता तो वह रात भर वहीं भी रुक जाता, और अल सुबह ही घर लौटता था। खत्री की पत्नी ने खेत पर लगे नींबू के पेड़ के रूप में अपना विकल्प ढूँढ़ लिया था। पिछले कुछ दिनों से खत्री को इस बारे में शक़ हो गया एक दो बार उसने इस बात को जाँचने का प्रयास भी किया था मगर कभी उसकी व्यस्तता और कभी उसकी पत्नी की क़िस्मत के चलते कोई परिणाम सामने नहीं आया था। (परिणाम आता कहाँ से... ?)

यह घटना भी उसी खेत की है जहाँ खत्री की पत्नी नींबू तोड़ने जाया करती थी। बात फरवरी महीने की है जब खेत में गेहूँ की फसल लहलहा कर पकने को होती है, उधर चारों तरफ बसन्त गहगहा कर चटक रहा होता है, कहीं महुआ फूल रहा होता है तो कहीं आम बौरा रहा होता है, ऐसे ही बसन्त के बसन्ती-बसन्ती से मौसम में रामभरोस मार डाला गया। दो दिन पहले ही खत्री और मंसूरी में एक बार फिर झगड़ा हुआ था, इस बार का झगड़ा कुछ ज्यादा ही बढ़ गया था। नौबत दोनों तरफ से हथियार वगैरह निकाल लिये जाने तक आ गयी थी, ऐसा लग रहा था कि आज गेहूँ की गदराती फसल को ख़ून से सींच ही दिया जाएगा, इधर मंसूरी के जवान पट्ठे थे, तो उधर खत्री के लिए रात में सेवाएँ देने वाले उसके लोग थे। दोनों तरफ की गरमागरमी बढ़ी ज़मीन पर लाठियाँ भी बजीं मगर बीच बचाव करने वालों ने समझा-बुझाकर एक बार फिर बात को टाल दिया। हुज्जत के दौरान जब खत्री मंसूरी के मँझले बेटे पर हाथ उठाकर लपका था, तो उसने खत्री का कालर पकड़कर धीमी आवाज़ में बस इतना ही कहा था, ''पहले अपनी घरवाली को तो सँभाल ले फिर खेत सँभालने की बात करना।'' खत्री एक बार फिर पिटे हुए मोहरे

की तरह वापस लौट आया था। (भोसड़ी का छक्का)। मगर इस बार वो किसी निर्णय के साथ वापस आया था। रामभरोस को हटाना मतलब घर की बात को बाहर भी फैलाना, अभी तक तो वो नौकर है इसलिए उसकी ज़ुबान पर ताला लगा है, एक बार हटा दिया तो क्या बाहर जाकर बताएगा नहीं कि किसलिए हटाया गया उसे? रामभरोस के साथ मारपीट भी नहीं कर सकता क्योंकि जिस मालवीय समाज का रामभरोस है उसकी अच्छी ख़ासी तादाद क़स्बे में है ज़रा सी बात पर ये समाज एकजुट होकर मरने-मारने पर उतारू हो जाता है।

इन सब परेशानियों का एक ही हल खत्री को सूझा, जिसको उसने अमली जामा भी पहना दिया। घटनावाली रात खत्री अपने पूरे गिरोह के साथ खेत पर तब पहुँचा जब उसकी पत्नी खेत से वापस जा चुकी थी। रामभरोस के पेट में खाना था, दिमाग़ पर देशी मदिरा का सुरूर और शरीर में कुछ देर पहले का आनन्द था, इन सबके कारण वह घोड़े-गधे सब कुछ बेच-बाच कर ख़र्राटे मार कर सो रहा था। बात की बात में उसके ख़र्राटे शान्त हो गये, और रामभरोस हाली अब स्वर्गीय रामभरोस हो चुका था। (सम्भोग से समाधि तक...)

सुबह के ठीक-ठाक तरीके से होने तक छोटे से क़स्बे में बाक़ायदा हंगामा हो चुका था, अलसुबह घटना की जानकारी पा चुकी पुलिस घटना स्थल पर सारी कार्यवाही पूरी करने के बाद रामभरोस की लाश को लेकर अस्पताल आ चुकी थी। छोटे से क़स्बे का छोटा-सा अस्पताल लोगों से पटा हुआ था, पूरा का पूरा क़स्बा चौंक कर जाग गया था, और अस्पताल में आकर खड़ा हो गया था। बात चौंकने की थी भी सही, क्योंकि जिस क़स्बे में कुत्ते तक स्वाभाविक मौत मरते हों वहाँ न केवल एक आदमी को मार डाला गया, बल्कि बेदर्दी के साथ मार डाला गया था। इधर अस्पताल के डाक्टर प्राथमिक परीक्षण के बाद पोस्टमार्टम के लिए लाश को भेजे जाने की औपचरिकताओं में जुटे थे तो बाहर जितने मुँह थे उतनी बातें थीं। खत्री अपनी योजना का पहला हिस्सा पूरा करके दूसरे में जुट गया था। उसके लोगों ने बाक़ायदा भीड़ में खड़े रामभरोस के समाज के लोगों के मन में यह बात बैठाना शुरू कर दिया था कि रामभरोस की मौत कोई ऐसी-वैसी बात नहीं है, यह मुसलमानों द्वारा एक हिन्दू की हत्या की गयी है, (हरी चिन्दी से भगवे का गला घोंटा गया है...) दो दिन पहले के झगड़े का हवाला दे देकर ये लोग मालवीय समाज को समझाने में लगे थे कि मंसूरी के बेटों ने मालिक के साथ हुए झगड़े का बदला रामभरोस के साथ निकाला है, क्योंकि उस झगड़े में रामभरोस ने मालिक की तरफ से कन्धे-से-कन्धा मिलाकर झगड़ा किया था और मंसूरी के बेटों ने उसे धमकाया भी था कि, बेटा तुझे तो यहीं सोना है कभी भी मार कर फेंक देंगे। हालाँकि झगड़े के कुछ चश्मदीद इस बात को याद करने की कोशिश कर रहे थे कि मंसूरी के बेटों

ने ऐसा कब कहा था? फिर भी खत्री के लोगों द्वारा दी जा रही समझाइश लोगों के गले उतरती जा रही थी।

इधर रामभरोस की लाश को पोस्टमार्टम के लिए रवाना किया गया, और उधर मुट्ठियाँ भिंचने लगीं। बात की बात में जवान लड़के घरों की तरफ़ दौड़े और घर में जो भी हथियार मिले उन्हें निकालकर एकजुट होकर चल पड़े। मंसूरी का घर क़स्बे के उस हिस्से में था जो मुस्लिम बहुल इलाका था, जब वहाँ के लड़कों को पता चला कि लोग इस तरफ हथियार लेकर आ रहे हैं, तो उन्होंने भी हथियार लेकर मोर्चा सँभाल लिया। लहू से होने वाले सांस्कृतिक साम्प्रदायिक आयोजन की पूरी तैयारियाँ हो चुकी थीं। ऐसा लग रहा था कि अब कुछ हुआ के तब कुछ हुआ। मगर क़स्बे की क़िस्मत में शायद आज इस आयोजन का देखना नहीं था, घटना की जानकारी पाकर महज अठारह किलोमीटर दूर स्थित जिला मुख्यालय से रवाना हुआ भारी पुलिस बल ऐन मौक़े पर पहुँच गया और दोनों पक्षों के बीच खड़ा हो गया। आँसू गैस, लाठी चार्ज ने बना बनाया दंगे का माहौल बिगाड़ दिया (उल्लू-सी पुलिस.. सारा खेल बिगाड़ दिया)। भगदड़ के बाद दंगे का मनसूबा बनाये दोनों तरफ के लोग अपने-अपने घरों में समा गये। क़स्बे में धारा एक सौ चवालीस लगा दी गयी। कर्फ़्यू लगाने के लिए जरूरी था दंगा हो गया हो, जो हो नहीं पाया था, इसलिए एक सौ चवालीस से काम चलाया गया (शिट यार...)।

संवेदनशील जिला प्रशासन की ओर से कलेक्टर, एसपी, और दूसरे छोटे अधिकारियों ने थाने में आकर डेरा डाल लिया। छोटा-सा थाना और वहाँ की पुलिस बड़े-बड़े अफसरों के इन्तज़ाम की दौड़-धूप में जुट गयी। बड़े अधिकारी घटना के मुआयने और उसकी पड़ताल में व्यस्त हो गये, एक-एक करके लोगों को बुलाने और उनकी बात सुनने का दौर प्रारम्भ हुआ। अधिकारियों को रात होने से पहले क़स्बे में अमन क़ायम कर वापस भी लौटना था, ताकि राजधानी को फोन पर बताया जा सके कि कोई ख़ास बात नहीं है, आपस का झगड़ा था अब सब ठीक है। राजधानी को जब तक फोन नहीं आएगा, तब तक राजधानी को नींद नहीं आएगी। राजधानी को केवल एक ही जवाब सुनने की आदत होती है, भले ही घटना में डेढ़-दो सौ लोग मर गये हों पर फिलहाल शान्ति है।

हाँ तो अधिकारी बातचीत में जुट गये थे। हत्या हुई थी सो तफ़्तीश भी चल रही थी, अफसर चाह रहे थे कि रात को लौटने से पहले एक दो गिरफ़्तारियाँ भी हों जाएँ, ताकि मामला कुछ शान्त हो, लोगों को महसूस हो कि कार्यवाही तेज़ी से चल रही है। खत्री के लोगों द्वारा मालवीय समाज के लोगों के दिमाग़ में यह बात अच्छी तरह से बिठाई जा चुकी थी कि हत्या मंसूरी के बेटों ने की है। सो जब कलेक्टर ने मालवीय समाज के लोगों को बातचीत के लिए बुलाया तो उन्होंने एक ही माँग

रखी, मंसूरी के बेटों की गिरफ़्तारी। अब ये बात अफसरों को भी मालूम थी कि मंसूरी के बेटों की गिरफ़्तारी का मतलब मामले को ठंडा करने के बजाय और भड़काना है। ऊपर तक मैसेज चला जाएगा कि प्रशासन ने साम्प्रदायिक सोच के चलते यह सारी कार्रवाई की है। बीच का रास्ता निकालने के लिए जब अधिकरियों ने मुस्लिम समाज को बातचीत के लिए बुलवाया तो मंसूरी खुद भी उन लोगों के साथ थाने में पहुँचा। बातचीत के बाद मंसूरी ने विनम्रता के साथ कलेक्टर और एसपी से कुछ देर अकेले में बातचीत की इजाज़त माँगी। मंसूरी ने कलेक्टर और एसपी से अकेले में क्या बात की ये तो किसी को पता नहीं चला, मगर हुआ ये कि मंसूरी के जाने के बाद थाने में खत्री को तलब किया गया, इस बार कलेक्टर और एसपी ने ख़ुद ही खत्री के साथ अकेले में बात की (इस बातचीत में भी क्या हुआ कोई नहीं जानता, मगर उसके बाद वापस आ रहे खत्री की हालत बता रही थी कि उसे हाई पावर पुलिसिया डोज दिया गया है। घबराहट की हालत में वह अपनी जीप में बैठा और घर रवाना हो गया। उसका दिमाग़ कलेक्टर द्वारा कही गयी एक ही बात से भन्नाया हुआ था— मिस्टर खत्री प्रशासन जब अपनी वाली पर आ जाए तो फिर उससे बड़ा गुंडा कोई नहीं होता। (सच आख़िर सच है)।

जितनी आसानी से वह सोच रहा था कि मंसूरी और उसके बेटों को गिरफ़्तार करवा देगा और रामभरोस से भी छुटकारा पा लेगा वैसा कुछ नहीं हो पाया, उस पर ये और हो गया कि शक की सुई उसकी तरफ भी घूमने लगी थी। उधर मामले को शान्त जानकर अधिकारी भी जिला मुख्यालय लौट गये और इधर कस्बा भी सचमुच शान्त हो गया (ऐसे ही मरोगे तुम साले कुछ भी नहीं कर सकते)।

क़स्बा तो हफ़्ता बीतते न बीते शान्त हो ही गया पर रामभरोस हत्याकांड को लेकर पुलिस की गतिविधियाँ तेज़ हो गयी थीं। वैसे भी जब मोटी मछली जाल में फँसती दिख रही हो तो पुलिस अति सक्रिय हो ही जाती है, सारी दुनिया की पुलिस उस समय तफ़्तीश के मामले में हमारी पुलिस से पीछे हो जाती है। ये अति सक्रियता खत्री के लिए परेशानी का सबब बन चुकी थी। क़स्बे की धारा एक सौ चवालीस तो हट चुकी थी पर खत्री को धारा तीन सौ दो आजकल सपने में भी दिखाई दे रही थी।

रात बारह बजे जब खत्री वर्कशाप में पहुँचा तो वहाँ उसके लोग आज रात के काम पे निकलने के लिए आ चुके थे। यह रोज़ का ही नियम था कि रात को बारह बजे खत्री आकर बताता था कि आज किन गाँवों पर धावा बोलना है, और पम्प तथा मोटर चुराकर लाने वाले इन लोगों को खत्री का ड्राइवर जीप लेकर कहाँ पर खड़ा मिलेगा, पूरे योजनाबद्ध तरीके से सारा काम होता था। दिन भर के टेंशन के बाद भी खत्री के कर्मचारी ड्यूटी पर आ चुके थे। खत्री से इनको इतना पैसा मिलता था कि

ये उसके लिए किसी भी हद तक जाने को तैयार रहते थे। खत्री ने कर्मचारियों को वर्कशाप में बने शौचालय के पीछे बने सेप्टिक टैंक का ढक्कन उठाकर उसमें से गन्दगी को प्लास्टिक की मज़बूत थैलियों मे भरने के निर्देश दिये। हैरान कर्मचारी जब खत्री के आदेश को पूरा करके लौटे तो खत्री ने उनको कुछ समझाइश देकर रवाना कर दिया । और ख़ुद वर्कशाप में बने अपने रेस्ट रूम में जाकर सो गया। सुबह जब क़स्बा जागा तो फिर एक बवंडर इन्तज़ार कर रहा था। क़स्बे की प्रमुख मस्जिद के अन्दर चारों तरफ गन्दगी बिखरी हुई थी। किसी ने ये गन्दगी प्लास्टिक की थैलियों में भर-भरकर फेंकी थी जो छितराई हुई बिखरी पड़ी थी, और मस्ज़िद के गेट पर एक मरा हुआ सूअर भी पड़ा हुआ था। बात की बात में तनाव बढ़ा जिसने भी देखा वही मुट्ठियाँ भींचकर घर की तरफ हथियार उठाने दौड़ पड़ा, सुबह जब तक खिली तब तक तो दंगे के आयोजन की पूरी तैयारियाँ हो चुकीं थीं। जाने कहाँ से जवान मुस्लिम लड़कों तक यह सन्देश भी पहुँच गया था कि यह सब कुछ राम भरोस के समाज के लोगों ने रामभरोस की हत्या का बदला लेने के लिए किया है।

कुछ इधर से लपके, कुछ उधर से दौड़े और इस बार कुछ भी नहीं रुका, सब कुछ होता ही चला गया, कहीं दुकानें जलीं, कहीं सिर फूटे तो कहीं अस्मतें लुटीं (वॉव)। वह सब कुछ जो दंगा नाम के आयोजन में होता है वह सब कुछ हुआ। बाद में पुलिस भी आयी, कर्फ़्यू भी लगा, गोली भी चली मगर तब तक दंगे का सफलतापूर्वक आयोजन सम्पन्न हो चुका था। (तालियाँ...) एक पूरी पीढ़ी जिसने दंगे को केवल कहानियों और क़िस्सों में ही सुना था वह अपनी आने वाली पीढ़ी को सुनाने के लिए अपने क़िस्से तैयार कर चुकी थी। इसी बीच खत्री इस तरफ के पक्ष का अघोषित संरक्षक हो चुका था वह अस्पताल में घूम-घूमकर रामभरोस के समाज के घायल लोगों का न केवल हाल-चाल पूछ रहा था बल्कि खुल कर पैसे भी बाँट रहा था, वो हरेक को भरोसा दिला रहा था कि दंगे को लेकर समाज के जिन जिन लोगों पर भी मुकदमे दर्ज होंगे उनकी अदालती कार्यवाही का पूरा खर्च वह उठाएगा। दोपहर को जब थाने में कलेक्टर और एसपी ने शान्ति के लिए दोनों पक्षों की बैठक बुलायी तो इस तरफ से कमान सँभालते हुए खत्री ही वहाँ पहुँचा और पूरे ज़ोर-शोर से अपने पक्ष की बात भी रखी, काफी गरमागरमी के बाद तय हुआ कि रामभरोस हत्यावाले मामले में पुलिस पूरी जाँच के बाद ही कोई कार्रवाई करेगी, क़स्बे में आज हुए दंगे में शामिल दोनों ही पक्षों पर सख्ती से कार्रवाई की जाएगी। और क़स्बे में अमन क़ायम करने के लिये खत्री और मंसूरी दोनों ही मिल कर कोशिश करेंगे।

चलते समय कलेक्टर ने खत्री से हाथ मिलाते हुए कहा, ''वेल मिस्टर खत्री! अब आपकी जवाबदारी है कि शान्ति बनी रहे।'' खत्री ने मुस्कराकर केवल उनके

हाथ पर हाथ रख दिया, लोग धीरे-धीरे अपने घरों को लौट रहे थे। खत्री भी अपनी जीप में बैठकर वापस चल पड़ा। हर कोई वापस लौट रहा था, (मगर रामभरोस हाली? उसका क्या हुआ?) बताया तो, वह तो मारा जा चुका है। (और खत्री की घरवाली, उसका क्या हुआ?) जाने भी दो! क्यों किसी के घरेलू मामले में उलझते हो, कहानी रामभरोस हाली की थी जो अब ख़त्म हो चुकी है।

तमाशा

नमस्कार,

कोई सम्बोधन इसलिए नहीं दे रहीं हूँ क्योंकि आपके लिए मेरे पास कोई सम्बोधन है ही नहीं। जब अपने चारों तरफ नज़र दौड़ाती हूँ तो पाती हूँ कि वे सभी जो मेरे आसपास हैं उनके लिए मेरे पास एक उचित सम्बोधन भी है किन्तु आपके लिए...? आपके लिए तो मेरे पास कुछ भी नहीं है, न भावनाएँ और न ही सम्बोधन। वैसे अगर रिश्तों की परिभाषाओं के मान से देखा जाए तो आपके और मेरे बीच में भी एक सूत्र जुड़ा है मगर मैं उस सूत्र को नहीं मानती इसीलिए ये पत्र लिख रही हूँ।

यहाँ इस घर से जब मेरे विदा होने की घड़ी आ गयी है तब स्मृतियों के अध्यायों को खोलते हुए सुधियों के पन्नों को टटोलते हुए ये पत्र आपको लिख रही हूँ। यकीन मानिये मैं ऐसा कभी भी करना नहीं चाहती थी, अगर चाहती तो पिछले वर्षों में कभी भी लिख देती। आज भी ये पत्र लिख रही हूँ तो उसके पीछे भी एक बड़ा कारण है और ये कारण आपसे भी जुड़ा है और मुझसे भी। ये पत्र सम्भवतः आपके और मेरे बीच का पहला संवाद है और ईश्वर से मेरी प्रार्थना है कि यही अन्तिम भी हो क्योंकि इसीलिए तो मैं ये पत्र लिख रही हूँ। पत्र शुरू करने से पहले बहुत सारी भूमिका इसलिए बाँध रही हूँ ताकि आपको ऐसा ना लगे कि ये एक लड़की द्वारा भावुकता में लिखा गया पत्र है। ये पत्र एक सुदृढ़ मनःस्थिति में लिख रही हूँ। एक बात पुनः दोहरा रही हूँ कि लिख इसलिए रही हूँ क्योंकि इसके अलावा कोई चारा था भी नहीं।

मैं भी नहीं जानती कि उस वक्त यदि मैं कुछ सोच पाती तो क्या सोचती जब मैं केवल कुछ ही दिनों की थी। शायद दस दिन पहले ही मेरा जन्म हुआ था। दादी बताती हैं कि आप शहर से आए थे और बरामदे में बैठे थे जब दादी ने दस दिन की मुझे आपकी गोद में लाकर लिटा दिया था और कुछ हँसते हुए कहा था, 'ले मुन्ना देख ले अपनी बिटिया को।' आगे की घटना बताते हुए दादी कुछ गम्भीर हो जाती हैं किन्तु बताती अवश्य हैं। सम्भवतः यही वह बांत है जिसने मुझे इतना मजबूत

बनाया है। मैं सोचती हूँ कि दादी ने भी शायद इसीलिए मुझे बार-बार वो घटना सुनाई है क्योंकि वो भी मुझे ऐसा ही बनाना चाहती थीं। दस दिन की मैं आपकी गोद में लेटी ही थी कि आपने हिकारत से मुझे उठाकर नीचे गोबर से लिपे कच्चे फर्श पर पटक दिया था ये कहते हुए, 'हटाओ ये तमाशा, एक तो अनपढ़, गंवार देहातन मेरे पल्ले बाँध दी ऊपर से इन सब चक्करों में भी उलझा रहे हो।'

दादी बताती हैं कि तब आप शायद केवल अपना सामान बटोरने ही वहाँ आये थे क्योंकि तब के गये आप फिर कभी भी नहीं लौटे। मैं कभी भी नहीं भूल पायी इस बात को कि आपने मुझे हिकारत से जमीन पर पटकते हुए एक घिनौना-सा नाम दिया था 'तमाशा'। चूँकि मैं नहीं समझती कि आपके और मेरे बीच में मर्यादा की कोई ओट है इसीलिए पूछती हूँ आपसे कि ये तमाशा आया कहाँ से? उसी अनपढ़, गँवार देहातन के साथ आपके सम्बन्धों का ही तो परिणाम थी मैं। उस स्त्री को भोगते समय तो आपको विचार नहीं आया कि ये तो अनपढ़, गँवार देहातन है। मेरी माँ ने भले ही उस तिरस्कार को सह लिया हो पर मेरे मन ने अपने आपको दिया गया आपके नाम तमाशा रूपी अपमान को कभी भी सहजता से नहीं लिया।

आप एक बड़ा लेखक बनना चाहते थे और बन भी गये हैं। आज आपका नाम है, मान है, सम्मान है सब कुछ है और इन सबके बीच में मैं या मेरी वो कृषकाय माँ कहीं भी नहीं आते हैं क्योंकि वहाँ तो कोई और है, वो जिसे आपने सीढ़ी की तरह इस्तेमाल किया है। सीढ़ी इसलिए क्योंकि वो उस आलोचक की बेटी थी जिसकी कलम आपको एक गुमनाम लेखक के अँधेरों से निकाल कर सफलता की रोशनी में ला सकती थी। मेरी माँ चाहतीं तो उनके रहते दूसरा विवाह करने पर आपको कोर्ट में भी घसीट सकती थीं परन्तु वो आपकी तरह नहीं थीं, हाँ, अगर उनकी जगह मैं होती तो ऐसा ज़रूर करती।

मुझे याद है जब मैं छोटी थी तो बहुत बार मुझे उस एक पुरुष की कमी महसूस हुई जिसे मैं दूसरों के घर में पिता के रूप में देखती थी। वह पुरुष जब किसी नन्ही बच्ची को रुई से भरी हुई गदबदी-सी गुड़िया लाकर देता तो रो देती थी मैं। जब किसी बच्ची को पिता की उँगली थामे जाते देखती तो पूछती थी माँ से, दादी से कि कहाँ है ये पुरुष जो बाकी के सब घरों में तो है पर मेरे ही घर में नहीं है। उन दोनों स्त्रियों की आँखों में नमी का सोता फूट पड़ता था मेरे इस प्रश्न से। हालाँकि ये सब बातें तब की हैं जब मैं छोटी थी नासमझ थी। उस समय मुझे पता ही नहीं था कि जिस पुरुष को लेकर मैं इतना परेशान हो रही हूँ वही पुरुष मुझे 'तमाशा' नाम देकर चला गया है।

जब ठीक से समझने लायक हुई थी तब पहली बार दादी ने मुझे बैठाकर सब कुछ बताया था और बिल्कुल साफ-साफ बताया था। मुझे याद है कि उस दिन मैं

स्कूल नहीं गयी थी दिन भर घर में बैठी रोती रही थी। लेकिन अगले दिन जब सुबह हुई तो मैं सब कुछ भूल चुकी थी उस विगत को जो मेरा था। मुझे केवल वह शब्द 'तमाशा' ही याद था। उस दिन के बाद मुझे फिर उस पुरुष की कमी कभी भी अपने जीवन में महसूस नहीं हुई जो दूसरों के घर में पिता बन कर नज़र आता था। उस दिन के बाद मेरा एक नया जन्म हुआ था एक मजबूत और दृढ़ निश्चयी लड़की का जन्म। दादी और माँ दोनों ही चाहती थीं कि मैं खूब पढ़ूँ और मैंने किया भी वही। हिन्दी में मास्टर डिग्री लेने के पीछे मेरी मंशा यही थी कि मैं उस तमाशा नाम देने वाले को बता सकूँ कि अब मैं भी वही हूँ जो तुम हो।

कॉलेज के दौरान कई बार ऐसा हुआ कि आपका नाम गाहे-बगाहे आता रहा। फिर जब आपने अपना आत्मकथ्यात्मक उपन्यास लिखा तब तो आपके और मेरे बीच के उस एक सच का पता सबको चल गया था। जब मैं हिन्दी में एमए कर रही थी तब उसी उपन्यास पर एक संगोष्ठी का आयोजन किसा गया था। मुझे भी उसमें अपने विचार रखने थे। मैंने अपनी बात की शुरुआत कुछ इस तरह से की थी 'ये मेरा दुर्भाग्य है कि मैं भी इस उपन्यास में कहीं हूँ और ऐसा इसलिए क्योंकि इसका लेखक मेरी माँ का पति रहा है किन्तु एक बात मैं यहाँ स्पष्ट कर दूँ कि मेरी माँ का पति होने का मतलब ये कदापि नहीं है कि वो मेरा पिता भी है। 'पिता एक पदवी होती है जो मैं किसी कायर और भगोड़े को नहीं दे सकती।' इतना कह कर जब मैं साँस लेने के लिए रुकी तब पूरा हाल तालियों से गूँज रहा था। सच कहती हूँ उन तालियों से बड़ा पुरस्कार मुझे अपने जीवन में दूसरा नहीं मिला। उन तालियों ने मुझे और भी मजबूत कर दिया था वह उस व्यक्ति को मेरा पहला जवाब था जिसने मुझे तमाशा नाम दिया था।

एमए के बाद पी-एच.डी. की और उसके बाद मेरा नाम हो गया डॉ. स्वाति कुसुम देशपांडे। कुसुम को स्वयं मैंने अपने नाम के बीच में स्थान दिया है क्योंकि ये मेरी माँ का नाम है, मेरे नाम के बीच में किसी भगोड़े का नाम आ ही नहीं सकता था। ये मेरा दूसरा जवाब था। ये पत्र जिस खास प्रयोजन से लिख रही हूँ अब उस पर ही आती हूँ। आपको ये तो पता हो ही गया होगा कि मेरी शादी हो रही है। पता इसलिए चल गया होगा क्योंकि मैं जानती हूँ कि माँ और दादी ने मुझसे छुपाकर आपको ख़बर की है। मैं ये भी जानती हूँ कि उन दोनों स्त्रियों ने नहीं चाहते हुए भी केवल सामाजिक मान और मर्यादाओं के चलते ही ऐसा किया है। मैंने भी सब कुछ जानते हुए भी उनसे कुछ भी नहीं कहा, मैं उन दोनों स्त्रियों को छोड़कर अब जब जा रही हूँ तब कुछ भी कहकर या करके उन दोनों का दिल दुखाना नहीं चाहती। परम्परा है कि कन्यादान के समय स्त्री का पति भी साथ होता है और दोनों मिलकर अपनी कन्या का दान करते हैं, शायद केवल और केवल इसी परम्परा के चलते ही

उन दोनों स्त्रियों ने आपको सूचना दी है।

मैं ये पत्र इसलिए लिख रही हूँ ताकि आपको ये बता सकूँ कि कोई भी व्यक्ति दान उसी चीज़ का कर सकता है जो उसकी हो और जब आपका मुझ पर कोई भी अधिकार है ही नहीं तब भला आप मुझे दान कैसे कर सकते हैं? जिस उम्र में मैं एक गुड़िया के लिए तरसती थी तब आप वह मुझे दे नहीं पाये और अब जब उन दोनों स्त्रियों ने मिलकर एक गुड्डा मेरे लिए तलाश किया है तब मैं नहीं चाहती कि आप दुनिया के सामने आकर ये साबित करने का प्रयास करें कि आप ने ही मेरे लिए ये गुड्डा लाकर दिया है। समाज पुरुष प्रधान है और निश्चित रूप से जब आप होंगे तो आपको ही सारा श्रेय मिलेगा और उन दोनों स्त्रियों की सारी तपस्या व्यर्थ हो जाएगी। मैं नहीं चाहती कि आप उस गुड्डे के हाथों में मेरा हाथ सौंपें, पिता का सम्बोधन मैं न कल आपको दे सकती थी न आज दे सकती हूँ, मेरा जीवन इस सम्बोधन से विहीन है। रही बात आपकी तो आपके साथ तो ईश्वर ने न्याय किया है आप मुझे तमाशा कह कर ज़मीन पर फेंककर चले गये थे शायद इसी कारण आप फिर निःसन्तान ही रहे। निःसन्तान इसलिए क्योंकि मैं अपने आप को आपकी सन्तान नहीं मानती और उस दूसरी स्त्री से आपको कुछ नहीं मिला ना बेटा ना बेटी। मैंने अपने आपको पिता सम्बोधन से स्वयं विहीन किया है किन्तु आपको बच्चों के सम्बोधन से तो स्वयं ईश्वर ने विहीन कर दिया है। मैं जानती हूँ कि इस सम्बोधन से विहीन होने के कारण ही आप ज़रूर आना चाहेंगे मेरी शादी में।

इसीलिए आपसे कह रही हूँ कि आप मेरी शादी में मत आना। मैं अपनी ही शादी में कोई भी 'तमाशा' खड़ा करके उन दो महान स्त्रियों को कोई दुःख नहीं पहुँचाना चाहती जिन्होंने मुझे यहाँ तक लाकर खड़ा किया है कि मैं आज कॉलेज में आप और आप जैसे कई लेखकों को अपने छात्रों को पढ़ाती हूँ। पुनः आपसे कह रही हूँ कि ये मैं डॉ. स्वाति कुसुम देशपांडे चाहती हूँ कि आप मेरी शादी में ना आएँ। मैं जानती हूँ कि आप इतने बेशर्म नहीं हैं कि इतना कुछ लिखने के बाद भी चले आएँ। पत्र में लिखी हुई किसी भी बात के लिये क्षमा माँगने की औपचारिकता इसलिए नहीं करूँगी क्योंकि मैने कुछ भी ग़लत लिखा ही नहीं है, अगर आपको किसी भी बात के लिए बुरा लगा हो तो उसके लिये आप अपने आप से खुद क्षमा माँगें और शायद मुझसे भी। आशा है आप नहीं आएँगे।

—डॉ. स्वाति कुसुम देशपांडे, प्राध्यापक हिन्दी विभाग, शास. कॉलेज

शायद जोशी

वह मोटा-सा आदमी आज फिर सामने बैठा है। इसका नाम शायद जोशी है। जोशी शायद प्रकाश या विकास जैसा कोई जोशी। सामने बैठा है मतलब उसके सामने टेबल के उस तरफ रखी हुई दो कुर्सियों में से एक पर। दूसरी कुर्सी ख़ाली पड़ी है। ये शायद जोशी अक्सर आता है। इस शायद जोशी के पास होते हैं कई शब्द। शब्द जो अक्षरों से बनते हैं और वाक्यों को बनाते हैं। आज भी इसके पास शब्द होंगे तभी तो आया है यहाँ। ये शायद जोशी जब उसके सामने नहीं बैठा होता है तो वहाँ होता है जहाँ पर उसके सामने की कुर्सी पर दूसरे लोग आकर बैठते हैं। वहाँ बैठकर ये शब्दों को इकट्ठा करता है, जब काफी हो जाते हैं तो आ जाता है उसके पास।

कुर्सी पर बैठा शायद जोशी मुस्करा रहा है। नहीं मुस्करा नहीं रहा है शायद एक तरफ की दाढ़ में कुछ फँस गया है, जिसे निकालने का प्रयास करने के चक्कर में उसका चेहरा मुस्कराता हुआ लग रहा है। वैसे ये शायद जोशी कभी मुस्कराता नहीं है, मुस्करा भी नहीं सकता। जिनके पास शब्द होते हैं, वे मुस्कराना भूल ही जाते हैं। वैसे कहा तो ये भी जाता है कि मुस्कराना भूल जानेवाली चीज़ नहीं है। वो तो जन्मजात ही कुछ ऐसा होता है कि मुस्कराना नहीं आता।

शायद जोशी का नाम वो एक बार फिर याद करने का प्रयास करता है, प्रकाश, विकास, दिनेश जैसे कई नाम आते हैं मगर कुछ तय सा नहीं हो पाता। ऐसा कैसे हो सकता है कि आप किसी को जानते हों और उसका नाम आपको पता ही न हो। क्यों नहीं हो सकता? हो सकता है जब आपको उसका परिचय करवाया गया हो तब केवल ये कहा गया हो कि ये जोशी जी हैं जिला उद्योग केन्द्र में बाबू हैं। उसके बाद जो आपको याद रहता है वह उद्योग केन्द्र और जोशी ही रहता है। नाम जानने के बाद में ज़रूरत ही नहीं पड़ती। उसके बाद तो उद्योग केन्द्र वाला जोशी, ठिगना सा जोशी, वो जोशी बाबू से काम चल ही जाता है।

ये शायद जोशी पता नहीं जोशी ही है या कोई और है। वैसे तो बहुत सारे लोग आते हैं उसके पास, उनमें से ये जोशी ही है ऐसा कैसे कहा जा सकता है। माना कि ये भी ठिगना ही है जोशी की तरह, माना कि ये भी मुस्करा नहीं रहा जोशी की

तरह, मगर इससे तो तय नहीं होता कि ये जोशी ही है। बहुत मुश्किल होता है चेहरे को और उनसे जुड़े शरीर को सही नाम के साथ याद रख पाना। चेहरे अक़्सर सामने आते ही सवाल खड़ा कर देते हैं, नाम का, पहचान का। कई बार नाम याद आ जाता है तो पहचान नहीं मिलती, और कई बार तो चार नाम एक साथ सामने आ जाते हैं। चेहरा और उससे जुड़े चार नाम 1. शर्मा, 2. श्रीवास्तव, 3. जोशी, 4. मालवीय। आपका पूरा समय एक-एक नाम के चेहरे के साथ जानकर सटीक उत्तर तलाशने में ही गुज़र जाता है। और उधर तब तक चेहरा वापस छुप भी गया होता है।

शायद जोशी कुर्सी पर कसमसाया और धीरे से खँखारा। हूँ...ये एक लक्षण तो जोशी की ही तरह का है पर इससे भी सिद्ध तो नहीं होता कि ये जोशी ही है। टेबल के उस तरफ रखी उन दो कुर्सियों पर तो दिन भर में कितने ही लोग बैठते हैं आख़िर वो सब तो जोशी नहीं हो सकते ना। और फिर केवल कसमसा कर खँखारने से ही कैसे मान लिया जाए कि ये जोशी ही है। वैसे वो जिस जोशी को जानता है वो जोशी भी है तो इसी की तरह का नाटा, साँवला, अक़्सर चौकड़ी की शर्ट पहनने वाला, सामने से गंजा और खिचड़ी बालों धुँधाई-सी पीली आँखों वाला। मगर इससे भी कैसे कह सकते हैं कि ये जोशी ही है, दस में से नौ आदमी तो इसी तरह के होते हैं। दरअसल जब सारे के सारे सपने स्थगित हो जाते हैं तो हर आदमी ऐसा ही हो जाता है नाटा, साँवला, गंजा, और पीली आँखों वाला। और ऐसे में तो हर दूसरा आदमी उसे जोशी ही लगेगा।

जिस जोशी को वो जानता है वो जोशी बाबू है जो एक पुरानी-सी हीरो पुक पर सवार होकर किराए के मकान से अपने ऑफ़िस जाता है। उसकी दो लड़कियों मे से एक भाग चुकी है और दूसरी जिसकी शादी की उसे चिन्ता है वह भी भागनेवाली है। इसका एक लड़का भी है जो लगभग आवारा है और जिसको वो किसी सरकारी नौकरी में चिपकाने की जुगाड़ में है। ये जोशी चौकड़ी की शर्ट और भूरी पैंट पहनता है और पैरों में कोल्हापुरी चप्पल डालकर रखता है। ऐसा लगता है मानो वो चौकड़ी की शर्ट, भूरी पैंट और कोल्हापुरी चप्पल भी उसका शरीर हो चुकी हैं। इस जोशी की एक अधेड़-सी पत्नी भी है जो उसके घर में वही सब करती है जो चार पाँच अलग-अलग कामवाली बाइयाँ करतीं। अगर सामने वाले शायद जोशी के बारे में भी ये सटीक हो तब भी निक्कित तौर पर नहीं कहा जा सकता कि ये जोशी ही है क्योंकि फिर वही बात है कि हर दस में से नौ के साथ तो ऐसा ही है।

शायद जोशी उसके फ़ुरसत में होने का इन्तज़ार कर रहा है, वो जान-बूझकर एक फ़ाइल में उलझा है। जानता है जैसे ही फ़ाइल से फ़ुरसत पाएगा तो सामने बैठे इस शायद जोशी से उलझना पड़ेगा। जब ये आया था तब तो उसने 'आइए, आइए बैठिए, मैं ज़रा ये फाइल निबटा लूँ' कहकर छुटकारा पा लिया था। मगर जब बात

करनी होगी तब तो पता होना ही चाहिए कि ये कौन है। ये ख़ुद तो परिचय देगा नहीं कि मैं जोशी, उद्योग केन्द्र वाला, क्योंकि ये तो जानता है कि वो उसे पहचानता है। मगर नाम से क्या फ़र्क़ पड़ता है, बातचीत करने में बिना नाम के भी तो काम चलाया जा सकता है। नहीं-नहीं अगर इस शायद जोशी के नाम की जरूरत पड़ गयी तो, मान लो कोई दूसरा व्यक्ति इस बीच आ गया और दोनों का परिचय कराना पड़ गया तो? क्या कहकर मिलवाएगा इसे? नाम तो जानना बहुत ज़रूरी है।

मगर इस शायद जोशी को ज्यादा देर तक लम्बित भी नहीं रखा जा सकता। बात तो करनी ही होगी। बात...? बात वो करता ही कहाँ है...? वो तो सुनता है। सुनता है शब्दों को। शब्द जो वाक्य बन-बनकर आते हैं और उसके कानों में कुछ एहसास सा कराते हुए गुम हो जाते हैं। कभी-कभी तो उसे हैरानी भी होती है कि ये इतने सारे शब्द आखिर जाते कहाँ हैं। कभी-कभी तो ऐसा भी होता है कि किसी किसी वाक्य के एक-दो शब्द गायब भी होते हैं। 'रिक्त स्थानों की पूर्ति करो' टाइप के सवालों वाली स्टाइल में। मगर जो शब्द होते हैं उनको ही कहाँ याद रख पाता है वो। अक़सर ये सारे शब्द कतारबद्ध होकर वाक्य की शक्ल में आते हैं और दोनों तरफ़ के कानों में समाते चले जाते हैं। शुरुआत के कुछ शब्द तो उसे सुनाई देते हैं मगर बाद के शब्द...? बाद के शब्द जब आ रहे होते हैं तब वो कहीं और जा चुका होता है। यहाँ पर अपने कानों को शब्दों के लिए रिसीवर की तरह छोड़कर कहीं और निकल जाता है।

इसमें कभी-कभी मुश्किल भी होती है, तब जब शब्दों से बने हुए वाक्य के अन्त में पूर्ण विराम न होकर प्रश्नवाचक चिह्न होता है। प्रश्नवाचक चिह्न अर्थात वाक्य अपने लिए उत्तर की प्रत्याशा लेकर आ रहा है। अब समस्या ये है कि कानों को उत्तर देना नहीं आता। कान उत्तर दे भी नहीं सकते। दरअसल में रिसीवर होने का अर्थ ही होता है रिसीवर होना। जो भी आ रहा है उसे केवल रिसीव कर लो यहाँ उत्तर देने का कोई काम नहीं है। तो जब प्रश्नवाचक चिह्न वाला वाक्य आता है तब सामने की कुर्सी जो टेबल के उस तरफ रखी है उस पर बैठा व्यक्ति उत्तर की प्रतीक्षा में लग जाता है। जब उत्तर नहीं मिलता तब वो शायद जोशी किंचित ऊँचे स्वर में उसे पुकारकर उसे वापस ले जाता है। वैसे ऐसा कम ही होता है क्योंकि उसके पास जितने भी शायद जोशी आते हैं, उनके पास जो शब्द होते हैं, उनसे जो वाक्य बनते हैं, उन वाक्यों में प्रश्नवाचक तो छोड़ो पूर्ण विराम भी नहीं होता। दरअसल तो इन शायद जोशियों को तो खुद भी नहीं पता होता कि वे क्या बोल रहे हैं, वे तो यहाँ स्खलित होने आते हैं, और उसके दुर्भाग्य से इन शायद जोशियों को शीघ्र स्खलन की बीमारी भी नहीं होती।

कल की बात है शायद जब इस तरह का ही कोई शायद जोशी लगभग एक

घंटे तक उसे अपनी व्यथा-कथा सुनाता रहा था। शायद जोशी के जाने के बाद उसका सहायक जो एक फाइल लेकर आया था कुछ झिझकते हुए बोला था, "सर आप इन फ़ालतू लोगों को झेलते ही क्यों हैं?"

सहायक की बात सुनकर वो धीरे से मुस्कराया था और फिर बोला था, "बलात्कार अपनी मर्ज़ी से नहीं होता, करनेवाले की मर्ज़ी से होता है। इसीलिए तो उसका नाम बलात्कार है।"

"मगर सर आप इतने पेशेंस के साथ कैसे सुन लेते हैं इतनी सारी बातें?" सहायक ने फिर पूछा था।

"कौन सुनता है? मैं...? मैं तो उस समय...। ख़ैर जाने दो तुम नहीं समझोगे। बस इतना समझ लो कि...! अच्छा मन्दिर-वन्दिर जाते हो?" जाने क्या सोचकर अपनी ही बात को काटकर कहा था उसने।

"जाता हूँ सर।" सहायक ने उत्तर दिया था।

"वहाँ तुम जिस मूर्ति के सामने खड़े होकर अपनी परेशानियाँ, तकलीफ़ें सुना कर आ जाते हो वो क्या सुन लेती है? नहीं, मगर सुनाने के बाद तुम रिलेक्स हो जाते हो। ये एक अच्छी व्यवस्था है। स्खलित हो जाने से तनाव का तात्कालिक हल तो हो ही जाता है। पत्थर की मूर्ति रखी ही इसलिए जाती है कि वह सब कुछ सुनने का एहसास दिलाती रहे। तुमने देखा भी होगा कि सारी की सारी मूर्तियों की आँखें एकदम सामने वाले की आँखों में आँखें डाली ही बनाई जाती हैं। इससे तुमको एहसास भी होता रहता है कि तुम्हें सुना जा रहा है और तुम्हें सुनने का कष्ट किसी को उठाना भी नहीं पड़ता। और कुछ समय के लिए तो तुमको ये भी यक़ीन हो जाता है कि वो मूर्ति तुम्हारे लिए कुछ कर भी देगी।" लम्बी बात ख़त्म करके वो रुका था। सहायक के चेहरे पर मूर्ति को लेकर की गयी तल्ख़ टिप्पणी के कारण कुछ नाग़वारी थी। "मूर्तियाँ वास्तव में व्यवस्था द्वारा पैदा किया गया एक भ्रम हैं, अगर ये भ्रम ही न हो तो फिर तो हर कोई अपने सवाल लेकर व्यवस्था के पास ही चल पड़ेगा। व्यवस्था के पास कहाँ इतना समय है कि वो हर किसी की सुने। इसीलिए उसने मूर्तियाँ लगवा दी हैं। अलग-अलग मन्दिरों में अलग अलग मूर्तियाँ, आदमी एक तरह की मूर्ति से निराश होता है तो दूसरी के पास दौड़ता है, दूसरी से तीसरी, तीसरी से चौथी । दौड़ता रहता है, दौड़ता ही रहता है और फिर मर जाता है, और इसी बीच अगर कहीं व्यवस्था को लगता है कि आदमी तो मूर्तियों से हार कर अब उसकी तरफ़ देख रहा है तो व्यवस्था फ़ौरन ही मूर्तियों को दूध पिलाने का चमत्कार रच देती है। कि देख लो ये मूर्तियाँ भले ही पत्थर की हैं पर इनमें कुछ न कुछ तो है, इसलिए लगे रहो कभी-न-कभी कुछ-न-कुछ तो हो ही जाएगा।" उसकी बात पूरी होते-न-होते सहायक कसमसाने लगा था। उसे लगा कि उसने कुछ

ज़्यादा ही तीखी बात कह दी है अगर इस सहायक का कांटेक्ट बजरंगियों से होगा तो कल ही उसका पुतला फुँकवा देगा। ''बस वैसा ही मैं भी हूँ मैं तो केवल भ्रम पैदा करता हूँ कि उनको सुना जा रहा है। मैं तो केवल आँखों में आँखें डालकर रखता हूँ। उन सबको स्खलित होने का भरपूर मौक़ा देता हूँ। और यक़ीन मानो उनके स्खलन से मेरा कौमार्य भंग नहीं होता।'' कहते हुए उसने माहौल को हल्का करने के लिए एक ज़ोरदार ठहाका लगाया था।

इन शायद जोशियों के शब्द वाक्य सब गड्ड-मड्ड रहते हैं। इन सबकी ध्वनियाँ मिलती-जुलती ही होती हैं। अम्मा की बीमारी, लड़के की नौकरी , बेटी या बहन की शादी, पत्नी का कमर दर्द, पिताजी का चिड़चिड़ापन, साले की शादी जैसी ध्वनियाँ अकसर शब्दों को बदल-बदलकर आती हैं। इन शब्दों में वाक्यों में कहीं कोई तारतम्य भी नहीं होता। कभी कभी उससे लगता है कि ये सारे-के-सारे शायद जोशी झुंड में बैठे कव्वे हैं या फिर घनघोर बरसात के बाद की रात में किसी पोखर के किनारे बैठे मेंढकों का झुंड। इन सारे शायद जोशियों के पास एक-सी ही तो ध्वनियाँ हैं। सड़क पर रेंग रहे लिजलिजे केंचुए के समान ध्वनियाँ। ध्वनियाँ, जिनमें कुछ भी नहीं है। कुछ भी नहीं का मतलब सचमुच कुछ भी नहीं। ध्वनियाँ, जो कहने को तो शब्दों से भरी हुई हैं किन्तु जिनमें अर्थ नहीं हैं।

सामने बैठा शायद जोशी सम्भवत: उसकी तरफ़ ही देख रहा है। इसके अलावा उस शायद जोशी के पास कोई विकल्प भी तो नहीं है। दरअसल वे लोग जिनके पास शब्द और वो भी बिना किसी अर्थ वाले शब्द इकट्ठे होने लगते हैं, उनकी स्थिति भी सम्भोग की प्रतिक्षा में छटपटा रहे नौजवान की तरह हो जाती है। हर कोई स्खलित हो जाने के लिए उचित माध्यम की तलाश करने लगता है। मगर ये शायद जोशी तो वो भी नहीं कर सकते। बलात्कार करना इनकी संवैधानिक मजबूरी होती है। और इसीलिए ये सारे के सारे शायद जोशी उसके ही समान माध्यमों की तलाश में रहते हैं। ऐसे रिसीवर जो शब्दों को बिना किसी प्रतिकार के ग्रहण करते रहें। फाइल पर नज़रें जमाये उसको कुछ चुभने एहसास हो रहा है, ये चुभन निश्चित रूप से शायद जाशी की नज़रें हैं, शायद जोशी के पास जो शब्द हैं वो नज़रों के माध्यम से आकर दस्तक दे रहे हैं कि हमें सुन लो, सुन लो नहीं तो हमारे होने का कोई अर्थ नहीं होगा। सुन लोगे तो कम से कम ये तो हो जाएगा कि हम दर्ज हो जाएँगे कि जून की तपती दोपहर में फलाँ तारीख़ को, फलाँ दिन इतने बजकर इतने मिनट पर हमें बाक़ायदा सुना गया था। हम भी उन करोड़ों-अरबों शब्दों में शामिल हो जाएँगे जिन्हें प्रयोजन या बिना किसी प्रयोजन के बोला गया और सुना भी गया। शब्दों की सबसे बड़ी मजबूरी यही तो है कि केवल बोले जाने से कुछ भी नहीं होनेवाला, पूर्णता तो होती है सुने जाने से।

ऐसे ही एक बार किसी शायद जोशी के पास से आ रहे शब्द को रोककर उसने पूछा था, "भाई जब तुम्हारे होने का कोई प्रयोजन ही नहीं है। तुम्हें सुन लिए जाने के बाद तुम्हें कोई याद रखता ही नहीं तो फिर तुम क्यों बिला वजह के परेशान होते हो।" शब्द एक क्षण को ठिठका था फिर बोला, "अच्छा तो आप क्या हैं महात्मा गाँधी? विवेकानन्द? कार्ल मार्क्स या फिर एडोल्फ हिटलर?" उसने कुछ झुँझलाते हुए जवाब दिया था, "कुछ नहीं, मैं एक आम इनसान हूँ मैं इनमें से कुछ हो भी नहीं सकता।" शब्द कुछ देर तक उसे घूरता रहा फिर बोला, "नहीं हो सकते तो मर क्यों नहीं जाते। जब तुम्हारे होने का कोई प्रयोजन ही नहीं तुम्हारे मर जाने के बाद तुम्हें याद रखा ही नहीं जाएगा तो क्या फ़र्क़ पड़ता है कि आज मरो या तीस साल बाद? मर जाओ आज ही।" वह एकदम से कोई जवाब नहीं दे पाया था तब शब्द ही फिर से बोला था, "हम सब ऐसे ही हैं। हम मतलब तुम भी और हम भी। हम सब जानते हैं कि हमारा होना निष्प्रयोजन है फिर भी हम होते हैं। तुम न तो गाँधी हो पाये न हिटलर फिर भी तुम हो। उसी तरह से हम भी हैं। ये होना ही हमारी नियति है। और कुछ हम कर भी नहीं सकते।" कहता हुआ वो शब्द कुछ उदास हो गया था। "हमारा दुर्भाग्य है कि हम आज और अभी पैदा हो रहे हैं और आज ही तुम्हारे कानों के इस अन्धे कुएँ में समा जाएँगे। तुम्हारे विचारों में बिना कोई हलचल मचाए समाप्त हो जाएँगे। फिर कभी नहीं दोहराया जाएगा हमें। कभी नहीं का मतलब कभी नहीं। बिना कोई हलचल मचाए समाप्त हो जाना बहुत पीड़ादायी होता है। बहुत पीड़ादायी होता है ये जानना कि आपके जाने के बाद कोई शून्य या कोई रिक्त स्थान बना ही नहीं। मानों आप तो थे ही नहीं। आपका तो अस्तित्व ही नहीं था आप तो बिला वजह ही होने का भ्रम पाले हुए थे।" कहता हुआ वो शब्द फिर से ख़ामोश हो गया था। कुछ देर तक फिर से ख़ामोशी बिछी रही थी।

"तुम जानते हो कि अगर मैं इस शायद जोशी के पास नहीं होता तो किसी और के पास होता। किसी और के पास होता तो भी कोई फ़र्क़ नहीं पड़ना था। तुम नहीं सुनते तो कोई और सुनता। सुनानेवाला वही होता मोटा, गंजा, ठिगना और स्थगित सपनों वाला कोई अधेड़।" शब्द इतना कहकर चुप हो गया था और फिर काफी देर तक चुप ही रहा था।

"वही तो मैं भी कह रहा था कि अगर प्रयोजन है ही नहीं तो फिर अर्थ ही क्या है।" वाक्य पूरा करने के साथ ही उसे लग गया था कि उसने ये पूरा वाक्य बिना कुछ सोचे-समझे यूँ ही शब्द बिला वजह बोल दिया है। केवल इसलिए कि वो कुछ बोलना चाह रहा था, शायद की चुप्पी उसे बर्दाश्त नहीं हो रही थी? "एग्ज़िसटेंस और नान एग्ज़िस्टेंस ये हमारे तय करने से कहाँ होता है। वास्तव में तो हमारे तय करने से कुछ भी नहीं होता। कुछ भी नहीं। तुम अभी यहाँ बैठे हो ये ऊपर

से पंखा गिरे और ख़त्म हो जाओ। हो जाओ क्या फ़र्क़ पड़ता है। अमेरिका के राष्ट्रपति को पता चलेगा कि अमुक जगह के ढिमके मोहल्ले में फलाना आदमी फ़ौत हो गया? कभी नहीं चलेगा। अमेरिका के राष्ट्रपति को छोड़ो तुम्हारे बचपन से लेकर के अब तक के सारे मित्र परिचित, क्या सबको पता चलेगा कि तुम जो कल तक थे अब नहीं हो। वो बचपन का तुम्हारा पक्का दोस्त दीनू जो बीस साल पहले दुबई चला गया और जिससे स्कूल छूटने के बाद तुम आज तक नहीं मिले। क्या उसे पता चलेगा कि तुम मर गये। वही दीनू जिसके साथ स्कूल में तुम्हारे इस तरह के रिश्ते थे कि चोट उसको लगती थी और दर्द तुमको होता था। वही जिसके बारे में तुम ये सोचा करते थे कि अगर वो मर जाए तो तुम भी मर जाओगे। उसी दीनू को पता भी नहीं चलेगा कि तुम मर चुके हो।'' कहकर शब्द चुप हो गया था।

''आज भले ही पता न लगे मगर साल छः महीने में तो पता लग ही जाएगा।'' कुछ लापरवाही भरे स्वर में कहा था उसने।

''अच्छा....?' शब्द कुछ व्यंग्य के भाव लिए मुस्करा रहा था, ''क्या तुम्हें पता है कि वही दीनू दो साल पहले दुबई में ही मर चुका है!''

''क्या...?'' चौंक गया था वो। ''तुम्हें कैसे पता?''

''हम शब्द हैं, हमारा तो काम ही है सूचनाओं को इधर से उधर करना। तुम भले ही हमें निष्प्रयोजन कह रहे हो पर हम ऐसे होते नहीं है। हाँ ये अलग बात है कि हमरा निष्प्रयोजन हो जाना कभी-कभी परिस्थितिजन्य हो जाता है।'' कहता हुआ वो शब्द उसके कानों में समा गया था। उस दिन काफी देर तक उद्विग्न रहा था वो। दीनू चला गया और उसको पता भी नहीं चला, ऐसा कैसे हो सकता है। दीनू और उसके बीच तो...।

शायद जोशी अब उकता रहा है। उसने फ़ाइल का आख़िरी पेज पलटकर उसे बन्दकर दिया। और कुछ मुस्कराते हुए शायद जोशी की तरफ देखा, शायद जोशी भी हल्के-से मुस्कराया (मगर नहीं, मुस्कराना तो उसे आता ही नहीं है)। ''कैसे हैं आप?'' (इसका नाम तो अभी तक याद नहीं आया) उसने कुछ विनम्रतापूर्वक पूछा।

''बस क्या बताऊँ, जी रहे हैं।'' शायद जोशी ने उत्तर दिया।

अचानक उसे याद आया कल रात को रेडियो पर सुना लता मंगेशकर का फिल्म शंकर हुसैन का वो गाना 'अपने आप रातों में।' उसे नहीं पता था कि शंकर हुसैन में एक और इतना बढ़िया गाना भी है वरना अभी तक तो वो, 'आप यूँ फ़ासलों से गुज़रते रहे।' पर ही फ़िदा था।

इसी बीच शायद जोशी ने कुछ बोलना शुरू कर दिया था। शब्द बीच बीच में कभी उसे सुना भी रहे थे, तब जब वो रात को सुने गीत पर से कुछ फ़ुर्सत पाता था

तब। थोड़ी देर बाद ये शब्द भी नहीं सुनाई देंगे।

उसकी आँखें शायद जोशी पर ही जमी हैं, शायद इसी से शायद जोशी को भ्रम बना रहता है कि उसे सुना जा रहा है। और बाक़ायदा सुना जा रहा है। कितना बेवकूफ होता है सुनाने वाला, जो ये समझता है कि आँखों से सुना जाता है। जो ये समझता है कि आँखें अगर आप पर हैं, तो इसका मतलब ये है कि आपको सुना जा रहा है। सुननेवाले लोग अकसर इस ही बेवक़ूफ़ी का तो फ़ायदा उठाते हैं। शायद जोशी सम्भवतः अपने बेटे के बारे में कुछ बता रहा है, बीच-बीच में एक दो शब्द जो गलती से वो सुन लेता है उनमें ऐसा ही कुछ है। आवारा, फेल, गुंडागर्दी जैसे शब्द बीच-बीच में सुना जाते हैं। हाँ क्या तो भी शुरुआत थी उस गाने की 'अपने आप रातों में चिलमनें सरकती हैं, चौंकते हैं दरवाज़े, सीढ़ियाँ धड़कती हैं' उफ़्फ़ क्या शब्द हैं, और कितनी ख़ूबसूरती से गाया है लता मंगेशकर ने। कोई संगीत नहीं, कुछ नहीं, बस मद्धम-मद्धम स्वर में गीत। और उसके बाद 'अपने आप' शब्दों को दोहराते समय 'आ' और 'प' के बीच में लता का लम्बा-सा आलाप उफ़्फ़ जानलेवा ही तो है । एक तो फ़िल्म का नाम ही कितना विचित्र है 'शंकर हुसैन' पता नहीं क्या होगा इस फ़िल्म में। काश वो इसे देख पाता। कुछ चीज़ें होती हैं न ऐसी, जिनको लेकर आप हमेशा सोचते रहते हैं कि काश आप इसे देख पाते। बचपन में जब इतिहास के टीचर इतिहास पढ़ाते थे तब उसकी बहुत इच्छा होती थी कि काश उसे एक बार सिकन्दर देखने को मिल जाए। वो छूकर देख पाए कि अच्छा ऐसा है सिकन्दर। ऐसा ही कुछ वो कश्मीर में खिलने वाले क्वांगपोश, दामपोश फूलों के बारे में भी सोचता था। शंकर हुसैन को लेकर भी उसको ऐसी ही उत्सुकता है कि क्या होगा इस फ़िल्म में। और क्यों नहीं किया उस समय के बजरंगियों ने इसका विरोध कि शंकर के साथ हुसैन कैसे लग गया।

"पत्नी के घुटनों का दर्द फिर बढ़ गया है, कल एक नये डाक्टर को दिखाया है काफ़ी नाम सुना था उनका।" शायद जोशी का एक पूरा-का-पूरा वाक्य उसके सुनने में आ गया। वाक्य के तत्वों के हिसाब से उसने चेहरे पर कुछ संजीदगी ओढ़ ली।

मुखड़े के बाद जो अन्तरा शुरू होता है वो भी कमाल का ही था—

एक अजनबी आहट आ रही है कम-कम-सी
जैसे दिल के परदों पर गिर रही हो शबनम-सी
बिन किसी की याद आये दिल के तार हिलते हैं
बिन किसी के खनकाये चूड़ियाँ खनकती हैं
अपने आप...

पहले तो उसने पक्का सोच लिया था कि ये गीत गुलज़ार का ही है। वही

लिखते हैं इस तरह शब्दों के साथ खेल-खेलकर। ख़ामोशी का गीत, 'हमने देखी है उन आँखों की...' भी तो इसी तरह का है। उत्सुकता के साथ उसने गीत के खत्म होने का इन्तज़ार किया था और जब गीतकार का नाम लिया गया था तो चौंक गया था वो। क़ैफ़ भोपाली...? उनका गीत था ये...? थोड़ा अच्छा भी लगा था उसे, अपने ही शहरवाले ने लिखा है इतना सुन्दर गीत।

शायद जोशी चुप हो गया है और उसकी तरफ़ देख रहा है। उसने चौंक कर पूछा, "हाँ...?" पूछने की वजह स्पष्ट है, शायद जोशी ने कोई वाक्य प्रश्न की शक्ल में भेजा था और अब उत्तर की प्रतीक्षा में चुप है अन्यथा तो चुप होने वाली कोई बात है ही नहीं।

"मैं पूछ रहा था कि भाभीजी तो सुना है इन्दौर की हैं, वहाँ तो कान्यकुब्ज ब्राह्मण काफी हैं। कहिए ना भाभीजी से कि कोई ठीकठाक लड़का हो, बताएँ। इस बार ठंड में बेटी की शादी करनी ही है।" शायद जोशी ने अपनी बात दोहरा दी।

"हाँ-हाँ बिल्कुल मैं आज ही बात कर लूँगा।" उसने आश्वासन के स्वर में कहा।

"लड़की अच्छी है। बीए कर लिया है। कम्प्यूटर कोर्स कर रही है, आप तो जानते हैं आजकल कम्प्यूटर तो..."

दूसरा मुखड़ा तो पहले से भी ज्यादा अच्छा था—

कोई पहले दिन जैसे घर किसी को जाता हो
जैसे ख़ुद मुसाफिर को रास्ता बुलाता हो
पाँव जाने किस जानिब बेउठाए उठते हैं
और छम छमा छम छम पायलें छनकती हैं
अपने आप...

आश्चर्यचकित रह गया था वो, इतना सुन्दर गीत उसने आज तक सुना क्यों नही था। कितनी सीधी-सीधी-सी बात कही है। पाँव जाने किस जानिब बेउठाए उठते हैं। जाने किस जानिब और वो भी बेउठाए ...। क्या बात कही है ये गीत छुपा कहाँ था अब तक? कितने मशहूर गीत सुन चुका है वो अब तक, फिर ये गीत कहाँ छुपा था? वैसे क़ैफ़ भोपाली और लता मंगेशकर की जुगलबन्दी में पाक़ीज़ा के सारे गाने उसे पसन्द हैं। विशेषकर 'यूँ ही कोई मिल गया था सरे राह चलते-चलते' वो तो अद्‌भुत गीत है।

"अब तो दफ़्तर में भी वही झिकझिक होने लगी है, इधर अफ़सर हैं तो उधर नेता। हर किसी को हमारी ही मारना है... शायद जोशी बुदबुदाहट की तरह बोल रहा है। शब्द इस तरह से आ रहे हैं मानो इसके अलावा उनके पास और कोई चारा भी न हो।

गाने का तीसरा अन्तरा शायद पूरी शिद्दत के साथ लिखा गया था। उसी अज्ञात की तरफ बार-बार इशारा करते हुए शब्दों को पिरोया गया है जो शायद उन सबके जीवन में होता है जिनके सारे स्वप्न अभी स्थगित नहीं हुए हैं। एक अज्ञात, जो होता है पर दिखाई नहीं देता। ये जो सारे के सारे शाायद जोशी हैं, इनकी सारी समस्याओं का मूल एक ही है, जीवन से अज्ञात की समाप्ति। जब तक आपको लगता है कि न जाने कौन है, पर है ज़रूर, तब तक आप सपने देखते हैं। सपने देखते हैं, उस न जाने कौन के सपने। वो न जाने कौन आपके आसपास फिरता है, मगर दिखता नहीं है। वही आपको ज़िन्दा रखता है। जैसे ही आपको यक़ीन हो जाता है कि हम तो इतने दिन से फ़िज़ूल ही परेशान हैं, कोई भी नहीं है, उसी दिन आपको सपने आने भी बन्द हो जाते हैं (स्थगित हो जाते हैं)।

जाने कौन बालों में उँगलियाँ पिरोता है
खेलता है पानी से तन-बदन भिगोता है
जाने किसके हाथों से गागरें छलकती हैं
जाने किसी बाँहों से बिजलियाँ लपकती हैं
अपने आप...

क्या डिफ़ाइन किया है अज्ञात को। 'जाने कौन बालों में उँगलियाँ पिरोता है।' ज्ञात और अज्ञात के बीच एक महीन से सूत बराबर गुंजाइश को छोड़ा गया है, यह कहकर कि जाने किसकी बाँहों से बिजलियाँ लपकती हैं। क़ैफ़ भोपाली ऐसा ही लिखते थे, 'फिरते हैं हम अकेले बाँहों में कोई ले ले...।' कौन ले ले...? कुछ पता नहीं हैं । बस वही, जो है, पर नहीं है। यहाँ पर भी उसकी बाँहों से बिजलियाँ लपक रही हैं। पता नहीं ये शंकर हुसैन अब उसको देखने को मिलेगी या नहीं। क्या होगा जब वो मर रहा होगा? क्या ये तब तक भी उसको परेशान करेगी? कश्मीर के क्वांगपोश और दामपोश फूलों की तरह। क्या सचमुच इतने सारे अनुत्तरित प्रश्नों को साथ लेकर ही मरेगा वो? फिर उन प्रश्नों का होता क्या होगा जो उस आदमी के साथ जीवन भर चलते आये हैं, जो अभी अभी मर गया है। जैसे दीनू ही मर गया ख़त्म हो गया।

आख़िर में एक बार फिर लता मंगेशकर की आवाज़ उसी मुखड़े को दोहराती है

अपने आप रातों में चिलमनें सरकती हैं
चौंकते हैं दरवाज़े, सीढ़ियाँ धड़कती हैं
अपने आप...

और विस्मय में डूबा हुआ छोड़कर गीत ख़त्म भी हो जाता है।

'आपका तो अच्छा है आप तो अपनी मर्ज़ी के मालिक हैं, पर हम लोगों का तो...' शंकर हुसैन की लय टूटी तो शायद जोशी के शब्द पुनः सुनाई देने लगे। इस

वाक्य को बोलकर शायद जोशी चुप हो गया है। शायद उसके पास के सारे शब्द ख़त्म हो गये हैं। अब ये काफी देर तक इसी प्रकार चुपचाप बैठा रहेगा। गो कि अपने द्वारा अभी तक कही गयी सारी की सारी बातों पर विषय विशेषज्ञ की टिप्पणी की प्रतीक्षा कर रहा है। आज पहली बार उसे किसी शायद जोशी पर दया आ रही है। इस बेचारे को तो पता भी नहीं होगा कि शंकर हुसैन नाम की कोई फ़िल्म आयी थी, जिसमें लता मंगेशकर ने क़ैफ़ भोपाली का लिखा एक अद्‌भुत गीत गाया था। इसको अभी वो गीत सुना भी दिया जाए तो ये कुछ भी रिएक्ट नहीं करेगा। किस क़दर ख़ाली और चुका हुआ है ये शायद जोशी।

"अच्छा चलता हूँ, आपका काफी समय ले लिया।" कहता हुआ वो शायद जोशी उठ खड़ा हुआ। औपचारिकतावश उसने भी कुर्सी पर ही उठने की मुद्रा बनायी। शायद जोशी ने धीरे से दरवाज़े को बाहर धकेला और निकलने के लिए बढ़ने ही वाला था कि अचानक जाने क्या सोचकर वह शायद जोशी से बोला, "आप मर जाने के बारे में क्यों नहीं सोचते, आपके लिए अच्छा रहेगा।" शायद जोशी ने पलटकर देखा। शायद जोशी की आँखों में ख़ौफ़ नज़र आ रहा था चेहरा पीला पड़ गया था। घबराहट में वह वापस पलटा और दरवाज़े से बाहर निकल गया। निकलते समय वो पैरदान से उलझकर गिरते-गिरते भी बचा।

शायद जोशी जा चुका था और उसके द्वारा छोड़ा गया दरवाज़ा धीरे-धीरे डोर क्लोज़र के प्रेशर से वापस आ रहा था। वो कुर्सी की पुश्त से सिर टिका कर सोचने लग गया कि आखिर इस शायद जोशी का नाम था क्या? उसे सब कुछ याद आ रहा था। क्वांगपोश, दाम पोश, सिकन्दर, दीनू, लता मंगेशकर, क़ैफ़ भोपाली, शंकर हुसैन, पर नहीं याद आ रहा था तो अभी-अभी उठ कर गये शायद जोशी का नाम...।

छोटा नटवरलाल

"पर इस पर हम कितना खेल पाएँगे?" उधर से चैनल के क्राइम हेड नासिर ख़ान ने कुछ उलझन भरे स्वर में पूछा।

"ये आपको देखना है नासिर जी, मैं अभी सबसे पहले आपको ही बता रहा हूँ अगर आपको ठीक लगे तो बता दें नहीं तो मैं अपनी साइट पर डाल देता हूँ।" सुधीर ने कुछ लापरवाही से जवाब दिया।

"ठीक है सुधीर, मैं देखता हूँ इसको, नहीं तो फिर तुम साइट पर डाल देना।" कह कर नासिर ख़ान ने फोन काट दिया।

सुधीर एक फ्रीलांस जर्नलिस्ट है। पहले तो उसको काम करने में काफी परेशानी होती थी। मगर सूचना क्रान्ति ने उसके कार्य को आसान कर दिया है। अब समाचारों का प्रसार करना उतना मुश्किल नहीं रह गया है। कम्प्यूटर से जुड़ने से पहले बड़ी मुश्किल थी। मगर एक बार जब वो कम्प्यूटर और इंटरनेट की दुनिया से जुड़ा तो उसके बाद तो समाचार माउस की एक क्लिक पर नाचने लगे हैं। इधर आपने सेंड की बटन को हिट किया और उधर दुनिया के किसी भी कोने में बात पहुँच गयी। शुरुआत में तो यहाँ भी परेशानी ही थी और परेशानी थी हिन्दी की। इधर से टाइप करके भेजा समाचार वहाँ तक पहुँचते पहुँचते हिन्दी की जगह कुछ और हो जाता था। शुरुआत मैं वो हर समाचार के साथ अपने हिन्दी फांट की फाइल भी भेजता था। मगर जानता था कि इतनी फुरसत किसे है जो इतनी उठा-पटक करेगा। हाँ जो उसके नियमित सब्स्क्राइबर थे बस वे ही उसकी मेल को देख पाते थे, मगर फिर ब्लॉग, यूनिकोड फांट आने के बाद तो खेल आसान हो गया है।

प्रिंट मीडिया से जब उसने पल्ला झाड़ा तो उसके पीछे मुख्य कारण बाज़ार था, स्थिति यहाँ तक हो गयी थी कि समाचार पत्र के मार्केटिंग प्रबन्धक ने मासिक बैठक में जिला ब्यूरो में काम करने वाले हरेक व्यक्ति के लिए टारगेट तय कर दिये थे। विज्ञापन के टारगेट। जब कार्यालय के भृत्य ने उससे पूछा, "सुधीर भैया मैं हर महीने पाँच हज़ार के विज्ञापन कहाँ से लाकर दूँगा?" तो उसके पास इस प्रश्न का कोई उत्तर नहीं था।

राजधानी से लगे जिले के ब्यूरो का प्रमुख होने के कारण उसे मासिक एक लाख ख़ुद के और ढाई लाख पूरी टीम के विज्ञापनों का लक्ष्य दिया गया था। ये लक्ष्य ही उसके पलायन का कारण बन गया। उसके बाद जो नया जिला ब्यूरो प्रमुख सन्दीप बना वो ढाई तो नहीं हाँ पौने दो से दो के बीच का टारगेट तो पूरा कर ही रहा है। पर कैसे कर रहा है, ये वो ही जानता है। ख़बरें और समाचार तो शायद ही कभी लिखता है। हमेशा विशेषांकों की जुगाड़ में लगा रहता। अभी उस दिन जब सुधीर को मिला तो सुधीर ने पूछा, ''और पार्टनर क्या चल रहा है?'' सुधीर के प्रश्न पर तपाक से उत्तर दिया था सन्दीप ने, ''बस विधायक के जन्म दिन पर एक विशेषांक 'युग पुरुष' निकालने की तैयारी चल रही है, चार-पाँच के विज्ञापन लग जाने की उम्मीद है। दो-तीन महीने का टारगेट एक बार में ही पूरा हो जाएगा। तब तक पार्टी अध्यक्ष का जन्मदिन आ जाएगा, फिर पेल देंगे एक विशेषांक।''

''कुछ नयी ख़बर-वबर है क्या? बताते रहा करो यार, तुम तो जानते हो कि हमारे यहाँ समाचारों की दुनिया कितनी तेज़ है, घंटे-आधे घंटे में तो समाचार मर ही जाता है।'' सुधीर ने टटोलने के लिए पूछा था।

''यार अभी तो इस विशेषांक के चक्कर में चार दिनों से कार्यालय ही नहीं गया हूँ, वहाँ पर निर्देश दे रखे हैं जितनी भी प्रेस विज्ञप्तियाँ आ रही हैं उनमें से विवादास्पद को छोड़कर बाकी की कम्पोज़ करवा के उतरवा देना मोडम से।'' कुछ व्यस्ततावाले अन्दाज़ में जवाब दिया था सन्दीप ने।

''चलो, फिर भी जब विशेषांक से फ़ारिग हो तो ध्यान में रखना। बस मिस काल कर देना मैं पलट कर लगा लूँगा।'' पलटकर कहा था सुधीर ने।

''अरे वो भी कोई कहने की बात है? और फिर तुमको बताने में तो कोई परेशानी नहीं है तुम तो इलेक्ट्रानिक के लिए खेल करते हो। और वैसे भी यहाँ हमारे यहाँ तो ख़बरों की कोई कीमत है नहीं। हमारा मालिक तो बिल्डर है उसका तो एक ही कहना है 'खबर कितनी ही बड़ी हो पढ़ने वाला उसे शाम तक भी याद नहीं रखता और शाम को उसी अखबार पर समोसे या पोहे खाता है, पर विज्ञापनों को हमारा बैंक एकाउंट देर तक याद रखता है।'' सन्दीप ने कुछ निराशा भरे स्वर में कहा था।

''ये तुम्हारी नहीं सभी की यही हालत है। समाचार या ख़बरें कहीं नहीं हैं केवल सूचनाएँ हैं। फलाँ विदेश से लौटे, फलाँ सम्मानित हुए, आज ये आयोजन है, कलेक्टर ने ये कहा, एसपी ने वो बैठक ली। कुल मिलाकर सूचनाएँ ही सूचनाएँ पौना पेज तो कलेक्टर का पी.आर.ओ. ही भर देता है।'' सुधीर ने उसे दिलासा देते हुए कहा था।

''हाँ यार पिछले हफ्ते पूरे जिले में इल्लियों से सोयाबीन की फ़सल के बरबाद

होने का समाचार कम्पाइल कर रहा था, जिले भर के संवाददाताओं से आँकड़े बुलवाये थे। लग रहा था कि कुछ अच्छा बन पड़ेगा। तभी कलेक्टर के पी.आर.ओ की डाक आ गयी, डाक के साथ एक किसान का फोटो भी था जिसमें वो अपने खेत के सोयाबीन का एक पौधा जो फलियों से लदा था, कलेक्टर को भेंट कर रहा था। शाम तक प्रान्तीय से फोन आ गया कि किसानवाले फोटो के साथ किसान का एक डेस्क इंटरव्यू भी बनाकर भेज दो। अपनी वाली ख़बर डस्टबिन में डालकर कलेक्टर वाली भेज दी। क्या करते।'' सन्दीप ने उत्तर दिया।

''हम हैं मताए कूचा ओ बाज़ार की तरह ये सब जगह की हालत है। ये जो नये लौंडे कलेक्टर बन के आ रहे हैं ये जिला ब्यूरो की जगह प्रान्तीय को पटा के रखते हैं, जानते हैं होना तो सब वहीं से है।'' सुधीर ने दिलासा देने वाले अन्दाज़ में कहा था।

''आप अभी भी मेल से ही करते हो कुछ और ...?'' सन्दीप ने बात पलटने के लिए कहा था।

''अरे अब तो बहुत बदल गया है, पहले ब्लाग पर शुरुआत की थी। फिर खुद की ही साइट बना ली है। साढ़े तीन-चार सौ सब्स्क्राइबर हैं जैसे ही कोई नया पोस्ट डालता हूँ सबको मेल से सूचना कर देता हूँ। कुछ ख़ास को एसएमएस भी कर देता हूँ। यूनीकोड फांट आने के बाद खेल आसान ही गया है।'' सुधीर ने जवाब दिया था।

''अरे हाँ आपका वो बन्दर तो ख़ूब चला था, आधे घंटे तक उसी पर चलता रहा था।'' सन्दीप ने प्रशंसा भरे स्वर मे कहा।

''वो तो मुझे भी नहीं पता था कि इतना चलेगा। सुबह जब ऑफ़िस पहुँचा तो वो बन्दर और एक कुत्ता साथ घूम रहे थे। पता चला ये बन्दर कभी-कभी आता है और आने के बाद आसपास के इलाके में इसी कुत्ते के साथ घूमता है। दुकानदारों के पास जाता है तो वे इसको चाय, पान वगैरह देते हैं जिनको बकायदा खाता-पीता है। मुझे जँच गया। मैंने कैमरामैन को बुलाकर घंटे भर का शूट करवा लिया। यकीन मानो पहले ही चैनल को जब फोन किया तो उनका कहना था ''इट्स डन, आप और किसी को मत बताएँ, साइट पर भी नहीं डालें, हम इसको रात के ख़ास में लेंगे, आजकल बन्दर चल रहा है। आप कैसेट भिजवा दें।'' सुधीर ने हँसते हुए कहा था।

''बन्दर ही बिक रहे हैं आज कल।'' सन्दीप ने सुधीर की बात में बात जोड़ते हुए ठहाका लगाया था।

''और बाद में दूसरे चैनलों के शिकायत भरे फोन आते रहे कि आपके पास बन्दर था तो आपने हमको क्यों नहीं दिया।'' सुधीर ने हँसते हुए ही जवाब दिया ।

"सीधे साइट पर नहीं डालते हो आप?" सन्दीप ने पूछा था।

"नहीं यार एक बार डल जाए तो फिर तो सब जान जाते हैं। पहले आइटम के हिसाब से मोबाइल पर एक-एक को बता कर बेचने की कोशिश करता हूँ अगर बात जम जाए तो ठीक नहीं तो फिर साइट पर लगा देता हूँ।" सुधीर ने उत्तर दिया था।

सन्दीप और वो दोनों साथ ही आए थे पत्रकारिता में। थोड़ा-सा सीनियर है सुधीर और इसीलिए उसको रिस्पेक्ट करता है सन्दीप। दोनों को पत्रकारिता के ग्लैमर ने खींच लिया था। शुरुआत में जब वो आए थे तब इलेक्ट्रानिक मीडिया का इतना ज़ोर नहीं था। तब ढूँढ़-ढूँढ़कर ख़बरें निकालते थे दोनों। सन्दीप तो पत्रकारिता के बाज़ारीकरण में ढल गया है, और शायद इसीलिए प्रिंट मीडिया और वो भी एक बिल्डर के समाचार पत्र के ब्यूरो में खपा हुआ है। मगर वो नहीं खप पाया इसलिए बाहर आ गया। उसके पत्रकारिता के गुरु जो अपना ख़ुद का समाचारपत्र निकालते हैं कहते हैं, "सुधीर, तुम भले ही ये कहते रहो कि तुम अपनी आत्मा-फात्मा टाइप की चीज़ को गिरवी नहीं रख पाए इसलिए बाहर आ गये, पर हक़ीक़त क्या है ये तुम भी जानते हो। दरअसल में तो तुम बाहर ख़ुद नहीं गये हो तुम्हें तो निकालकर फेंक दिया गया है। मगर एक बात याद रखना पत्रकारिता बेर का पेड़ होती है इसे या तो लगाना ही मत और लगाओ तो छोड़ना मत नहीं तो उम्र भर पत्थर आएँगे।"

कभी-कभी तो उसे भी लगता है कि बात सच ही है वो उस व्यवस्था के साथ नहीं चल पा रहा था तो व्यवस्था ने उसको बाहर फेंक दिया है और जहाँ पर वो है वहाँ पर भी क्या कर रहा है? बन्दर, कुत्ते, भूत, नागिन के समाचार। उससे कहा जाता है क्रिकेट, क्राइम और सिनेमा पर जो भी मिले झपट लो। कैमरे में वो ही चेहरे रखो जो ठीक नज़र आएँ। एक दो चैनल वालों का तो साफ़ कहना है, "सुधीर जी आप ये गाँव के लोगों को फ्रेम में मत लिया करो, बाइट तो बिल्कुल नहीं, सारी स्टोरी लो प्रोफ़ाइल हो जाती है। जितना हो सके शहरी और वो भी मध्यम वर्गीय या उससे ऊपर के लोग लो।"

एक घंटे में नासिर खान का कोई जवाब नहीं आया तो उसने समाचार को टाइप करवा के फोटो के साथ साइट पर लगवा दिया। "सर मेल भी कर दूँ क्या सबको।" उसके असिस्टेंट ने पूछा तो पहले तो उसने सोचा कि थोड़ा और ठहर जाए नासिर खान के लिए फिर जाने क्या सोच कर उसने कहा, "ठीक है सनी कर दो और हाँ एक काम करना, मेल में हिन्दी और अँग्रेज़ी दोनों में हैडिंग मार देना।"

"कहानी जूनियर नटवरलाल की।" कहकर वो थाने रवाना हो गया था।

थाने में पहुँचकर वो बाइक खड़ी ही कर रहा था कि सेलफोन थर्रा उठा था। "सुधीर अगर ऊपर से कोई फोन आये तो बिल्कुल मत बताना कि तुम ये स्टोरी साइट पर डालने से पहले मेरे साथ डिस्कस कर चुके थे। तुमने साइट पर जो हेडिंग

लगायी है, ''कहानी जूनियर नटवर लाल की वो यहाँ क्लिक कर गयी है, रात के क्राइम रिपोर्ट में जाएगी। मैं टीम भेज रहा हूँ करवा देना।'' नासिर ख़ान ने उसके हलो कहने से पहले ही सारी बात कह दी थीं।

''ठीक है नासिर जी भेज दीजिए टीम, स्टोरी लाइन क्या चाहिए आपको,'' सुधीर ने हँसते हुए उत्तर दिया।

''वही जो तुम्हारी हेडिंग में है 'कहानी जूनियर नटवर लाल की'' लड़का तो ज़मानत पर छूट गया है उसके काफ़ी शॉट्स करवा देना स्टोरी के सपोर्ट में। पुलिस की वर्दी में भी करवा देना कुछ शॉट्स। और हाँ उसका पिछला कुछ रिकार्ड है क्या?'' नासिर ख़ान ने पूछा।

''कुछ ख़ास नहीं है, एकाध बार उपभोक्ता फोरम का सदस्य बनकर किसी दुकानदार से कुछ छोटा-मोटा सामान लेने की छुटपुट बातें हैं। ये पहली बार उसने किया है कि पुलिस की वर्दी पहनकर हाइवे पर खड़े होकर बाक़ायदा वसूली की है।'' सुधीर ने जवाब दिया।

''नहीं यार ये उपभोक्ता फोरम नहीं चलेगा। ऐसा करो मानवाधिकार आयोग का सदस्य बन कर लोगो को धमकाने का पुराना मामला जुड़वा देना। मानवाधिकार थोड़ा कैची है।'' नासिर ख़ान ने जवाब दिया।

''मानवधिकार आयोग? पर वैसा तो कोई मामला पहले दर्ज़ नहीं है,'' सुधीर ने उलझन भरे स्वर में कहा।

''कौन देखता है? एकाध बाइट करवा देना किसी की सपोर्ट में और हाँ वो उपभोक्ता फ़ोरम भी जोड़ देना इससे नटवरलाल शीर्षक को सपोर्ट हो जाएगा।'' उधर ने नासिर खान ने जवाब दिया।

''और कुछ...?'' सुधीर ने फिर पूछा।

''बस बाक़ी तो तुम सब जानते ही हो। बस ये ध्यान में रखना कि लड़के के घर के, वर्दी के, हाइवे के, और हाँ काली बोलेरो में बैठे हुए सारे शाट करवा देना। जो न हो पाए उसका रीक्रिएशन वहीं किसी लड़के को पकड़कर करवा देना। यहाँ पर हमारे पास टाइम नहीं होगा रीक्रिएशन का।'' नासिर खान समझाइश भरे अन्दाज़ में कहा।

''ठीक है नासिर जी मैं सब करवा दूँगा आप भेजिए टीम को। वो लड़का वैसे तो मेरा परिचित है पर फिर भी अगर कुछ काम के लिए नहीं मानेगा वो उसके लिए फिर रीक्रिएशन करवा दूँगा अपने बन्दे को ड्रेस पहनाकर।'' सुधीर ने लापरवाही के साथ उत्तर दिया।

''ठीक है सुधीर मैं इसको डाल रहा हूँ, तुम सब देख लेना।'' कहकर नासिर ख़ान ने फोन काट दिया। सेलफोन हाथ में लिए मुस्करा दिया सुधीर। कितनी छोटी-

सी कहानी है एक लड़का अपने दोस्तों पर रोब झाड़ने के लिए कहीं से पुलिस की वर्दी का जुगाड़ कर लाया। और टू स्टार की वर्दी पहन कर काली बोलेरो गाड़ी में हाइवे पर खड़ा होकर वाहनों की चैकिंग कर रहा था कि पुलिस ने दबोच लिया। हालाँकि मामला कुछ विशेष नहीं बना और पुलिस ने जमानत पर छोड़ भी दिया। पर उसके लिए तो मसाला था ही। लड़का चार-पाँच साल पहले उसके साथ ही काम करता था। अख़बार के दफ़्तर में।

"सुधीर जी रश्मि बोल रही हूँ, कहाँ हैं आप?" इस बार फोन चैनल की रिपोर्टर रश्मि का था।

"मैं थाने में ही खड़ा हूँ रश्मि कहाँ हो तुम।" सुधीर ने पूछा।

"बस हम लोग निकल गये हैं पहुँचने में ही हैं आप क्या वहीं मिलेंगे।" रश्मि ने पूछा।

"हाँ मैं यहीं हूँ आप लोग यहीं पहुँच जाइएगा, पहले थाने वालों की बाइट वगैरह कर लेंगे बाद में फिर लड़के पर वर्क करेंगे," सुधीर ने उत्तर दिया।

"ठीक है मैं बस वहीं पहुँच रही हूँ।" रश्मि ने कहा और डिस्कनेक्ट कर दिया।

सुधीर स्टोरी के सारे एंगल तलाशने लगा। पुलिस का वर्ज़न, लड़के की बाइट, उसके दोस्तों की बाइट और फिर घटना का रीक्रिएशन, इतने में तो दस-पन्द्रह मिनट का पैकेज बन ही जाएगा।

"सर ये आप जो करवाते हैं इसमें सब तो झूठ ही झूठ होता है।" उस दिन उसको थोड़ा ठीक मूड में देखकर उसके असिस्टेंट सनी ने पूछा था।

"हाँ होता है, मगर क्या करें सच को देखता कौन है?" उसने जवाब दिया था। दरअसल उस दिन वो दोनों 'भूतकथा' के लिए पास के क़स्बे वीरपुर के तालाब पर स्टोरी कवर करवाने गये थे। 'ख़बरदार' चैनल से लगातार फोन आ रहा था, उनके पास अगले हफ्ते की 'भूतकथा' के लिए कोई कहानी नहीं थी। सुबह जब समाचार पत्र उठाया तो एक छोटा डबल कॉलम समाचार था, 'वीरपुर में एक और लड़के की तालाब में मौत।' समाचार में इस वर्ष की दो मोतों और पिछले सालों की कुल मौतों का विवरण था। उस तालाब की तलछटी में काफी मिट्टी गाद होने से दलदल है, अगर कोई ऊपर से कूदता है तो अन्दर फँसकर रह जाता है। वीरपुर में उस पेपर का संवाददाता परवेज़ उसका पट्ठा ही था, उसने तुरन्त फोन लगाकर बात की और उसको इस ट्रेक पर काम करने का कहा कि कुछ लोगों को तैयार करो जो ये कह सकें कि तालाब में ये लोग खुद डूबते नहीं है, कोई उनको खींच ले जाता है। कुछ लोग ऐसे भी तैयार कर लेना जो ये कह सकें कि उन्होंने अपनी आँख से कुछ देखा है वहाँ पर। कैमरे के सामने आने के लिए लोग कितना ही बड़ा झूठ भी

बोलने को तैयार हो जाते हैं। शाम को जब परवेज़ का फोन आया तो स्टोरी पक चुकी थी। एक दो मरनेवालों के परिवारवाले भी बात करने को तैयार थे कि उनके परिजन को वास्तव में किसी बला ने तालाब में खींच कर मारा है, अन्यथा तो वो बहुत अच्छा तैराक था। तालाब की पूरी स्टोरी करने में दिन भर लग गया था, फिर रात को तालाब के किनारे पर अलग से शूट किया था। धुआँ फैलाकर एक लड़के को तालाब के किनारे पाल पर सफेद चादर उढ़ाकर इधर उधर चलते हुए दिखाना। अँधेरे में तालाब में बड़ा सा पत्थर फेंककर हलचल दिखाना।

देर रात को जब वे लौट रहे थे तब ही सनी ने वो सवाल पूछा था। ''मगर सर ये तो गलत है।'' सनी ने झिझकते हुए कहा था।

''तुम कभी वेश्या के पास गये हो।'' सनी के प्रश्न पर उसने उलटा प्रश्न कर दिया था।

''नहीं सर।'' झिझकते हुए कहा था सनी ने।

''तो जान लो कि वेश्या को वैसा ही बनकर रहना पड़ता है जैसा उसके ग्राहक चाहते हैं, क्योंकि ख़रीदार माल अपनी पसन्द का लेता है दुकानदार की पसन्द का नहीं।'' सुधीर के उत्तर पर चुप हो गया था सनी।

''मैं भी वैश्या हूँ, मुझे उतना ही नंगा होना पड़ेगा जितना मेरा ग्राहक चाहता है, मैं अगर नंगा होने से परहेज़ करूँगा, तो ये ग्राहक आएँगे मेरे पास? और भी वेश्याएँ हैं इस मंडी में, अगर मुझे नंगा होने से परहेज़ है तो दूसरे हो जाएँगे, काम थोड़े ही रुकेगा,'' सुधीर के उत्तर के साथ ही बात ख़त्म हो गयी थी।

''कहिए पत्रकार महोदय, थाने में कैसे? सब ख़ैरियत तो है,'' थाना प्रभारी ने सुधीर को खड़े देखा तो पूछा।

''बस वही देवेन्द्र की कहानी करना है। टीम आ रही है सो वेट कर रहा हूँ।'' सुधीर ने उत्तर दिया।

''वो स्टोरी? उसमें क्या है ऐसा?'' थाना प्रभारी ने हैरत से पूछा।

''वो तो आप टीवी पर ही देखना, हाँ थोड़ा मुँह-हाथ धोकर तैयार होकर आ जाइये, आपकी बाइट लेना है।'' हँसते हुए कहा सुधीर ने।

''और कुछ मेरे लायक हो तो बताओ?' थाना प्रभारी ने आभार केस्वर में कहा।

''बस ज़रा डिटेल बता दीजिएगा, और हाँ एक टू स्टार की वर्दी की ज़रा व्यवस्था करवा दीजिए , रीक्रिएशन में लगेगी, बाद में वापस करवा दूँगा।'' सुधीर ने कहा।

''हो जाएगी, आप मुंशी के पास से कलेक्ट कर लेना, मैं अभी बोल देता हूँ।'' कहते हुए थाना प्रभारी चला गया।

टीम के पहुँचते ही काम शुरू हो गया। थाने की प्रोफ़ाइल बनाना, थाना प्रभारी

की बाइट वगैरह लेने में घंटा भर लग गया। रश्मि वैसे भी थोड़ी फुर्तीली रिपोर्टर है काम को जल्दी निबटा लेती है। थाना प्रभारी के चैम्बर में काफ़ी पीते हुए ही दोनों आगे का शेड्यूल तय कर चुके थे। मुंशी से ड्रेस कलेक्ट करते हुए जब देवेन्द्र के घर पहुँचे तो सनी वहाँ पहले से मौजूद था। सुधीर ने सनी को नासिर ख़ान का फोन आने के बाद से ही देवेन्द्र के घर रुकने को कह दिया था ताकि वो इधर-उधर न हो जाए। रश्मि को गाड़ी में ही छोड़ कर सुधीर देवेन्द्र के घर पैदल चला गया। देवेन्द्र ने उसे देखते ही उठकर पैर छू लिये।

"बस-बस देवेन्द्र क्या हो गया ये? क्या पुलिस ने फँसा दिया है तुमको?" उसने सहानूभूति जताते हुए कहा।

"जी सर मैं तो वर्दी पहना भी नहीं था पुलिस ने रोककर जबरदस्ती पहना दी, और फिर मामला बना दिया।" देवेन्द्र ने जवाब दिया।

"हूँ वो तो मुझे भी लग रहा था। इसीलिए तो हम पुलिस के ख़िलाफ स्टोरी कर रहे हैं, तुम ऐसा करो सब बोल देना। और हाँ कैमरे के सामने थोड़ा नाटक करना पड़ेगा कि कैसे पुलिस ने तुमको वर्दी पहनाकर झूठा मामला बनाया, ठीक है?" सुधीर ने समझाते हुए कहा और सनी को गाड़ी से रश्मि और कैमरामैन को बुला लाने का इशारा कर दिया।

रश्मि के आते ही सुधीर ने एक आँख थोड़ी छोटी करते हुए कहा, "देखो रश्मि मैं कह रहा था ना कि पुलिस ने पूरा मामला फर्जी बनाया है वही निकला। पुलिस ने इसे रोककर जबरदस्ती वर्दी पहना दी थी। अब ख़बर लेंगे पुलिस वालों की।"

"अच्छा...! वही-वही...! बताओ एक कॉलेज के लड़के को कैसे फंसा दिया।" रश्मि ने कुछ अचरज भरे स्वर में कहा।

"चलिए एक काम करिये, पहले तो देवेन्द्र की बाइट ले लीजिए कि कैसे उसकी इच्छा था पुलिस में जाने की और अब कैसे उसके सपने टूट गये। इसे वर्दी पहनते हुए कुछ शूट कर लेते हैं ताकि लगे की पुलिस ने ज़बरदस्ती वर्दी पहनाई थी और फिर कुछ घरवालों की बाइट्स ले लेंगे कि कैसे देवेन्द्र हमेशा पुलिस में जाने की बात करता था और अब उसकी क्या हालत है।" सुधीर ने समझाते हुए कहा।

"ठीक है हम इसका ही पक्ष रखेंगे जनता के सामने, कि इस लड़के का आख़िर क्या क़सूर है जो इस निर्दोष को जान बूझ कर फँसा दिया गया।" रश्मि ने सुधीर की बात से सहमति जताते हुए कहा। कैमरामैन ने इस बीच घर के, परिवार के सदस्यों के शॉट्स लेने शुरू कर दिये थे। रश्मी और सुधीर, देवेन्द्र के साथ बात करके उसको सहज बनाने का प्रयास कर रहे थे। कैमरामैन अपना काम धीरे-धीरे करता जा रहा था वैसे भी इन कैमरामैनों को इतना अभ्यास होता है कि अगर रिपोर्टर न भी आये तो भी ये स्टोरी कर लाएँ।

"ठीक है देवेन्द्र पहले तो तुम ये बताना कि किस तरह तुम्हारी बचपन से ही इच्छा थी पुलिस में जाने की, और तुम बचपन में भी झूठमूठ की वर्दी पहन लिया करते थे। पुलिस अधिकारी बनना तुम्हारा सपना था। इसके बाद दूसरी बाइट में हम तुम्हारी पूरी कहानी ले लेंगे कि किस तरह से पुलिस ने तुमको उस दिन फँसा दिया।" रश्मि ने समझाइश भरे स्वर में देवेन्द्र से कहा।

"हाँ देवेन्द्र बताओ पुलिस में भर्ती होने की तुम्हारी कितनी इच्छा थी?" रश्मी के पूछते ही देवेन्द्र ने रटा रटाया वही जवाब दे दिया जो रश्मि और सुधीर ने उसे समझाया था। इसके बाद उसकी वो बाइट भी ली गयी जिसमें उसने कहा कि पुलिस ने उसे ख़ुद ही वर्दी पहना कर फँसा दिया है, सुधीर जानता था कि दोनों में से कौन सी बाइट ली जाएगी और कौन सी नहीं।

उसके बाद देवेन्द्र के घरवालों और उसके दोस्तों की बाइट्स हुई। सबमें वही बात थी देवेन्द्र तो पुलिस में जाना चाहता था और इसीलिए वो झूठमूठ की बचपन में भी वर्दी पहन लेता था। पुलिस में भर्ती होना उसका सबसे बड़ा सपना था। देवेन्द्र की बचपन की कुछ ऐसी फोटो ढूँढ़कर उनकी भी शूटिंग करवा ली गयी जिनमें वो पुलिस की वर्दी पहने था। उसके बाद साथ लायी गयी पुलिस की वर्दी पहनते हुए देवेन्द्र की शूटिंग करवाई गयी। इस पर देवेन्द्र के चाचा ने कुछ आपत्ति की थी पर सुधीर ने यह कह टाल दिया कि इससे स्टोरी में वो बात आएगी के पुलिस ने किस तरह इसको जान बूझकर वर्दी पहनायी थी। वर्दी पहनाकर देवेन्द्र के चलते फिरते, लोगों से बात करते हुए शाट्स लिए गये। कुछ देर बाद रश्मी ने सुधीर को आँख से इशारा कर दिया, "इनफ़, काफी निकल जाएगा इसमें से।" चलते समय देवेन्द्र ने फिर सुधीर के पैर छू लिये थे, उसने बस इतना ही कहा, "चिन्ता मत करो सब ठीक हो जाएगा।"

गाड़ी में बैठकर उसने चैन की साँस ली थोड़ा मुश्किल लग रहा था उसे ये सब होना। देवेन्द्र अगर उसका परिचित नहीं होता, तो तो होना ही नहीं था। उसके बाद एकाध बाइट मानवाधिकार और उपभोक्ता फोरम वाली ले ली। उसमें तो ज़्यादा परेशानी नहीं थी। उपभोक्ता फोरम के सदस्य बनने का मामला तो वैसे भी सही ही था मानवाधिकार एक अलग से जोड़ दिया था उसमें।

किराए की काली बोलेरो में सनी को वर्दी पहनाकर हाइवे पर जाकर सारा का सारा रीक्रिएशन करवा लिया गया। ये नाट्य रूपान्तरण (रीक्रिएशन) भी अजीब चीज़ है इसकी आड़ में खुलकर खेला जा सकता है। वाहनों को रौब देकर रोकने, उनसे पैसा वसूली करने का पूरा नाट्य रूपान्तरण सनी पर हो गया। स्टोरी पूरी पक गयी थी। पुलिस की बाइट, देवेन्द्र और उसके परिवार की बाइट्स, देवेन्द्र के वर्दी वाले शाट्स, उपभोक्ता फ़ोरम और मानवाधिकार वाली बाइट्स फिर ये रीक्रिएशन,

इतने में तो दस–पन्द्रह मिनट का पैकेज निकल ही आएगा।

"पीस कहाँ करोगी रश्मि।" सुधीर ने पूछा।

"यहीं कर लूँ।" रश्मि ने कहा।

"यहाँ इफ़ेक्ट नहीं आएगा, तुम्हारा चेहरा भी थका लग रहा है। थाने चलते हैं वहाँ थाना प्रभारी के चेम्बर में थोड़ा हाथ–मुँह धोकर फ्रेश हो लेना फिर वहीं पर पीटूसी कर लेना।" सुधीर ने कहा।

"अच्छा ठीक है, चलो वहीं ये वर्दी भी वापस कर देंगे और धन्यवाद भी दे देंगे।" रश्मि ने कहा।

हाइवे से वापस थाने आकर वहाँ रश्मि ने अपना पी टू सी कर लिया कि किस तरह से एक कॉलेज जाने वाले लड़के ने नटवरलाल के रास्ते पर चलते हुए कभी मानवाधिकार आयोग का सदस्य तो कभी पुलिस वाला बन कर पुलिस को परेशान कर रखा है।

"अच्छा सुधीर जी भागती हूँ, अभी जाकर अपलोड भी करना है। कुछ ख़ास हो तो बताइएगा।" रश्मि ने चलते समय कहा और गाड़ी में बैठ गयी।

सुधीर ऑफ़िस आया तो सनी ने आते ही फिर पूछा, "सर उस लड़के को कोई नुकसान तो नहीं होना न इससे?"

"हम यहाँ अपना फ़ायदा देखने बेठे हैं ना कि दूसरों का नुकसान देखने, और उसको जो होना था वो तो हो ही गया अब इससे ज्यादा क्या होगा।" सुधीर ने कुछ कड़े स्वर में उत्तर दिया।

"सुधीर बढ़िया स्टोरी है, बस तुम्हारे जूनियर नटवरलाल को छोटा नटवरलाल कर दिया है जूनियर में बात बन नहीं रही थी। रात को क्राइम रिपोर्टर पर देखना। बढ़िया टीआरपी आएगी, प्रोमो तो शुरू भी कर दिया है," रात आठ बजे नासिर ख़ान ने फोन लगाकर सूचना दी थी।

रात साढ़े दस बजे क्राइम रिपोर्टर जब चालू हुआ तो वही हेडिंग चल रही थी "कहानी छोटे नटवरलाल की।" और फिर वही सब चलने लगा। एंकर चीख–चीख कर कह रहा था "देखिए इस मासूम चेहरे को, जो कभी उपभोक्ता फ़ोरम का सदस्य, कभी मानवाधिकार आयोग का सदस्य तो कभी पुलिसवाला बनकर लोगों को ठगता है।" इसके बाद देवेन्द्र के वर्दी पहनते हुए और वर्दी पहने हुए शाट्स स्क्रीन पर चलने लगे। एंकर फिर चीखा, "ये पुलिसवाला बनना चाहता था, नहीं बन पाया तो नकली पुलिस वाला बनकर लोगों को लूटने लगा।" और फिर धड़ाधड़ देवेन्द्र, उसके परिवारवालों और दोस्तों की बाइट्स शुरू हो गयीं। सबमें एक ही बात कि देवेन्द्र बचपन से ही पुलिसवाला बनना चाहता था। "इसकी मासूम सूरत पर मत जाइए ये इतना शातिर है कि कभी मानवधिकार आयोग का

सदस्य बन जाता है, तो कभी और कुछ।'' इसके बाद उन लोगों के बाइट्स आने लगे जो इस बारे में बता रहे थे। ''ये इतना चालाक है कि पुलिस ख़ुद भी हैरान और परेशान है इसको लेकर।'' थाना प्रभारी की बाइट्स शुरू हो गयी कि किस तरह देवेन्द्र को हाइवे पर धर पकड़ा गया था। ''कॉलेज जाने वाला ये छोटा नटवरलाल इतनी सफाई से अपना काम करता है कि किसी को पता भी नहीं चलता है कि ये असली है या नकली?'' एंकर के चीखते ही रीक्रिएशन के सीन चालू हो गये। पुलिस की वर्दी पहने सनी के बोलेरो में बैठकर जाते, हाइवे पर गड़ियों से वसूली करते ये सारे के सारे सीन एक के बाद एक आने लगे और पीछे से एंकर का स्वर मानो वो किसी दाऊद या अबू सलेम के बारे में बता रहा है ''देखिए इसे, ये वही है जो कुख्यात है छोटा नटवर लाल के नाम से।'' रश्मि के पीटूसी के साथ जब स्टोरी ख़त्म हुई तो उसका सेलफोन बज उठा ''थैंक्स सुधीर जी, बढ़िया स्टोरी बनी है।'' उधर रश्मि थी।

सुबह जब सोकर उठा तो देखा थाना प्रभारी के दो मिसकाल हैं, ''कहिए सर क्या हो गया? स्टोरी पसन्द नहीं आयी क्या?'' सुधीर ने काल लगा कर पूछा, ''नहीं भई बहुत अच्छी थी मैंने तो केवल ये बताने के लिए फोन किया था कि देवेन्द्र ने रात को स्यूसाइड कर लिया, उसकी लाश पंखे पर झूलती मिली है।'' थाना प्रभारी ने जवाब दिया।

''अरे...कैसे? कब...?'' चौंकते हुए कई प्रश्न कर डाले सुधीर ने।

''रात को की है, कब, ये तो पीएम रिपोर्ट के आने के बाद ही पता चलेगा...'' थाना प्रभारी ने कहा।

''कोई स्यूसाइड नोट वगैरह...?'' चिन्ता में अपना प्रश्न आधा ही छोड़ दिया सुधीर ने।

''नहीं कुछ भी नहीं।'' थाना प्रभारी ने उत्तर दिया।

''थैंक्स गॉड, वैसे आप थोड़ा देख लें परिवार वाले कहीं...।'' फिर बात आधी छोड़ दी सुधीर ने।

''अरे, आप चिन्ता मत करो, हम बैठे तो हैं।'' कहते हुए थाना प्रभारी ने कॉल डिस्कनेक्ट कर दिया। दोनों हाथों से सिर थामकर सुधीर वहीं बिस्तर पर ही बैठा रहा। आत्मा की आवाज़, ज़मीर की पुकार जैसी बातें उसने सुन रखी थीं, डर रहा था कहीं उसकी आत्मा भी ऐसा ही कुछ न करने लगे। गिल्टी या अपराध बोध जैसी फ़िज़ूल की बीस-पच्चीस साल पहले ख़त्म हो चुकी चीज़ें कही धर न लें उसको। उसने डरते हुए अपने अन्दर झाँका कि देख ले वहाँ आत्मा किस हालत में है, कही गुस्साई हुई तो नहीं बैठी है। अन्दर झाँकते ही वो हैरत में पड़ गया, आत्मा तो कहीं थी ही नहीं, चारों तरफ बाज़ार पसरा हुआ था। कुछ अलफ़ नग्न दुकानदार तरह-

तरह की चीज़ें लेकर बैठ थे और कई सारे पूरे नग्न ख़रीदार टूट-टूट कर वे सामान ख़रीद रहे थे। उसने सिर को थोड़ा और अपने अन्दर घुसाया कि शायद आत्मा कहीं नज़र आ जाए पर वो कहीं नहीं थी। चैन की साँस लेते हुए उसने सिर को वापस निकाल लिया।

सेलफोन थर्रा रहा था, परवेज का नम्बर डिस्पले हो रहा था, "हाँ परवेज बोल...?" उसने पूछा।

'हाँ भैया दो बढ़िया समाचार हैं, पास के आदिवासी इलाके में एक बच्चे की मौत हुई है। गाँव वालों का कहना है कि बच्चा भूख़ से मरा है।" परवेज़ उत्साह में था?

"आदिवासी? नहीं परवेज़, बहुत लो प्रोफ़ाइल हो जाएगा मामला, कोई भी नहीं ख़रीदेगा।" कुछ नागवारी के स्वर में कहा उसने।

"पर भैया, भूख़..." परवेज़ की बात को बीच में ही काटकर कहा उसने "हाँ ठीक है, दूसरा वाला समाचार बताओ? जो भूख़ा रहेगा वो तो मरेगा ही, इसमें नया क्या है।"

"दूसरा तो यूँ ही है, यहाँ का एक लड़का किसी लड़की के चक्कर में सरकारी अस्पताल की दूसरी मंज़िल की छत पर चढ़ गया है और कूदने की धमकी दे रहा है" परवेज़ ने साधारण लहज़े में कहा।

"क्या...? गुड वेरी गुड कब से चढ़ा है? लड़की कहाँ की है? लड़के की प्रोफाइल क्या है?" लगभग उछलते हुए कहा सुधीर ने?

"सुबह से ही चढ़ा है एक ही बात कह रहा है, लड़की एक बार आ जाए नहीं तो कूद जाऊँगा। लड़की भी यहीं की है, दोनों ठीक घरों से हैं।" परवेज़ ने उधर से उत्तर दिया।

"लड़की आयी क्या?" सुधीर ने उत्सुकता से पूछा।

"नहीं भैया वो तो नहीं आएगी, अच्छे परिवार की लड़की है और ये एक तरफ़ा प्यार का मामला है। लड़का उसे परेशान किया करता था। परेशान होकर लड़की के परिवारवालों ने थाने में मामला भी दर्ज़ करवाया था।" एक साँस में उत्तर दिया परवेज़ ने।

"गुड वेरी गुड, उसे उतरने मत देना, मैं बस पहुँच ही रहा हूँ कैमरामेन को लेकर, तुम ध्यान रखना मेरे पहुँचने तक उतरे नहीं," कहते हुए सुधीर ने मोबाइल पटक कर जल्दी से कपड़े वगैरह उठाये और बाथरूम में जाने को ही था कि फिर सेलफोन थर्राया "हैलो सुधीर जी, लड़के की लाश को पीएम के लिए भेज रहे हैं, आपको शाट्स लेने हो तो रोक लूँ थोड़ी देर।" थाना प्रभारी का स्वर आया।

"नहीं नहीं सर, कौन देखेगा एक लड़के की आत्महत्या का समाचार, कोई

लड़की वड़की का चक्कर होता तब भी कुछ उम्मीद थी पर आत्मा की आवाज़ पर मरने वालों का समाचार ख़रीदेगा कौन... ? और रहा सवाल फालोअप का तो हमारे यहाँ तो एक दिन के हीरो होते हैं कल वो लड़का हमारा हीरो था आज नहीं है। हम कल के समाचारों को कल ही भूल जाते हैं, प्रिंट मीडिया की तरह फालोअप पे फालोअप देकर पकाते नहीं हैं पाठकों को। आज तो वो वीरपुर की टंकी पर चढ़ा प्रेमी हमारा हीरो है। फिर भी थैंक्स आपको।'' कहते हुए सुधीर ने मोबाइल का स्विच ऑफ़ किया और सिर झटकता हुआ बाथरूम में घुस गया।

...और कहानी मरती है

कहानी के पात्र आज फिर बग़ावत पर उतारू हैं, ऐसा पिछले एक सप्ताह से हो रहा है। अपनी इस कहानी को जब भी आगे बढ़ाने का प्रयास करता, इसके पात्र फ़ौरन कथा से बाहर आकर अपना विरोध प्रदर्शन करने लगते। इन पात्रों को समझाने के प्रयास में ही पूरा समय व्यतीत हो जाता है, और कहानी वहीं रुकी रहती है। आज भी ऐसा ही हुआ। पेन उठाकर रुके हुए घटनाक्रम को प्रारम्भ करने ही वाला था कि अचानक निशा सामने आ गयी, कहानी की सहनायिका जिसे मैंने अधिक ख़ूबसूरत वर्णित नहीं किया है कथा में।

अधिक ख़ूबसूरत नहीं लग रही है पर शायद अभी अभी नहाकर निकली है। बाल भीगे हुए हैं, उनमें से पानी की बूँदें टपक रहीं हैं, मुझे कहानी को पुनः प्रारम्भ करता देख शायद जल्दबाजी में भागकर आई है। उसका सद्यःस्नात रूप देख मुझे लगा कि इसे कुछ और ख़ूबसूरत दिखाया जाना था कथा में, पर जाने क्यों मैं चाहते हुए भी एसा नहीं कर पाया। अगर कथा में इसे कुछ और सुन्दर वर्णित किया जाता तो आज सद्यः स्नात रूप में यह और ज्यादा सुन्दर लगती।

निशा रीडिंग टेबल के सामने रखी बेंत की कुर्सी पर बैठ गयी। मैंने उसकी तरफ़ से कुछ लापरवाही दिखाते हुए कहानी को आगे बढ़ाने का प्रयास किया, कि अचानक वह बोली, "रुको...।"

मैंने कहा "देखो निशा मैं तुम्हें पहले ही बता चुका हूँ कि तुम सहनायिका हो, और तुम्हारा चरित्र चित्रण इसी प्रकार किया जाना है।"

शान्त स्वर में वह बोली, "मैंने इस बात पर कब विरोध किया कि आपने मुझसे ज्यादा सुन्दर मालती को दर्शाया है। मेरा विरोध तो केवल इस बात को लेकर है कि आपने मेरा चरित्र बिगाड़कर क्यों प्रस्तुत किया? आपने मूल कथा में मेरी अतिरिक्त कथा जोड़ी ही क्यों? अपने मुख्य नायक माही और नायिका मालती की कथा को लेकर ही क्यों नहीं चले?"

मैंने फिर उसे समझाने का प्रयास किया, "देखो निशा, मैं यह सब अपने लिए नहीं लिखता, अपने पाठकों के लिए लिखता हूँ, अगर उन्हें ही सन्तुष्ट नहीं कर पाया

तो कल से कौन पढ़ेगा मुझे? केवल मूल कथा से काम नहीं चलता, पाठक एक ही कहानी में सब कुछ चाहता है। इसीलिए मैंने तुम्हारा चरित्र गढ़ा है, वरना केवल माही और मालती की कहानी को पढ़ता कौन?''

निशा के चेहरे पर विरोध नज़र आने लगा, बोली, ''तो आपने केवल मसाले के रूप में मेरा और अनुज का चरित्र गढ़ा है, केवल अपने पाठकों को चटखारेदार सामग्री देने के लिए ही मेरा चरित्र गढ़ा है। शर्म आनी चाहिए आपको।'' बिना विचलित होते हुए मैंने कहा, ''निशा अगर मैं ऐसा नहीं करूँगा तो मुझे चुका हुआ घोषित कर दिया जाएगा। इतने वर्षों में जो मुक़ाम मैंने हासिल किया है, वह एक ही झटके में हाथ से चला जाएगा। मुझे धारा के साथ बहना ही पड़ेगा। आजकल शर्म और सिद्धान्त का कुछ नहीं होता।''

''लेकिन आपने मेरे चरित्र को इतना विकृत क्यों प्रस्तुत किया है, अनुज के साथ बिना विवाह के मेरे सम्बन्ध दिखाये हैं, और बिना विवाह के ही, उसके बच्चे की माँ बनते हुए बताया है। और सबसे बड़ी बात यह कि अनुज के साथ मेरे सम्बन्धों का इतना विस्तृत रूप से वर्णन किया है कि मुझे भी अपने आप से घिन आने लगी है। क्या आवश्यकता थी आपको उन अन्तरंग प्रसंगों का इतने तफ़सील से वर्णन करने की?'' निशा सवालिया अन्दाज़ में बोली।

मैंने कहा, ''निशा आजकल का पाठक यही चाहता है। आजकल कहानी में अगर स्त्री-पुरुष के अन्तरंग सम्बन्धों का ज़िक्र नहीं आए, तो उस कहानी को मुक़म्मल नहीं माना जाता। और मालती का चरित्र मैंने जिस प्रकार गढ़ा है, उसे लेकर मैं इस तरह का कुछ नहीं कर सकता था, इसीलिए तुम्हारे और अनुज के सम्बन्धों का उपयोग करना पड़ा।''

''उपयोग... ?'' उपहास भरे स्वर में बोली निशा, ''तो आपने मेरा और अनुज का केवल उपयोग किया है, साथ ही मुझे ज्यादा सुन्दर भी नहीं दर्शाया, ताकि कहीं ऐसा न हो कि मालती को छोड़कर माही का रुझान मेरी तरफ हो जाए। और इन सबके बाद आपने मेरे साथ बड़ा अन्याय तो यह किया है, कि अनुज के बच्चे की माँ बनने के बाद भी आपने मेरा विवाह अनुज के साथ नहीं करवाया, मुझे शापित-सा भटकने के लिए छोड़ दिया।''

समझाइश वाले अन्दाज़ में मैंने कहा, ''निशा तुम्हारी और अनुज की शादी तो मैं कर ही नहीं सकता था, क्योंकि कहानी में आगे तुम्हारे और माही के बीच सम्बन्ध बनना है, हालाँकि वह सब कुछ एक बार ही होना है, पर कहानी को मोड़ देने के लिए वह आवश्यक है। अगर अनुज की और तुम्हारी शादी कर दूँगा, तो वह सब कैसे होगा?''

भड़कते हुए बोली निशा, ''आपने क्या मुझे वेश्या समझ रखा है? जब चाहा

जिसके साथ सम्बन्ध बनवा दिये, अपनी कहानी की मुख्यधारा को मज़बूत रखने के लिए मेरा चरित्र इतना विकृत क्यों करते जा रहे हो? और फिर यह क्यों भूल रहे हो कि अनुज और मेरे बीच प्रेम भी था, जिसके कारण वह सम्बन्ध बने थे, और कहानी में अब भी अनुज की और मेरी शादी की सम्भावनाएँ जीवित हैं, ये माही के साथ नये सम्बन्ध बनाकर उन सम्भावनाओं को क्यों समाप्त कर रहे हो?''

मुझे ऐसा लगा मैं अपने ही बुने जाल में फँस रहा हूँ , बोला, ''निशा तुम मुझे ग़लत समझ रही हो तुम्हारा चरित्र मैं जान बूझकर नहीं बिगाड़ रहा हूँ, ये कहानी की मांग है। माही और तुम्हारे सम्बन्धों के कारण ही कहानी में वह मोड़ आएगा जो उसे रोचकता प्रदान करेगा। और फिर इस सम्बन्ध के कारण ही तो कहानी में तुम्हारी उपस्थिति एक बार पुनः दर्ज होगी।''

''मेरी नहीं मेरे शरीर की उपस्थिति।'' क्रुद्ध होते हुए बोली निशा, ''आप यह क्यों भूल रहे हो कि अनुज और मैं एक दूसरे से प्यार करते थे। यह आपने ही दर्शाया है, परन्तु माही और मेरे बीच तो किसी तरह का कोई प्यार नहीं है, ऐसे में इस नये सम्बन्ध का सीधा मतलब यही होगा कि मैं चरित्रहीन हूँ। तभी तो एक ऐसे व्यक्ति के साथ सम्बन्धों को स्वीकार कर लेती हूँ, जो न केवल मुझसे उम्र में छोटा है, बल्कि मेरी छोटी बहन मालती का होने वाला पति भी है।'' कहकर शान्त हो गयी निशा और एकटक मेरी तरफ देखने लगी।

मेरे लिए भी परिस्थितियाँ असहज होने लगी हैं। इसलिए बात को सहज बनाने के उद्देश्य से कहा, ''निशा मैं नहीं जान पा रहा तुम्हें वास्तव में क्या बुरा लगा रहा है, मैंने तो तुम्हारे चरित्र को पूरी तरह से आधुनिक परिवेश के अनुरूप ही गढ़ा है। अनुज अगर तुम्हारे प्रति वफ़ादार होगा तो उस पर माही और तुम्हारे बीच बने इन एक रात के सम्बन्धों का कोई प्रभाव नहीं पड़ेगा। वो फिर भी तुम्हारे साथ विवाह करेगा, और शायद ऐसा ही कुछ माही ओर मालती के बीच भी होना चाहिए, आख़िरकार वो दोनों भी तो एक दूसरे को प्यार करते हैं।''

निशा शान्त ही रही, शायद कुछ सोच रही है। कुछ देर की चुप्पी के बाद बोली, ''अब तो आप अगर-मगर वाली भाषा बोल रहे हैं, अर्थात आप स्वयं भी कुछ निश्चिन्त नहीं है, ख़ैर मुझे अपने अभी तक के चरित्र पर कोई ऐतराज़ नहीं है, मैं अनुज को प्रेम करती हूँ, उसे अपना सब कुछ सौंप चुकी हूँ, वो मुझसे विवाह करे या न करे, मैं अपना जीवन काट लूँगी। पर ये नया सम्बन्ध माही वाला मुझे स्वीकार नहीं है, आपसे केवल अनुरोध कर सकती हूँ इसे न जोड़ें।''

मैंने फिर समझाने का प्रयत्न किया, ''निशा अब यह बहुत मुश्किल है। मैं ऐसा नहीं कर सकता। माही और तुम्हारे बीच के एक रात के सम्बन्ध इस कहानी का बहुत अहम बिन्दु हैं। मैं उन्हें तो बदल ही नहीं सकता।''

"मैं जानती हूँ ऐसा क्यों नहीं कर सकते।" निशा पुनः क्रुद्ध नज़र आ रही है, "आप ऐसा इसलिए नहीं कर सकते क्योंकि हर लेखक कहानी के केन्द्रीय पात्र में अपने आपको ही देखाता है और यही आपके साथ हुआ है। अनुज और मेरे बीच के संबंधों का विस्तार से विवरण देते-देते, आपकी भी लालसा हो गयी मेरे साथ सम्बन्ध बनाने की और आप अनुज को अमेरिका भेजकर माही को माध्यम बनाकर मेरे साथ शारीरिक सम्बन्ध बनाना चाहते हो। मैं जानती हूँ आप लेखकों के दोगलेपन को, इसीलिए कहती हूँ छोड़िए इस दोगलेपन को, माही को माध्यम मत बनाइए, जो कुछ करना चाहते हैं स्वयं करिए।" कहती हुई निशा मेरी ओर बढ़ी, मैंने कुर्सी से उठने का प्रयास किया, परन्तु फँसकर रह गया। वो मेरे बिलकुल पास आ गयी। मैंने कहा, "नहीं निशा मैं ऐसा नहीं कर सकता।" वह मुझे कुछ देर हिकारत से देखती रही फिर तेज़ क़दमों से कमरे से बाहर चली गयी। अपने माथे पर चू आये पसीने की बूँदों को पोंछकर मैं टेबल पर सिर टिकाकर बैठ गया।

यह रोज़ ही हो रहा है। खिड़की के पास खड़ा मैं सोच में डूब गया क्या करूँ इस कहानी का? बाहर हल्की-हल्की बारिश हो रही है, पूरी शाम भीग रही है। खिड़की के काँच पर जमती गिरती बूँदों को देख निशा का सुबह वाला सद्यःस्नात रूप याद आ गया। सिगरेट ख़त्म हो गयी है, खिड़की के परदे को पूरा खोलकर रीडिंग टेबल पर आ गया। आज मौसम बहुत अच्छा है। आज कहानी को एक ही सिटिंग में पूरा किया जा सकता है।

पन्ने उठाकर कहानी को बढ़ाना शुरू किया। धीरे धीरे कहानी बढ़ने लगी, माही के घर की पार्टी में निशा और मालती का शामिल होना, देर रात निशा और मालती का शेष रह जाना, माही द्वारा कार से दोनों को छोड़ने जाना, पहले मालती को छोड़ना और फिर अनुज के फ़्लैट तक निशा को छोड़ने जाना, जहाँ अनुज के अमेरिका चले जाने के कारण निशा अकेली रहती है। कहानी तेज़ी से सरक रही है, अभी तक कोई बाधा नहीं आयी है। कार अनुज के फ़्लैट के नीचे खड़ी है, निशा कार से उतरी और माही से बोली, "माही तुम पहली बार आये हो और पार्टी के कारण थके भी हो, ऊपर आओ एक कप गरमागरम काफ़ी पीकर जाओ, पार्टी की थकान भी मिट जाएगी।"

कहानी बिल्कुल वहीं पहुँच गयी है जहाँ मैं पहुँचाना चाहता हूँ माही कार का दरवाज़ा खोलकर उतरने ही वाला है कि अचानक आवाज़ आयी, "ठहरिए...!" मैं चौंक गया, काग़ज़ से नज़र उठायी तो देखा सामने अनुज खड़ा है। चेहरे पर कुछ परेशानी के भाव नज़र आ रहे हैं।

"अनुज तुम...?" मैंने आश्चर्यचकित होते हुए कहा, "तुम्हें तो मैं अमेरिका भेज चुका था।"

"हाँ, भेज चुके थे, और शायद इसीलिए भेजा था।" उसकी आँखों में कुछ उदासी नज़र आयी, 'परन्तु आप एक बात भूल गये मैं आपका पात्र हूँ, आप मुझे कहीं भी भेज दो में आपके आसपास ही रहूँगा। आप मुझसे भाग नहीं सकते।" मुझे ऐसा लगा जैसे कोई चोरी पकड़ी गयी हो। सहज होते हुए कहा, "नहीं मैं तुमसे कहाँ भाग रहा हूँ, वो तो कहानी के इस भाग में तुम्हारी आवश्यकता नहीं थी, इसलिए, तुम्हें ऐसा लग रहा होगा, पर वास्तव में मेरे लिए तो तुम चारों पात्र ही अहम हो, किसी एक को तो मैं छोड़ भी नहीं सकता।"

अनुज की आँखें अभी घोर उदासी में डूबी थीं, ऐसा लग रहा था अभी बरस जाएँगी, बोला, "आपने मुझे इसलिए ही अमेरिका भेजा था, कि मेरे पीछे इतना बड़ा खेल कर सकें। आप क्यों एक साथ चार-चार पात्रों के साथ खेल रहे हैं? मैंने पहले भी निशा के साथ सम्बन्ध बनाने की बात का विरोध किया था, तब आपने मुझसे कहा था कि आजकल कहानी में ऐसी ही माँग होती है। अब जब निशा मेरे बच्चे की माँ बन चुकी है, तब आप उसे माही के साथ जोड़ रहे हैं, यह जानते हुए भी कि माही उसकी बहन का होने वाला पति है।"

मुझे ऐसा लगा कि कहानी फिर उसी मोड़ पर रुक जाएगी। अनुज वही प्रश्नवाचक चिन्ह लिये खड़ा था। मैंने कहा, "अनुज तुम गलत समझ रहे हो, माही और निशा के बीच यह सब कुछ एक रात का ही होना है, तुम्हारे और निशा के बीच की सम्भावनाएँ इससे समाप्त नहीं होंगी। आख़िर को तुम दोनों की एक बेटी है।"

अनुज धीरे से फीकी हँसी हँसा बोला, "सम्भावनाएँ कैसे समाप्त नहीं होंगी, आपकी पत्नी एक रात किसी के साथ गुज़ार कर आ जाए तो क्या आप उसे केवल यह सोच कर स्वीकार लेंगे, कि वह आपके बच्चों की माँ है? बोलिए!"

अनुज के प्रश्न ने मुझे उलझन में डाल दिया। समझ में नहीं आया क्या जवाब दूँ, टालने वाले अन्दाज़ में कहा, "नहीं अनुज कभी स्वीकार नहीं करूँगा, इसलिए क्योंकि मैं जीता जागता इनसान हूँ, जबकि तुम एक पात्र हो, आदर्शवाद के सारे प्रयोग पात्रों पर ही आज़माए जा सकते हैं, इनसानों पर नहीं। मैं तुममें आदर्शवादिता का पुट डाल दूँगा, ताकि तुम माही के साथ रात गुज़ारने के बाद भी निशा को स्वीकार कर सको।"

बाहर बरसात की रफ़्तार कुछ तेज़ हो गयी है, खिड़की पर धुन्ध-सी जम गयी है। जवाब देने के बाद मैं खिड़की की तरफ़ देखने लगा, कि शायद मुझे व्यस्त देखकर और मेरे जवाब से सन्तुष्ट होकर अनुज उठकर चला जाएगा।

पर वह उसी प्रकार बैठा रहा, मुझे खिड़की की तरफ देखता पाकर कुछ देर वह भी खिड़की की तरफ़ देखता रहा फिर बोला, "आप बार-बार पाठकों की बातें कर रहे हैं, क्या आपका पाठक ऐसी आदर्शवादिता को स्वीकार कर पाएगा? आप भूल

रहे हैं आधुनिकता आज भी केवल काग़ज़ के पन्नों पर ही है। और फिर अगर आपको माही और निशा के बीच यह सब कुछ करना ही था, तो मेरा चरित्र गढ़ा ही क्यों? आपका उद्‌देश्य तो मेरे बग़ैर भी पूरा हो जाता। आपको मुख्य पात्र माही और मालती की कहानी ही तो चलानी थी, तो वह मेरे बग़ैर भी चल जाती। मुझे गढ़कर आपने मेरे साथ तो अन्याय किया ही है, निशा के साथ भी अन्याय किया है। पूर्व में मेरे साथ के सम्बन्धों को आपने तफ़सील से वर्णन किया, और अब माही... पहली दृष्टि में तो पाठक उसे चरित्रहीन ही समझेगा।''

मेरी परेशानी बढ़ती जा रही है। अनुज टलने का नाम नहीं ले रहा है। मैंने कहा, ''अनुज इसका एक मध्यमार्ग तो हम ये निकाल सकते हैं, कि तुम्हें अमेरिका से लौटने के बाद इस बात का पता ही नहीं चलेगा कि माही और निशा के बीच कुछ घट गया है। इससे तुम पर आदर्शवादिता थोपे बग़ैर भी काम चल जाएगा। और जहाँ तक निशा के चरित्रहीन समझे जाने का प्रश्न है, तो वह एक पात्र है। पात्रों की बदनामी नहीं होती, पात्र लोगों के ज़ेहन में भी तक रहता है, जब तक कहानी पढ़ी जा रही है, उसके बाद सब कुछ ख़त्म, ये कोई जीता जागता इनसान थोड़े ही है कि एक बार बदनाम हो गया तो उस बदनामी को उम्र भर पीठ पर ढोकर जीवन बिताना पड़े।''

अनुज की आँखों में पहली बार विद्रोह नज़र आया, बोला, ''आपका सोच ही गलत है, वास्तव में इनसान की चरित्रहीनता तो भुला दी जाती है, परन्तु पात्र की नहीं, क्योंकि पात्र तो कभी मरता ही नहीं, युगों-युगों तक जीवित रहता है, जब तक कहानी जीवित रहती है। एक बार कोई पात्र चरित्रहीन हुआ कि वह हमेशा के लिए हो जाता है। इनसान का तो जीवन ही क्या है, केवल कुछ वर्ष, लेकिन पात्र तो अमर होता है। आप भूल रहे हैं ब्रूटस को आज भी मित्रघाती के रूप में ही याद किया जाता है, क्या वक्त उसकी इस छवि को बदल पाया? नहीं, क्योंकि उसे व्यक्ति से पात्र में बदल दिया गया। मेरी निशा को भी हमेशा चरित्रहीन स्त्री के रूप में ही जाना जाएगा।''

''तुम्हारी निशा...?'' मैंने माथे पर बल डालते हुए कहा, ''निशा तुम्हारी कब से हो गयी? वह मेरी पात्र है, उस पर मेरा अधिकार है। तुम उसे अपनी समझने की भूल मत करो, मेरी क़लम का एक इशारा उसे तुमसे हमेशा के लिए दूर कर सकता है।''

अनुज कुछ देर मुझे घूरता रहा, फिर बोला, ''वह मेरी क्यों नहीं है? मैंने उससे प्रेम किया है, मेरे बच्चे की माँ है वो। मैंने अपने जीवन के कुछ बेहद सुखद क्षणों को उसके साथ जिया है, भले ही वह जीवन एक पात्र के रूप में था लेकिन पात्र के रूप में भी तो मैंने उससे वह सब कुछ पाया है जो एक पुरुष एक स्त्री से पाता है। ज़ाहिर

है ऐसे में उससे मेरा लगाव तो होगा ही। मैं मानता हूँ, आप चाहें तो एक क्षण में मुझे हमेशा के लिए उससे दूर कर सकते हो, पर ऐसा करके क्या आप खुश हो सकोगे? मैं निशा को भुला नहीं पाऊँगा, कोई भी नहीं भूल सकता, आप ही शादी करने के बाद भी क्या मानसी को भूल पाए...?''

''मानसी....?'' मैं चौंक पड़ा, ''तुम मानसी के बारे में कैसे जानते हो?''

हल्के से हँसते हुए वह बोला, ''लेखक महोदय हम पात्र आपके अवचेतन में ही निवास करते हैं, जहाँ हमें आपके बारे में सारी जानकारियाँ मिल जाती हैं। हमें सब पता रहता है आपने अपने अतीत से जुड़े किस व्यक्ति को उठाकर अपनी कहानी का पात्र बना दिया है। मानसी मुझे कई बार आपके अवचेतन में भटकते हुए मिली है, उसी ने मुझे आपके और अपने बारे में सब कुछ बताया है।''

''सब कुछ...?'' मैं कुछ हैरत में पड़ गया।

''हाँ सब कुछ...!'' अनुज शब्दों को चबाते हुए बोला ''पर मैं वह सब कुछ दोहराना नहीं चाहता, क्योंकि मैं जानता हूँ इनसानों को पीड़ा होती है, पर इनसान ये भूल जाते हैं कि पात्रों को भी पीड़ा होती है। आपने भी तो मानसी के साथ वैसा ही कुछ जिया है, जो मैंने निशा के साथ जिया है। आप अपनी पीड़ा मेरे चरित्र में क्यों डाल रहे हो? और फिर आपके और मानसी के सम्बन्धों की परिणति वह बच्ची तो आज भी आपके साथ रहती है, जिसे आपने अपनी पत्नी को एक अनाथ बच्ची बताकर भ्रमित कर रखा है...''

बरसात की ठंडक के बाद भी मेरे माथे पर पसीना चू गया, मेरे ही पात्र मेरे ही चरित्र की धज्जियाँ उड़ाने में लगे हैं, समझ नहीं आ रहा अनुज को क्या जवाब दूँ? कुछ परेशान होते हुए पूछा, ''तुम बताओ तुम चाहते क्या हो? क्या मैं इस कहानी को बन्द कर दूँ?''

''मैंने ऐसा कब कहा?'' अनुज बोला, ''मैं तो बस यह कह रहा हूँ कि निशा को इस नये सम्बन्ध का जामा मत पहनाओ, उसे केवल मेरी ही रहने दो, मैं जानता हूँ कि मैं केवल पात्र हूँ , तुम्हारा कुछ नहीं बिगाड़ सकता, लेकिन तुम्हारे अवचेतन से बार बार बाहर आकर तुम्हें परेशान तो कर सकता हूँ। ऐसी परिस्थितियाँ पैदा कर दूँगा, कि तुम्हारे अवचेतन में जो मानसी है वह तुमसे घृणा करने लगे, कि तुमने उसे भी एक पात्र बना डाला, एक चरित्रहीन पात्र।'' अन्तिम शब्दों पर ज़ोर दिया था अनुज ने।

''नहीं नहीं।'' मैं घबरा गया, ''अभी ज़रा ठहरो, मुझे ज़रा सोचने का समय तो दो, मैं कुछ मध्यमार्ग निकालने का प्रयास करता हूँ, तुम्हारे और निशा के बीच की परिस्थितियाँ यथारूप ही बनी रहें, ऐसा कुछ करता हूँ। तुम मानसी से कुछ मत कहना।''

"क्यों...?" कुछ उपहास भरे स्वर में बोला अनुज, "पात्रों की परिस्थितियाँ जब अपने पर आयीं तो पसीने छूट गये ! लेखक महोदय स्याही से काग़ज़ पर शब्दों का मायाजाल रचना ठीक है, पर अपने ही पात्रों को अपने ही हाथों से अभिशप्त बना देना गलत है, क्योंकि अतीत तो हर चीज़ का होता है, केवल पात्रों का ही नहीं होता। अपने अतीत की कमज़ोरियों को पात्रों के चरित्र में ढाल देना कोई बहादुरी का काम नहीं है। ख़ैर मैं आपको समय देता हूँ, सोचिए और न्याय कीजिए, मेरे साथ भी, निशा के साथ भी। वरना कहीं ऐसा न हो, आगे से आप अपने अतीत से कोई भी पात्र उठाने की हिम्मत भी नहीं कर पाएँ।" अनुज चेतावनी भरे स्वर में बोला, और टेबल पर ज़ोर से हाथ मारता हुआ उठकर चला गया। बाहर वर्षा उसी प्रकार गिर रही है, मैं टेबल लैम्प बन्द कर सिगरेट सुलगाकर खिड़की के पास आकर खड़ा हो गया।

मानसी, जिसे मैं तब छोड़कर चला आया था जब वह मेरे बच्चे की माँ बनने वाली थी, शायद वो मेरी कायरता थी जो मैं इस बात से डर गया था, कि जब मानसी के पेट के बच्चे का इल्ज़ाम मुझ पर लगेगा, तो क्या करूँगा...? मानसी जिसका मैंने जी भरकर उपभोग किया, उसे ही छोड़कर भाग आया था। हालाँकि उससे तो यही कहकर आया था, नौकरी के लिए जाना पड़ रहा है, पर मैं जो आया तो फिर नहीं लौटा, लौटा तो चार वर्ष बाद जब मेरी शादी हो चुकी थी। पता चला मानसी तो कब की जा चुकी है, मेरी निशानी एक बेटी को छोड़कर। बेटी को लेकर लौटा, तो सविता ने पल्लवी को देखते ही प्रश्न चिह्न खड़े कर दिये थे, हालाँकि मैंने अपनी तरफ़ से एक कहानी बताकर कि इसके माँ-बाप दोनों मर गये थे, मैं अनाथालय एक कार्यक्रम में गया था मुझे यह पसन्द आ गयी तो गोद ले आया, सविता को सन्तुष्ट करने का प्रयास किया था। सविता ने ऊपर से मेरी कहानी पर बिश्वास कर लिया था, पर मेरा ख़ुद का मानना है कि पुरुष स्त्री को जितना नासमझ समझता है, वस्तुतः वह उतनी होती नहीं है वह सब कुछ समझती है, पर प्रकटतः कुछ नहीं कहती।

आज अनुज ने फिर मुझे मानसी की याद दिला दी, वैसे तो पल्लवी ने मानसी को कभी विस्मृत होने ही नहीं दिया। हाँ पल्लवी को देखकर एक टीस अवश्य उभरती है कि यह मेरे प्रणय की नहीं बल्कि गुनाहों की निशानी है, और मुझे हमेशा यही अपराध बोध बना रहता है कि पल्लवी के जन्म की कहानी कहीं खुल न जाए। आज अनुज के सामने जिस तरह मैं झुका उसकी भी तो शायद यही वजह थी। वह मेरी सबसे कमज़ोर नस को दबाने में सफल हो गया था, और अब मुझे निर्णय लेना है कि इस कहानी का क्या किया जाए? इसे उस तरह से चलाया जाए जिस तरह से पात्र चाह रहे हैं या फिर उस तरह से जिस तरह से मैं स्वयं चाहता हूँ।

रात भर स्टडी में ही बैठा सिगरेट फूँकता रहा। सविता एक-दो बार आकर झाँक गयी, कुछ बोली नहीं। जानती है जब भी किसी विषय को लेकर उलझ जाता हूँ तो ऐसा ही होता है। स्टडी में कब सोफ़े पर नींद आ गयी, पता ही नहीं चला। सुबह जब सविता चाय लेकर आई तब नींद खुली। बाथरूम में शावर पूरी स्पीड से चलाकर उसके नीचे खड़ा हो गया, शावर के नीचे खड़े-खड़े ही फ़ैसला लिया कि कहानी को अपने हिसाब से ही आगे बढ़ाऊँगा, पात्रों का दबाव अब सहन नहीं करूँगा।

नहाकर जब स्टडी में पहुँचा तो काफी तनावमुक्त सा लगा, कल कहानी को जहाँ माही के साथ कार में छोड़ा था, वहीं से शुरू किया। माही कार से उतरा और निशा के साथ उसके फ़्लैट में चला गया, काफ़ी पीने के बाद दोनों बैठकर बातें करने लगे। बातों का विषय मैंने जान-बूझकर अनुज और निशा के बीच के सम्बन्धों पर ही केन्द्रित रखा। मैं माही के माध्यम से अनुज और निशा के अन्तरंग सम्बन्धों के बारे में खोद-खोदकर प्रश्न पूछने लगा, शायद आने वाले दृश्य की भूमिका बाँध रहा था। पार्टी में पी गयी शराब माही पर धीरे-धीरे असर दिखाने लगी, उसने धीरे से निशा का हाथ पकड़ लिया। निशा ने कोई विशेष विरोध नहीं किया। करती भी कैसे? वह तो मेरी पात्र है, और मैं तो यही चाहता हूँ कि निशा को कोई विरोध नहीं करे। कहानी में मेरी मनपसन्द विषयवस्तु प्रारम्भ हो गयी है। स्त्री-पुरुष के सम्बन्धों का जब भी कहानी में ज़िक्र आता है मैं शब्दों को लेकर कोई कंजूसी नहीं बरतता। यहाँ भी मैंने ऐसा ही किया। माही और निशा के बीच बन रहे सम्बन्धों को पूरी तफ़सील के साथ लिखा। छोटी-छोटी घटना को भी नहीं छोड़ा। मेरी क़लम के इशारे पर माही ओर निशा कठपुतलियों की तरह नाच रहे हैं, मेरी इच्छा पूरी हो रही है।

जब क़लम रुकी तो काग़ज़ पर घटना घट चुकी थी, मैं अपने मन की करने में कामयाब हो गया। मैंने पाया कि मेरी धड़कनें तेज़ चल रही हैं, मेरे रोम-रोम से पसीना छूट रहा है, साँसें तेज़ हो गयी हैं। मुझे समझ नहीं आ रहा ऐसा क्यों हो रहा है? क्या निशा सच कह रही थी कि मैं वास्तव में माही को माध्यम बनाकर अपनी आकांक्षाओं की पूर्ति करना चाहता हूँ। साँसों को नियन्त्रित करके टेबल पर रखा पानी का गिलास उठाया, अचानक हाथ काँप गया, गिलास छूटते-छूटते बचा। सामने माही खड़ा है, शरीर पर केवल एक टावेल लिपटा है, साँसें उखड़ रहीं हैं, रोम-रोम से पसीना चू रहा है। वैसा ही गठा-गठाया सजीला बदन, जैसा मैंने कहानी में उसे दिया है। शायद ठीक उसी स्थान से उठकर आया है, जहाँ मैंने कहानी को छोड़ा है। आँखों में गहरा दर्द नज़र आ रहा है। कुर्सी पर बैठकर दोनों हाथ टेबल पर रख सिर

को हाथों पर टिका दिया। शायद उखड़ी साँसों को वश में कर रहा है। कमरे में सन्नाटा माथा फोड़ने लगा। मैं फिर एक और बहस के लिए स्वयं को मानसिक रूप से तैयार करने लगा।

कुछ देर बाद उसने हाथों पर से चेहरा उठाया, काफी परेशान लग रहा है, आँखें हल्की-हल्की भीगी हुई हैं। मेरी आँखों में आँखें डालता हुआ बोला, ''आपने ऐसा क्यों किया...?'' मैं सम्भवत: इसी प्रश्न की उम्मीद में था, बोला, ''माही तुम इस घटना को कुछ ज्यादा ही गम्भीरता से ले रहे हो, तुम पुरुष पात्र हो, और पुरुषों के जीवन में इस तरह की घटनाएँ आम होती हैं।''

''आम घटना...?'' माही कुछ हैरत से बोला, ''आप इसे आम घटना कह रहे हैं, इस एक घटना से मेरा पूरा चरित्र ख़राब हो गया, मैं तो केवल मालती के प्रति ही वफ़ादार था, फिर निशा तो मालती की बड़ी बहन है।''

''वफ़ादार...?'' मैंने कुछ डाँटने के अन्दाज़ में कहा, ''माही तुम मेरी कहानी के केन्द्रीय पात्र हो कोई पालतू कुत्ते नहीं हो जो वफ़ादारी की बात रहे हो। और ये बड़ी बहन छोटी बहन क्या होता है? शरीर तो शरीर होता है, जब वह वस्त्रों से बाहर आता है, तो सारे सम्बोधन ख़त्म हो जाते हैं, फिर वह केवल शरीर होता है सम्बोधनों का गणित वस्त्रों के आवरण तक ही चलता है। तुमने वही तो किया है जो इस तरह के आवरणों के परे होता है।

''अच्छा।'' माही शब्द को चबाते हुए बोला, ''वस्त्रों के आवरण के प सम्बोधन केवल शरीर बन जाते हैं? ये अपनी तथाकथित आधुनिक परिभाषाएँ मुझ मत सिखाइये। बताइये भला आप स्वयं अभी तक अपने कितने सम्बोधनों को शरी बना चुके हैं?'' माही मुझे घूरने लगा।

इस आकस्मिक प्रश्न के लिए मैं तैयार नहीं था। मेरी सारी आक्रामकता एक ही प्रश्न में काफ़ूर हो गयी, सोच रहा था अपने निर्णय को आक्रामकता के द्वारा सही साबित करने का प्रयास करूँगा, पर लग रहा है कि वापस सुरक्षात्मक पद्धति को अपनाना पड़ेगा। स्वर को नरम करता हुआ बोला, ''माही मैं पुराने युग का हूँ, और तुम्हारा जो चित्रण मैंने किया है वह आधुनिक है, इसलिए तुम्हारी और मेरी कोई तुलना नहीं हो सकती। और फिर तुम यह क्यों भूल रहे हो कि तुम एक पात्र हो, व्यक्ति भले ही घटनाओं में उलझ जाए, पात्र नहीं उलझ सकता, इससे कथ्य के प्रवाह में बाधा आती है।

''आप पुराने युग के हैं?'' माही सवालिया अन्दाज़ में बोला, ''तभी शायद बिना शादी के बाप बनने का साहस कर लिया था आपने। हाँ यह सही कहा आपने कि आपकी और मेरी कोई तुलना नहीं हो सकती, मैं आपके समान नपुंसक नहीं हूँ

कि किसी के शरीर का उपयोग करने के लिए क़लम का सहारा लूँ। मैं तो पात्र होकर घटना में उलझ रहा हूँ पर आप तो व्यक्ति होकर भी नहीं उलझे।''

''मतलब... ?'' मैं फिर हैरत में पड़ गया ''क्या कहना चाह रहे हो तुम?''

''मतलब आप अच्छी तरह समझते हैं, क्यों मेरे से सुनना चाह रहे हैं।'' माही बोला।

मैंने कहा, ''नहीं नहीं तुम कहो, तुम्हें जो कुछ भी कहना है। मैं भी तो जानूं आख़िर क्या समझाने वाले हो तुम?''

माही मेरी तरफ ग़ौर से देखने लगा। हल्की-सी हँसी थी उसके होंठों पर, बोला, ''आप सुनना ही चाहते हो तो सुनो, चौदह वर्ष की उम्र में पड़ोस की उस छोटी सी बच्ची को घर में रोककर आपने जो कुछ किया था, उस पर कभी भी शर्मसार हुए आप? घटनाओं में उलझने की बात करते हैं, मैं तो पात्र होते हुए भी, और आपके द्वारा वह कार्य करवाये जाने के बाद भी परेशान हूँ। आप तो उस घटना को लेकर कभी थोड़ा भी परेशान नहीं हुए।''

''कौन लड़की... ?'' मैं अपनी घबराहट पर काबू पाते हुए बोला, ''किस लड़की की बात कर रहे हो तुम? मैंने ऐसा कुछ नहीं किया तुम फ़िज़ूल की कहानी गढ़ रहे हो।''

''अच्छा'' माही व्यंग्य भरी मुस्कराहट के साथ बोला, ''आपने कुछ नहीं किया? लाऊँ अभी उस बच्ची को हाथ पकड़कर आपके सामने? बोल सकेंगे यही बात उसके सामने भी? बताइए लाऊँ? मैं आपकी तरह कहानीकार नही हूँ जो कहानी गढूँगा।''

''कहाँ से लाओगे उसे?'' मैं परेशानी भरे स्वर में बोला।

''चलो आपने यह तो स्वीकार किया कि ऐसी कोई लड़की है।'' माही उपहास भरे स्वर में बोला, ''लेखक महोदय हम पात्र आप ही के अन्दर रहते हैं, जहाँ हमारे साथ आपके अतीत के असली पात्र भी रहते हैं जो हमें बताते हैं आपकी कहानी। वो लड़की वहीं भटकती हुई मिली थी मुझे, फटे कपड़े और बिखरे बाल लिये। उसी ने सुनाई थी मुझे कहानी आपकी चरित्रहीनता की।''

मैं एक बार फिर संकट में घिर गया, इस कहानी के चक्कर में मेरा अतीत नए-नये रूप रखकर सामने आ रहा है, और मैं उसे नकार भी नहीं पा रहा हूँ। सन्नाटा एक बार फिर हम दोनों के बीच पसर गया है।

''माही!'' हिम्मत जुटाकर बोला मैं, ''तुम उस घटना को अपनी और निशा के साथ वाली घटना के साथ क्यों जोड़ रहे हो? वह घटना तब की है जब मेरी उम्र ही ऐसी थी। उस घटना में और तुम्हारी वाली घटना में काफी अन्तर है, आख़िर तुम्हें

एतराज़ क्या है इस बात से?"

"लेखक महोदय!" माही बोला, "उम्र का चरित्रहीनता से कोई सम्बन्ध नहीं होता। तुम अपने आपको यह कहकर नहीं बचा सकते, कि तुमने जो कुछ किया वो कम उम्र की नादानी थी, और मेरा ऐतराज़ तो इसी बात का है, कि तुमने अपनी चरित्रहीनता मुझमें क्यों डाली? मुझे क्यों माध्यम बनाया अपनी इच्छाएँ पूरी करने का? और वो भी एक ऐसी स्त्री के साथ जो न केवल मुझसे उम्र में बड़ी है, बल्कि मेरी होने वाली पत्नी की बड़ी बहन भी है।"

"तुम गलत समझ रहे हो माही।" मेरा स्वर कमज़ोर हो गया 'मैं अपनी चरित्रहीनता तुममें नहीं डाल रहा, और यह चरित्रहीनता है कहाँ? एक छोटी सी ग़लती ही तो है, मेरी कहानी के लिए यह आवश्यक है, इसीलिए मैंने इसे डाला। और रही बात सम्बन्ध की, कि निशा तुम्हारी मँगेतर की बहन है, तो मैं पहले भी कह चुका हूँ, सम्बन्ध और सम्बोधन वस्त्रों के आवरण तक ही होते हैं, वस्त्रों से मुक्त होने के बाद केवल शरीर होता है, केवल और केवल शरीर, उसे कोई सम्बोधन दिया ही नहीं जा सकता।"

"अच्छा!" माही कुछ निर्णायक स्वर में बोला और कुर्सी से उठकर खड़ा हो गया। अपने शरीर पर लिपटा एकमात्र टावेल भी उतारकर फेंक दिया उसने। अब वह एकदम आदम-ज़ात अवस्था में मेरे सामने खड़ा था, अलफ़ नग्न। मैंने ग़ौर से उस शरीर को देखा जिसे मैंने ही ईज़ाद किया है। "लो अब मैं भी सम्बोधनों और सम्बन्धों से मुक्त होकर केवल शरीर बन गया।" दोनों हाथ ऊपर उठाते हुए बोला माही, "अब मैं माही नहीं रहा, केवल शरीर हूँ और शरीर बनकर ही वापस लौट रहा हूँ तुम्हारे अवचेतन में, जहाँ तुम्हारी मानसी भी है, अब मैं भूल जाऊँगा कि वह तुम्हारी प्रेमिका है, क्योंकि सम्बन्ध और सम्बोधन तो मैं यहीं त्यागकर जा रहा हूँ। तुम्हारे अवचेतन में लौटकर मानसी के साथ वही करूँगा, जो एक शरीर के साथ किया जाता है।"

"नहीं मानसी के साथ तुम कुछ नहीं करोगे।" मैं चीखा, माही हँसने लगा। मैं उसे पकड़ने के लिए उस पर झपटा और बाँहों में उसके नग्न शरीर को जकड़ लिया, वह हँसता जा रहा है और मेरे हाथों से फिसलता जा रहा है, अन्ततः वह फिसलकर उसी अवस्था में भाग गया। मेरे हाथों में रह गयी उसके पसीने की सोंधी ख़ुशबू। मैं धम्म से फ़र्श पर बैठ गया फ़र्श पर पड़ा उसका टावेल भी धीरे-धीरे हवा में घुल गया। मैं उसी तरह फ़र्श पर बैठा रहा, बहुत देर तक, जब तक सविता कमरे में नहीं आ गयी। मुझे इस तरह फ़र्श पर बैठे देखा तो चाय का कप टेबिल पर रखकर मेरी ओर लपकी, "क्या हुआ चक्कर आ गये थे।" घबराकर बोली।

"हाँ।" मुझे अचानक होश आया, "नहीं...! नहीं कुछ नहीं पेन गिर गया था टेबिल के नीचे, उसे ढूँढ़ रहा था, मिल ही नहीं रहा, शायद आलमारी के नीचे चला गया है।"

"तो दूसरे से लिख लो।" सविता बोली, "कल झाड़ू लगेगी तो मिल जाएगा, एक पेन के लिए इतना परेशान हो रहे हो।"

"ये भी ठीक है।" मैंने मुस्कराने का प्रयास करते हुए कहा और खड़ा हो गया "चलो दूसरे से लिख लेंगे, पहले तुम्हारे हाथ की गरमागरम चाय का मज़ा तो ले लें।" मेरे अन्दर का अपराधबोध मुझसे सविता की ख़ुशामद करवा रहा है।

"ठीक है, चाय पीकर थोड़ा आराम कर लो, शरीर की तरह दिमाग़ को भी आराम की ज़रूरत होती है, बल्कि शरीर से ज्यादा दिमाग़ को आराम की ज़रूरत होती है।" कहकर कमरे से बाहर चली गयी।

अब मुझे मानसी की चिन्ता होने लगी है, कहीं माही उसके साथ सचमुच कुछ न कर बैठे। मानसी तो वैसे भी सचमुच काफी भोली है, जब पहली बार मैंने सीमाओं का उल्लंघन किया था, तो उसने कोई प्रतिरोध नहीं किया था। बाद में जब मैंने उससे पूछा था, कि तुमने मुझ पर इतना विश्वास क्यों कर लिया, तो बड़े शान्त स्वर में बोली थी, "तुम पर विश्वास न करने का भी तो कोई कारण नहीं था। जीवन में दो ही तरह के तो लोग होते हैं, एक वो, जिन पर आप विश्वास करते हैं, और दूसरे वो, जिन पर आप विश्वास नहीं करते। जिन पर आप विश्वास नहीं करते, उनसे आप प्रेम भी नहीं कर सकते। एक साथ अविश्वास और प्रेम दोनों होने का दावा नहीं किया जा सकता, अगर कोई ऐसा करता है, तो वह झूठ बोल रहा होता है।" मैंने पूछा था, "पर मानसी अगर मैं तुम्हारे विश्वास पर खरा नहीं उतरा तो?"

फिर उतनी ही शान्ति से जवाब दिया था मानसी ने, "वह तुम्हारा सिरदर्द है, अगर तुम मेरे साथ विश्वासघात करोगे तो वह तुम्हारे लिए ही परेशानी का कारण बनेगा, मेरे लिए नहीं, क्योंकि विश्वास-अविश्वास के बारे में सोचने का क्षण तो मेरे लिए बीत चुका है।" इतने सब के बाद भी मैंने उसके विश्वास को तोड़ दिया था।

कहानी फिर वहीं रुकी हुई है, माही और निशा साथ सोए हुए हैं, यही तो वह मोड़ है जो मैं चाहता था, लेकिन इसके आने के बाद भी मैं सन्तुष्ट क्यों नहीं हूँ? क्या वास्तव में मैं कुछ गलत कर चुका हूँ। कहानी को आगे बढ़ाने की हिम्मत नहीं हो रही है। माही को लेकर कुछ भी लिखने का सोचता हूँ, तो मानसी का ख़याल आ जाता है। याद आ जाता है माही, जो मेरे ही सामने पात्र का चोला छोड़कर शरीर बन गया था, मेरे शरीर से अभी उसके पसीने की सौंधी-सौंधी ख़ुशबू आ रही है। कहीं यह ख़ुशबू मेरे स्वयं के पसीने की तो नहीं? कहीं निशा सच तो नहीं कह रही

थी, कि माही के रूप में मैं खुद ही...। नहीं ऐसा कैसे हो सकता है, मैं कोई पात्र थोड़े ही हूँ मैं तो इनसान हूँ और कोई इनसान किसी पात्र के साथ कुछ कैसे कर सकता है। यह ख़ुशबू माही के पसीने की ही है, अभी कुछ देर पहले ही तो उसका शरीर मेरे हाथों में था, इस ख़ुशबू को जाने में कुछ तो समय लगेगा।

खिड़की के बाहर शाम फिर से गहराने लगी है। कहानी टेबल पर उसी प्रकार पड़ी पूर्णता की प्रतीक्षा कर रही है। आज सम्भवतः कुछ नहीं हो पाएगा, स्टडी की लाइट बन्द करके बाहर आ गया।

सुबह नींद जल्दी खुल गयी, शायद कल जल्दी सो जाने के कारण। आज कुछ भी करके कहानी को पूरा करना है, इसी में उलझा रहा तो कुछ नया नहीं कर पाऊँगा। तैयार होकर स्टडी में पहुँचने तक काफी दिन चढ़ गया। सबसे पहले स्टडी की सारी खिड़कियाँ खोल दीं, सारे पर्दे हटा दिये, उजाले और हवा से ही शायद आत्मविश्वास बढ़ जाए। टेबल पर पहुँचकर कहानी को खोला तो माही और निशा उसी प्रकार सो रहे हैं। कुछ नया घटनाक्रम हो उसके पहले कहानी को बढ़ा दिया जाए। कहानी की रात को सुबह में बदला। पहले निशा उठी फिर बाद में माही, अलसाते हुए उसने चारों तरफ़ देखा और चौंक गया, फिर अपनी अवस्था देखी तो और ज़्यादा हैरान हो गया। पास की कुर्सी पर पड़े अपने कपड़े जल्दी-जल्दी पहने। रात का घटनाक्रम उसके दिमाग में घूमने लगा, शराब का इतना भी नशा नहीं था रात जो कि कुछ याद ही नहीं रहे। जूते के फीते बाँधने में ही निशा कमरे में आ गयी, दोनों की नज़रें मिलीं, माही ने नज़र झुकाई और तेज़ क़दमों से बाहर चला गया। माही अब कार में है और कार मालती के घर की ओर जा रही है।

मैं बहुत चाह रहा हूँ कि कहानी कुछ तेज़ चले ताकि जल्दी से जल्दी ख़त्म हो सके पर कहानी तेज़ चल ही नहीं पा रही। यही सोचकर माही को पहले मालती के घर ले जा रहा हूँ ताकि समय की बचत हो सके, और जो कुछ भी होना है यहीं हो जाए। अब फ़िज़ूल में कहानी को खींचना नहीं चाहता। निशा और अनुज को अब अनुत्तरित प्रश्नों की तरह छोड़कर ही आगे बढ़ना होगा, और समापन करना होगा। अगर उन्हें मैं अन्त में शामिल करने की सोचता हूँ तो इतनी जल्दी अन्त नहीं आ पाएगा। और वैसे भी कहानी के मुख्य पात्र तो माही और मालती ही हैं, तो फिर कहानी के अन्त में इन दोनों की उपस्थिति ही बहुत है। पहली बार अपने आत्मविश्वास को अपने साथ पा रहा हूँ, जिससे निर्णय लेना आसान हो रहा है।

माही की कार मालती के घर के सामने जाकर रुक गयी है। माही गाड़ी से उतरा, रात के अपराधबोध से ग्रस्त धीरे-धीरे दरवाज़े की ओर बढ़ रहा है।

''वहीं रुक जाओ।'' अरे यह मालती कहाँ से बोल पड़ी, नज़र उठाकर देखा

तो सामने मालती खड़ी है। उसी सुनहरे बूटे वाली काली साड़ी में, जो मैं अक्सर उसे पहनाता हूँ। खुले हुए बाल हवा में लहरा रहे हैं।

"आप इसे मेरे घर लेकर क्यों आ रहे हैं?" दोनों हाथों को टेबल पर टिका उन पर अपना पूरा वज़न डालते हुए बोली।

"क्यों लेकर आ रहा हूँ?' मैंने कुछ आश्चर्य का पुट डालते हुए कहा, "अरे भाई तुम्हारा मँगेतर है, तुम्हारे घर नहीं आएगा तो कहाँ जाएगा।"

"वह सब कुछ करने के बाद भी?" मालती ने फिर प्रश्न किया।

"तो क्या हुआ।" लापरवाही के अन्दाज़ में जवाब दिया मैंने, "माही पुरुष है और पुरुष के जीवन में इस तरह की घटनाएँ कब घट जाएँ कुछ पता होता है? और वो तो इतने सब के बाद भी तुम्हारे घर आ रहा है, तुम्हें सब कुछ बताकर तुमसे माफ़ी माँगने।"

"मुझसे माफ़ी माँगने?" मालती का सवालिया अन्दाज़ बरकारार है, "मुझसे क्यों माँगने आ रहा है वो? मेरे साथ क्या किया है उसने?"

"क्यों? तुम्हारे विश्वास को ठेस नहीं पहुँचाई उसने?" मैंने जवाब दिया।

"जब आप पूर्व में ही कह चुके हैं, कि आधुनिक पुरुष के जीवन में इस तरह की घटनाएँ होती रहती हैं, तो फिर विश्वास और अविश्वास जैसे फ़िजूल के मानदंड को बनाने का औचित्य ही क्या है?" मालती ने पूछा।

मैं जितना आसान समझ रहा था कहानी का अन्त करना, सम्भवत: यह उतना आसान नहीं है। मालती के प्रश्नों का उत्तर देना ज्यादा मुश्किल है। इसलिए भी क्योंकि वह मेरे ही दिये हुए उत्तर में से रक्तबीज की तरह पुन: एक नया प्रश्न उत्पन्न कर रही है। मैंने समझाइश भरे अन्दाज़ में कहा, "मालती वह तुम्हारे पास आ रहा है, तुमसे माफ़ी माँगने, तुम्हें उसे माफ़ करना होगा, और उसे स्वीकार करना होगा, इसी में तुम चारों का हित है।"

"मैं क्यों स्वीकार करूँ उसे?" मालती दृढ़ स्वर में बोली, "अब उसे स्वीकार करने का कोई पश्न ही नहीं उठता।"

"क्यों नहीं करोगी उसे स्वीकार?" मैंने पूछा, "वह तुम्हारा मँगेतर है, अगर तुम उसे स्वीकार नहीं करोगी तो कहाँ जाएगा वो?"

"चला जाए वहीं, निशा के पास।" मालती के स्वर में उदासी है, "वैसे भी एक सहारे की आवश्यकता मुझसे ज्यादा निशा को है, अनुज के जाने के बाद बहुत अकेली हो गयी है वो।"

"मालती...?" मैंने आश्चर्य से कहा, "तुम ऐसा कैसे कह सकती हो, और फिर यह घटना तो वह तुम्हें स्वयं बताने आ रहा है, अगर नहीं बताता तो क्या तुम

जान पातीं?''

''वही तो।'' मालती बोली, ''वही तो मैं भी कहना चाह रही हूँ। यह घटना चूँकि मेरी बहन के साथ घटी है इसलिए वह मुझे बताने आ रहा है, और न जाने कहाँ कितनी बार वह ऐसा कर चुका होगा क्या पता, आख़िर को आपका ही तो रचा हुआ पात्र है, आपकी अपनी चरित्रहीनता तो उसमें आएगी ही।''

''तुम लोग बार-बार मुझे चरित्रहीन क्यों कह रहे हो,'' मैंने चिल्लाते हुए कहा, ''क्या चरित्रहीनता की है मैंने?''

कुछ मुस्कराते हुए कहा मालती ने, ''वो तो आप स्वयं भी जानते हैं। मेरा बस यह कहना है कि आप माही को लेकर मेरे पास नहीं आएँ, मुझे उसे स्वीकार करने पर बाध्य न करें। वो किसी और के साथ नहीं बल्कि मेरी बहन के साथ सम्बन्ध बनाकर आ रहा है, उसे स्वीकार करने का तो प्रश्न ही नहीं उठता।''

''तुम्हें स्वीकार करना होगा।'' मैंने दृढ़तापूर्वक कहा, ''मत भूलो कि तुम मेरी पात्र हो, तुम अपने स्वयं के विवेक से कछ नहीं कर सकतीं, तुम्हें वही करना होगा जो मैं चाहूँगा।''

''मैं जानती हूँ मेरा स्वयं का कोई अस्तित्व नहीं है।'' मालती का स्वर कुछ ठंडा हो गया, ''लेकिन कम से कम विरोध तो कर सकती हूँ। आप लेखक हैं, अन्तिम निर्णय तो आपकी क़लम ही करेगी, पर में फिर कह रही हूँ, माही को अब मेरे पास नहीं लाएँ, मुझे बाध्य नहीं करें कि मैं माही को अब स्वीकार करूँ। उसे वहीं रहने दें, निशा के पास, वो मेरी बहन है, उसे भी एक सहारा मिल जाएगा, और मुझे भी उस माही के साथ जीवन गुज़ारने से मुक्ति मिलेगी जो अपराधबोध सिर पर रखे मेरे साथ होगा।'' कहकर मालती रुक गयी, उसकी आँखों में आँसू झिलमिला रहे हैं।

''और फिर अनुज का क्या करूँ?'' किंचित उपहास के स्वर में मैंने कहा, ''क्या जिस तरह की एक घटना माही और निशा के बीच घटित हुई है वैसी ही तुम्हारे ओर अनुज के बीच भी दिखा दूँ? इससे तुम चारों व्यवस्थित हो जाओगे।''

''तुम...?'' क्रोध में आपसे तुम पर आ गयी, गुस्से में बिफरते हुए बोली, 'तुम से और उम्मीद भी क्या की जा सकती है, तुम्हारे जैसा चरित्रहीन व्यक्ति जब लेखक बनेगा तो उसके सारे पात्र भी स्वाभाविक है चरित्रहीन ही होंगे। तुम न केवल चरित्रहीन हो, बल्कि कायर भी हो, अपनी चरित्रहीनता और कायरता अपने पात्रों में भर रहे हो।''

'हाँ हाँ मैं चरित्रहीन हूँ।'' बुरी तरह चिल्ला कर टेबल पर हाथ मारते हुए कहा मैंने, ''छोड़ आया था मैं मानसी को कायरों की तरह उसके शरीर का उपयोग करने

के बाद। मैं कायर हूँ, चरित्रहीन हूँ।''

मालती ज़ोर से खिलखिलाकर हँस पड़ी, हँसते-हँसते उसने सिर टेबल पर टिका दिया। वह हँसे जा रही है, हँसना बन्द करके उसने टेबल पर से सिर उठाया, मैं चौंक पड़ा ''मानसी तुम... ?'' मानसी की आँखों में आँसू हैं।

''हाँ मैं, यही तो मैं तुमसे कहलवाना चाहती थी। यही तो मैं चाहती थी कि तुम स्वीकार करो अपनी चरित्रहीनता को भी, और कायरता को भी। तुम... नीच, कमीने, तुमने मेरे साथ जो किया वो किया, पर मुझे भी चरित्रहीन बनाकर अपने पात्रों में भर दिया।'' कहती हुई वो जाने लगी।

''नहीं मानसी, मैंने ऐसा कुछ नहीं किया।'' मैंने दौड़कर उसके पैरों को पकड़ लिया, ''मानसी मैंने तुम्हें कभी पात्रों के रूप में उपयोग नहीं किया, मेरी बात सुन लो फिर चली जाना तुम्हें कुछ ग़लतफ़हमी हो रही है।'' कहते-कहते मैं रो पड़ा। अचानक ऐसा लगा कोई छोटी लड़की हँस रही है। सिर उठाकर देखा तो मानसी की जगह वही बच्ची खड़ी है, जिसके साथ वर्षों पहले मैंने बलात्कार किया था। कपड़े फटे हुए हैं, बाल अस्तव्यस्त हैं, शरीर पर जगह-जगह खरोंच के निशान हैं। ज़ोर-ज़ोर से हँस रही है, अचानक कमरे से और भी लोगों के हँसने की आवाज़ें आने लगीं, देखा तो मानसी, निशा, मालती, अनुज, माही भी कमरे में खड़े हैं, और मेरी ओर देखकर हँस रहे हैं। मैंने दोनों हाथों को कानों पर रखा और पूरी ताक़त से चिल्लाया, ''नहीं... !'' और घुटनों में सिर देकर रो पड़ा। स्टडी का दरवाज़ा तेज़ी से खुला, सविता घबराती हुई मेरे पास आयी, ''क्या हुआ, क्या हो गया?'' उसने पूछा। मैं चौंका, घबराकर कमरे में चारों ओर देखा, सविता और पल्लवी के अलावा कोई नहीं है, सब जा चुके हैं।

सविता उसी प्रकार घबराई हुई है, मेरी पीठ को मलते हुए पूछा, ''डाक्टर को फोन करूँ?''

बुझी हुई आवाज़ में मैंने कहा, ''नहीं, ऐसी कोई बात नहीं है, मुझे कुछ नहीं हुआ, बस ज़रा सोऊँगा।''

''चलो,'' सविता ने मुझे सहारा देकर उठाया। मैं धीरे-धीरे स्टडी से बाहर आ गया।

शाम होने पर नींद खुली, सिर कुछ भारी-भारी-सा लग रहा है। मुझे उठते देख सविता आ गयी, बालों में हाथ फेरते हुए पूछा, ''अब ठीक लग रहा है? चाय बना लाऊँ?''

''हाँ बना लाओ,'' मैंने कहा। वह चाय बनाने रसोई में चली गयी, मैं उठकर स्टडी में आया। कहानी के काग़ज़ उसी प्रकर टेबल पर रखे हैं। काग़ज़ों को उठाया,

साथ में सिगरेट और माचिस भी उठाकर बगीचे में आ गया। काग़ज़ों को जमीन पर पटका और आग लगा दी। सिगरेट सुलगाकर झूले पर आकर बैठ गया। काग़ज़ों के गट्ठे ने आग पकड़ ली है, अचानक मैंने देखा धुएँ से एक आकृति बन रही है, एक स्त्री की आकृति जिसकी गोद में एक बच्चा है, शायद निशा है, उसके पीछे-पीछे एक पुरुष निकला, यह अनुज होगा धुएँ से बनी दोनों आकृतियाँ आकाश में जाकर घुल गयीं। कुछ देर बाद धुएँ में एक और आकृति बनी, खुले बाल, लहराता आँचल, यह मालती है, उसके पीछे एक पुरुष की आकृति बनी, यह आकृति पूर्ण नग्न है, माही जिस अवस्था में मेरे पास से गया था, उसी अवस्था में है। आदम इसी अवस्था में आसमान से उतरा था और यह इसी अवस्था में आसमान में जा रहा है। ये दोनों आकृतियाँ भी आकाश में विलीन हो गयीं। काग़ज़ उसी उसी प्रकार जल रहे हैं। ठंडी साँस भरकर मैं झूले से उठा, अब कोई नहीं निकलेगा इस धुएँ से, अब तो केवल काग़ज़ ही जल रहे हैं, कहानी तो जल चुकी है। धीरे-धीरे क़दमों से मैं लौट आया।

□□□

णाणं
पयासयं
वीर निर्वाण 2470
ई.सन् 1944
भारतीय ज्ञानपीठ